THE
HOBBIT

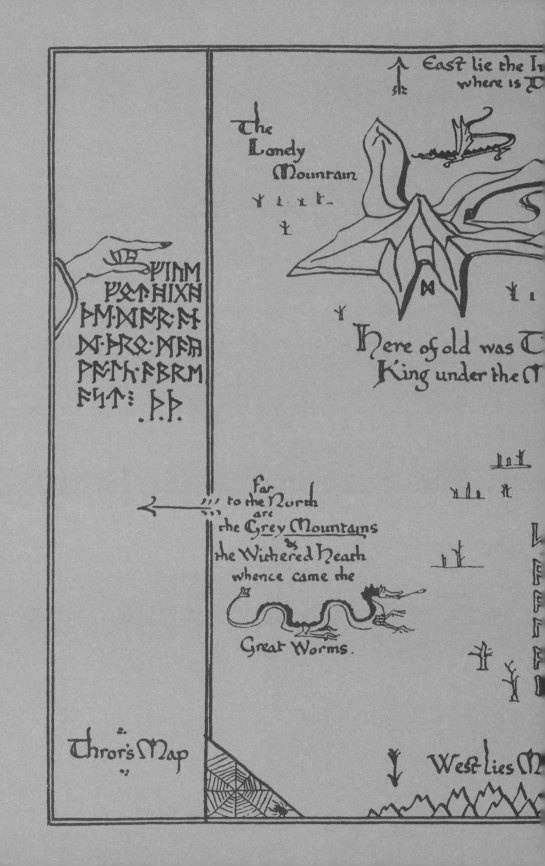

East lie the I̅
where is D̅

The
Lonely
Mountain

Here of old was T̅
King under the M̅

Far
to the North
are
the Grey Mountains
&
the Withered Heath
whence came the

Great Worms.

Thror's Map

West lies M̅

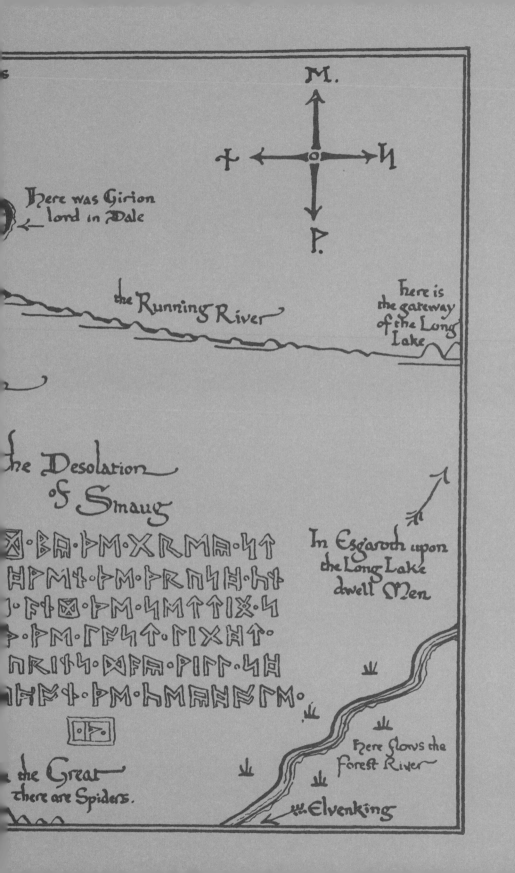

OR THERE
AND
BACK AGAIN

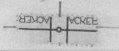
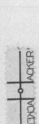

小丘 - 小河對岸的霍比屯

食人妖的小山丘

Bilbo comes to the Huts of the Raft-elves

比爾博來到木筏精靈的小屋

與斯毛格交談

霍 比 特 人

J. R. R. TOLKIEN
托爾金 ————————— 著
鄧嘉宛、石中歌、杜蘊慈 ———— 譯

經典奇幻文學作家
J. R. R. 托爾金　1

THE
HOBBIT

OR THERE
AND
BACK AGAIN

瑟羅爾的地圖

Thror's map

---

1. 孤山

2. 北方遠處是灰色山脈與枯荒野，大蟲們就是從那邊來的。

3. 東方橫陳著鐵丘陵，戴因的領地。

4. 這裡是從前山下之王瑟萊因的領地

5. 西邊橫陳著龐大的黑森林，裡面有蜘蛛。

6. 這裡是河谷城的統治者吉瑞安的領地

7. 奔流河

8. 斯毛格荒地

9. 這是通往長湖的入口

10. 人類住在長湖上的埃斯加洛斯

11. 這是密林河

12. 精靈王

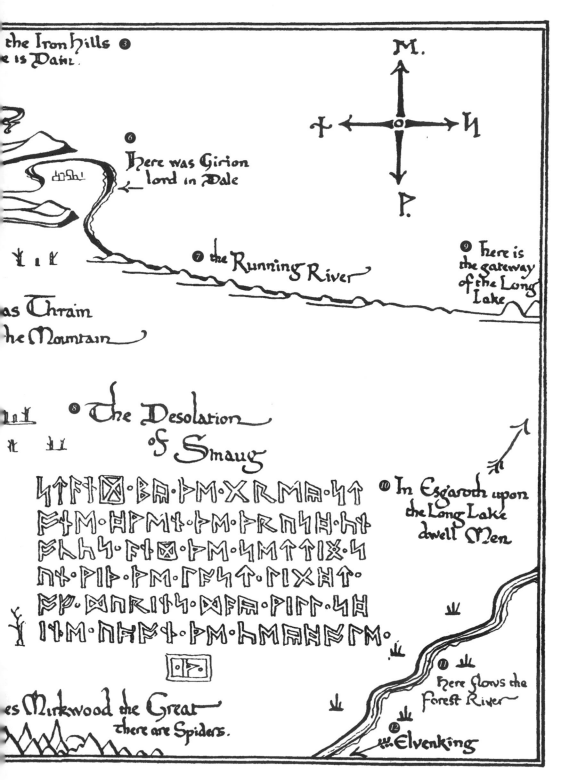

the Iron Hills ❸
e is Dale.

M.

❻
Here was Girion
lord in Dale

as Thrain
he Mountain

❼ the Running River

❾ Here is
the gateway
of the Long
Lake

❽ The Desolation
of Smaug

❿ In Esgaroth upon
the Long Lake
dwell Men

⓫ Here flows the
Forest River

es Mirkwood the Great
there are Spiders.

⓬ Elvenking

map   3

CONTENTS

譯者前言

　　自從2001～03年電影《魔戒》三部曲上映後，全世界但凡耳聞或看過電影的人，都知道了原著作者、英國牛津大學的托爾金教授，在其架構恢弘的中洲神話中獨創了這麼一個種族：霍比特人。待到2012～2014年電影《霍比特人》上映，那就是家喻戶曉了。

　　托爾金先寫了《霍比特人》一書，於1937年9月21日出版，大獲成功，被譽為童書經典，出版商也立刻敦促他寫續集，他在1937年12月動筆，最終寫成的作品就是《魔戒》。托爾金是這麼介紹霍比特人的：

　　「霍比特人熱愛和平、安寧，以及犁墾良好的土地，最喜出沒的地方是秩序井然、耕種得宜的鄉野。他們聽覺靈敏，眼光銳利，雖說通常很胖，但動作敏捷靈巧。他們體型很小，以我們的標準衡量，他們的身高從兩呎到四呎（約61～122公分）不等。

　　夏爾的霍比特人是個快樂的種族。他們穿戴色彩鮮亮的服飾，尤其喜愛黃色和綠色。不過他們幾乎不穿鞋，因為他們腳底有結實的厚皮，腳面上覆有濃密的鬃毛……。他們通常有圓臉，眼睛明亮，雙頰紅潤，開口時慣於歡笑，且擅長吃喝。而他們也的確經常開懷大笑，吃吃喝喝，喜愛簡單的笑話和一天六餐（當吃得到的時候）。」

　　《霍比特人》一書，最初是托爾金在1930年左右講給孩子們聽的童話故事，但後來被納入了他的神話，成為中洲神話第一個出版的作品。托爾金的宏願——為他的祖國英格蘭寫一部神話，始於1917年。那時他因為在一戰的戰場

上罹患了惡性疾病戰壕熱，從戰場上退下來，在養病期間開始系統地記錄他發明的精靈語，並寫下了第一批源於精靈神話的傳說。1920年3月，他在牛津大學學院的散文俱樂部宣讀了他寫的故事《剛多林的陷落》。這是他那些精靈故事的首次公開亮相。

《魔戒》作為《霍比特人》的續集，一共花了十二年才完成，然後又花了六年時間，才在1954至1955年分成三部出版，受歡迎的程度甚至連托爾金都感到震驚。然而，托爾金本人最盼望出版的中洲神話集，也就是《精靈寶鑽》，卻因其內容的龐大與故事不連貫性，一直無緣面市，直到托爾金在1973年過世後，他兒子克里斯托弗接過編纂工作，才在1977年出版。克里斯托弗從小聽著《霍比特人》長大，二戰服役期間聽父親講述《魔戒》，最終，他將自己的餘生投入整理父親的書稿，編纂出版了二十多本中洲神話相關作品，完成了父親畢生的宏願。

托爾金在寫作《魔戒》期間，還寫了兩篇與中洲無關的短篇故事：《尼葛的葉子》是個寓言，於1945年發表；《哈莫農夫賈爾斯》則是個喜劇，於1949年出版。此外，1939年，他在聖安德魯斯大學發表了重要的演講——《論仙境奇譚》，闡明他對自己遭到「不務正業」之批評的奇幻故事寫作的看法，這篇演講內容在1947年出版。1962年，他發表了與中洲有關的詩集《湯姆·邦巴迪爾歷險記》，當中的十六首詩歌大多在1920和1930年代出版，托爾金在1962年重新徹底修訂了它們，並放到他更宏大的整體框架中。比如其中第七和第八兩首食人妖的詩和第十首的《毛象》，都在《魔戒》中藉由山姆·甘姆吉的口重現。五年後，仙境短篇故事《大伍屯的鐵匠》出版。

《尼葛的葉子》寫的是他對創作《魔戒》的艱難感觸，《大伍屯的鐵匠》

是通過「仙境」這個媒介來反映他對退休和暮年的感受。仙境即險境，這是托爾金一貫的想法。他在《論仙境奇譚》中闡明理論，在《霍比特人》和《魔戒》中將之實踐——也就是比爾博所走過的黑森林與弗羅多漫步的羅瑞恩。托爾金高超的精靈手藝，讓讀者在現實和想像之間保持平衡。最後，他藉由《大伍屯的鐵匠》中鐵匠發現了進入仙境的那顆星並將它傳下去，讓另一個人有機會到那片險境中漫步，表述了自己最終的心願。

偉大的次創造者托爾金筆下的精靈、魔王、惡龍、半獸人與霍比特人，開創了二十世紀下半頁興起的奇幻文學與遊戲，這條長江大河浩浩蕩蕩，給平凡人世帶來無盡的跌宕風景，也將仙境的那顆星傳了下去。

自從 2012 年我接受北京世紀文景的邀請翻譯《魔戒》等托爾金的作品，我便邀請石中歌與杜蘊慈與我搭檔，我翻譯故事，杜蘊慈翻譯詩歌，石中歌負責翻譯論述、譯名並全文統校。感謝上帝，十多年來，我們對托爾金的熱愛與合作，一步步為中文世界的讀者呈現出托爾金的中洲世界。至於，為什麼我們的版本叫《霍比特人》而不是過去台版慣用的《哈比人》呢？在此沒有翻譯對錯之分，只是我認為 Hobbit 的英國音更偏向「霍比特」而已。

鄧嘉宛

2023 年秋

台北、景美

ᚦᛖ·ᚺᚨᚠᛒᛒᛁᛏ
ᚮᚱ
ᚦᛖᚱᛖ·ᚠᚨᚾᛞ·ᛒᚨᚳᚺ·ᚠᚷᚨᛁᚾ

這是個很久以前的故事。那時的語言和文字與我們今天所用的差異頗大。我們用英語來代表這些語言。但有兩點值得注意。（1）英語中 *dwarf*（矮人）一詞只有一種正確的複數形式，就是 *dwarfs*，其形容詞則是 *dwarfish*。這個故事中複數用的是 *dwarves*，形容詞是 *dwarvish*，但指的僅限於「橡木盾」梭林和他的同伴所屬的古老種族。（2）Orc（奧克）不是一個英語詞彙。它在書中出現在一兩處地方，不過通常被譯成 goblin（半獸人，塊頭更大的則稱 hobgoblin）。Orc 是霍比特人當時對這種生物的稱呼，與我們用來稱呼海豚類的海洋動物所用的 orc、ork 等詞完全無關。

如尼文（Runes）是一種古老的文字，最初用來刻劃在木頭、石頭或金屬上，因此線條很細，稜角分明。在這個故事發生的年代，只有矮人經常使用它們，尤其是用在私人或祕密紀錄上。在本書中，他們的如尼文用英語的如尼文來代表，如今只有很少人識得了。如果將瑟羅爾地圖上的如尼文與轉寫成現代字母後的抄本（見 31 頁和 66 頁）做比較，就可得出對應現代英語的字母表，同時也能讀出本文的如尼文標題了。在該地圖上，除了用來代表 X 的 ᛘ，所有普通如尼文都能找到。I 和 U 用來代表 J 和 V。沒有與 Q 對應的如尼文（用 CW 表示）；也沒有對應 Z 的（如果需要，可用矮人如尼文的 ᛜ 來表示）。不過，我們會發現有些單個如尼文代表兩個現代字母的組合：th、ng、ee；其他同類型的如尼文（ᛦ 代表 ea，ᛥ 代表 st）有時也使用。秘門上的標記是 D（ᛥ）。地圖左邊有隻手指著這標記，底下寫著：

ᚠᛁᚢᛖ·ᚠᛟᛏ·ᚺᛁᚷᚺ·ᚦᛖ·ᛞᛟᚱ·ᚨᚾᛞ·ᚦᚱᛖ·ᛗᚨᚤ·ᚹᚨᛚᚲ·ᚨᛒᚱᛖᚨᛋᛏ: ᚦ.ᚦ.

最後兩個如尼文是瑟羅爾和瑟萊因兩個名字的首字母。埃爾隆德讀出的月亮如尼文是：

ᛋᛏᚨᚾᛞ·ᛒᚤ·ᚦᛖ·ᚷᚱᛖᚤ·ᛋᛏᛟᚾᛖ·ᚺᚹᛖᚾ·ᚦᛖ·ᚦᚱᚢᛋᚺ·ᚲᚾᚨᚲᚲᛋ·ᚨᚾ
ᛞ·ᚦᛖ·ᛋᛖᛏᛏᛁᚷ·ᛋᚢᚾ·ᚹᛁᚦ·ᚦᛖ·ᛚᚨᛋᛏ·ᛚᛁᚷᚺᛏ·ᛟᚠ·ᛞᚢᚱᛁᚾᛋ·ᛞᚨᚤ·
ᚹᛁᛚᛚ·ᛋᚺᛁᚾᛖ·ᚢᛈᛟᚾ·ᚦᛖ·ᚲᛖᚤᚺᛟᛚᛖ.

地圖上羅盤的四個指向也用如尼文標出，如同常見的矮人地圖，東在上，然後按順時針方向：E（東）、S（南）、W（西）、N（北）。

---

* 見《魔戒》附錄六第二篇 "翻譯原則"。

意料之外的聚會
An Unexpected Party

在地底的洞裡住了一個霍比特人。這可不是那種骯髒、潮濕的洞，到處可見藏頭露尾的蟲子，還滿是泥腥味，叫人噁心；也不是那種乾巴巴、光禿禿，裡面沒地方坐、沒東西吃的沙土洞。這是一個霍比特人的洞，而霍比特人的洞就意味著舒適。

它有一扇渾圓的大門，形狀就像船上的舷窗，漆成綠色，門的正中央有個閃閃發亮的黃銅把手。開門進去，是個狀如圓管的門廳，就像隧道——非常舒適的隧道，沒有煙塵，牆壁用木板鑲面，地上鋪著磁磚和地毯，配有擦得鋥亮的椅子，還有一排排用來掛帽子和外套的衣帽鉤——這位霍比特人是很好客的。隧道蜿蜒著不斷向前延伸，相當直但又不算筆直地插進小山丘的側面——遠近方圓幾哩的人都管這山叫「小丘」——隧道兩側開著許多圓圓的小門，左右交替。這位霍比特人家沒有二樓，臥室、盥洗室、地窖、食品儲藏室（有很多間）、衣櫥（他有好幾個房間專門用來放衣服）、廚房、餐廳，全都在同一層，實際上就在這同一條走廊的兩側。最好的房間都在（進門的）左手邊，因為只有這一側的房間有窗戶，那些深嵌著的圓窗戶俯瞰著他的花園，以及花園外順著山坡往下一直延伸到河邊的草地。

這位霍比特人非常富裕，他姓巴金斯。巴金斯家族自打記都記不清的年代開始就住在小丘一帶，鄰里鄉親都認為這家人十分可敬，不僅因為他們大都很富有，還因為他們從來不冒險，不做任何出人意料的事：任何問題你都不用浪費力氣去問，就知道巴金斯家的人會怎麼說。這個故事講的是一個巴金斯家的人冒了一趟險，發現自己做的事、說的話完全出乎意料之外。他可能失去了鄰里鄉親的尊敬，但他得到了——這個麼，他是否有所得，你看到最後便知分曉。

我們這位霍比特人的母親——等等，什麼是霍比特人呢？我想如今有必要介紹一下霍比特人，因為他們已經變得罕見，而且會迴避他們口中的「大種人」，也就是我們。他們是（或者說，曾經是）一個體型很小的種族，大約是我們的一半高，比那些長鬍子的矮人還矮小。霍比特人不長鬍子。他們也談不上身懷魔法，非說有的話，也就是那種日常的本事：當你我這樣笨拙的大傢伙磕磕絆絆地走來，堪比大象的動靜他們在一哩外就能聽見，那種本事能幫他們悄無聲息地迅速消失。他們多數有個胖胖的肚子，喜歡穿顏色鮮豔的衣服（主要是綠色和黃色）；他們不穿鞋子，因為他們的腳底天生就像堅韌的皮革，腳背上長著濃密溫暖的棕色毛髮，和他們頭頂的毛髮一樣（都是鬈曲的）；他們長著修長靈巧的棕色手指，面容和善，笑起來聲音深沉圓潤（特別是在吃過晚餐以後；要是辦得到，晚餐他們一天要吃兩頓）。好啦，這下你知道的夠多了，咱們可以繼續講故事了。我剛才說，這位霍比特人——比爾博‧巴金斯——的母親，乃是大名鼎鼎的貝拉多娜‧圖克，她是老圖克三個傑出的女兒之一，老圖克則是住在流經小丘腳下的小河對岸那群霍比特人的首領。人們（別的家族的人）經常說，很久很久以前，圖克家族有個祖先一定娶了仙靈為妻。這話當然很荒謬，但圖克家族的人的確有些地方不像十足的霍比特人，他家時不時會有成員外出冒險。他們會不引人注意地消失，家裡人會避免張揚這事。因此，儘管圖克家族無疑更富有，可事實仍是，他們不如巴金斯家族那麼可敬。

　　這倒不是說，貝拉多娜‧圖克在成為邦果‧巴金斯太太後還去冒過什麼險。邦果，也就是比爾博的父親，為愛妻建了一座無論是在小丘底下、小丘另一邊或小河對岸都堪稱最豪華的霍比特洞府（一部分用的是她的錢），他們在

這裡一直住到去世。不過，她的獨子比爾博，雖然外貌和舉止都是他那老實安分的父親的翻版，但他很可能從圖克家族那邊繼承了某種古怪之處，只是在等待機會顯露出來。這個機會一直沒來，直到比爾博·巴金斯長大成人，到了五十歲出頭，在我剛才給你描述過的，他父親建造的美好霍比特洞府裡儼然已經牢牢紮根，歸然不動的時候。

機緣巧合，話說很久以前的一天早晨，那時候世界很安靜，噪音更少，綠植更多，霍比特人還人丁興旺、繁榮昌盛，比爾博·巴金斯吃過早飯後站在自家門口，拿著一支碩大的木質長菸斗抽菸，菸斗長到都快碰到他毛茸茸的腳趾了（毛梳得齊齊整整），這時，甘道夫來了。甘道夫！他的事蹟你哪怕只聽過我所聽到的四分之一（而我所聽到的只是滄海一粟），都會覺得接下來有什麼驚人的故事都不奇怪。無論他走到哪裡，傳說和奇遇都以最不尋常的方式湧現出來。事實上，自從他的朋友老圖克去世以後，他已經很久很久沒有來過小丘一帶了，霍比特人幾乎都忘了他的模樣。在他們都還是霍比特小男孩小姑娘的時候，甘道夫就在小丘另一邊、小河對岸忙著辦自己的事了。

那天早晨，沒起半點戒心的比爾博，眼裡看見的只是一個拄著拐杖的老人而已。這位老人戴著一頂高高的尖頂藍帽子，披著長長的灰斗篷，長長的白鬍子垂過銀色的圍巾，直到腰際，腳上還穿著巨大的黑靴子。

「早上好！」比爾博說，他是真心實意的。陽光燦爛，草地分外青翠。不過，甘道夫從濃密的長眉毛下盯著他看，那雙眉毛長得都戳出了帽沿的陰影。

「你這話是什麼意思？」他問，「你是祝我早上過得好，還是說不管我願不願意，這個早上都很好；或者說你今天早上感覺很好；還是，這是個值得好好享受的早晨？」

「全都包括在內，」比爾博說，「還可以加上，這是個很適合站在大門外抽一杆菸斗的早晨。如果你帶了菸斗，不妨坐下來裝一斗我的菸草！沒什麼好著急的，我們有一整天可以消磨！」比爾博說完就在門邊的椅子上坐下，翹起腿來，吐出一個漂亮的灰煙圈，它飄向天空，卻沒有散開，一直飄過了小丘。

「真漂亮！」甘道夫說，「但是今天早上我沒時間吐煙圈。我正在籌畫一場冒險，要找人一起參加，但是找人可真是件難事。」

「可不是嗎，尤其在這裡！我們都是安分守己的老百姓，一點也不喜歡冒險。冒險是叫人心煩又不舒服的事！會讓你趕不上吃晚飯！我想不通怎麼會有人想去冒什麼險。」我們這位巴金斯先生一邊說，一邊把拇指插進吊褲帶，並吐出了另一個更大的煙圈。然後，他掏出早晨的信件開始看起來，假裝不再注意那個老人。他斷定這人跟他不是一路人，想讓對方知難而退。但是老人一動也不動。他拄著拐杖站在那裡，一聲不響地盯著霍比特人，直到比爾博覺得很不自在，甚至有點來了火氣。

「早上好了您吶！[1]」他最後忍不住開口，「我們這裡沒人想要任何冒險，謝謝你了！你不妨到小丘另一邊或小河對岸去找找看。」他的意思是，談話就到此為止了。

「你這句『早上好』的用處可真多啊！」甘道夫說，「現在你的意思是要我趕緊滾蛋，我要是不走，你這個早上就不會好了。」

「不不，完全不是這個意思，親愛的先生！讓我想想，我想我還不知道你的名字呢？」

「是這意思，就是這意思，親愛的先生——我倒是知道你的名字，比爾博‧巴金斯先生。你其實也知道我，只是你沒把名字跟我對上號而已。我是甘

1.英語 good morning 也可以用於道別。——譯者注

道夫，甘道夫指的就是我！真想不到啊，我竟然能活到貝拉多娜・圖克的兒子跟我這麼說早上好，就好像我是上門來推銷鈕釦的！」

「甘道夫，甘道夫！我的天哪！你該不會就是那個給了老圖克一對魔法鑽石飾鈕的流浪巫師吧？那對鈕釦能自己扣緊，沒有命令就絕不鬆開。該不是那個經常在聚會上講精采傳說的傢伙吧？講惡龍、半獸人、巨人，拯救公主，還有寡婦的兒子們獲得意外好運？你難道就是那個曾經造出特別美妙絕倫的煙火的人！我記得那些煙火！過去老圖克總是在仲夏節前夕放煙火。真是太美妙了！它們竄上半空炸開，就像一朵朵巨大的百合花、金魚草和金鍊花，一整個晚上都懸在朦朧的暮色裡！」你應該已經注意到了，巴金斯先生並不像他自以為的那樣乏味無趣，並且他還非常喜歡花花草草。「我的天啊！」他接著說，「你該不會就是那個引得那麼多安靜的小夥子和小姑娘跑到烏有鄉，投身瘋狂冒險的甘道夫吧？從爬樹到拜訪精靈——或者乘船遠航，航行到異地海岸！老天保佑，以前的生活可真是非常有意——我是說，過去有段時間，你著實把這一帶攪得一團糟。請見諒，我只是沒想到你還在幹這舊業。」

「我還能去哪兒？」巫師說，「不過我還是很高興你沒徹底把我忘到腦後。至少，你好像對我的煙火印象還不錯，不算無可救藥。行了，看在你外公老圖克的份上，也看在可憐的貝拉多娜的份上，我會答應你的請求。」

「請見諒，我根本沒求任何東西！」

「有，你求了！還求了兩次。你求我見諒，而我原諒你。事實上，我甚至會送你去參加這趟冒險。這對我來說大有趣味，對你來說大有好處——並且有利可圖，這是大有可能的，如果你能相信的話。」

「抱歉！我不想參加任何冒險，謝謝。今天沒空。早上好！不過，歡迎你

來喝茶——想什麼時候來都行！幹嘛不明天來呢？就明天吧！再見！」說完這話，霍比特人就轉身快步閃進那道綠色的圓門裡，以他敢做到，同時又不顯得粗魯無禮的最快速度關上了大門。巫師畢竟是巫師。

「我這是怎麼了，竟然請他喝茶！」他一邊朝食品儲藏室走，一邊自言自語。他剛吃過早飯，但他認為受過驚嚇後吃一兩塊蛋糕再喝點什麼，能幫他壓壓驚。

與此同時，甘道夫仍然站在門外，不出聲地笑了良久。過了一會兒，他走上前去，用拐杖的杖尖在霍比特人那扇漂亮的綠色大門上劃了一個古怪的記號，然後就邁著大步離開了。那時比爾博已經快吃完了第二塊蛋糕，開始以為自己已經順利地避開了冒險。

第二天，他就差不多把甘道夫忘光了。他的記性不太好，除非他把預約的事情寫在日程本上，比如：**星期三，甘道夫，喝茶**。可昨天他慌裡慌張的，哪還記得做這件事。

到了快喝下午茶的時候，前門突然鈴聲大作，這下他想起來了！他匆匆忙忙將水壺燒上水，拿出另一套杯碟，添上額外的一兩塊蛋糕，然後跑去開門。

他正要開口說「對不起，讓你久等！」的時候，卻發現對方根本不是甘道夫。來者是個矮人，一把藍鬍子掖在金色腰帶裡，深綠的兜帽下雙眼非常明亮。門一開他就往裡闖，好像人家早就在等他來一樣。

他把連帽斗篷就近掛在衣帽鉤上，然後深深鞠了一躬說：「杜瓦林為您效勞！」

霍比特人只得說：「比爾博・巴金斯為您效勞！」他太吃驚了，一時之間竟不知該問什麼才好。接下來的冷場變得令人尷尬，他不得不添了一句：「我

正要吃下午茶，請來跟我一起吃點吧。」這話說得可能有點生硬，但他是誠心誠意的。要是一個不請自來的矮人一進門就把衣服掛在你的門廳裡，一句解釋也沒有，你還能怎麼辦？

他們在餐桌旁坐下沒多久，事實上，還沒吃到第三塊蛋糕，門鈴又響了，比之前還大聲。

霍比特人說了句「抱歉！」便起身去開門。

「你可終於來了！」這是他打算對甘道夫說的話。但門外不是甘道夫。相反的，台階上站著一個看起來很老的矮人，留著雪白的鬍子，戴著猩紅色的兜帽；門一開他就往裡蹦，好像早就受到了邀請一樣。

當他看見杜瓦林掛起來的綠兜帽時說：「我看他們開始到了。」他把自己的紅兜帽掛在綠的旁邊，然後手按胸口施禮說：「巴林為您效勞！」

「謝謝！」比爾博驚得抽了口氣。他這回答不算得體，但是「他們開始到了」這話讓他亂了方寸。他樂意有客來訪，但他更樂意事先知道有客要來，而且客人最好是他自己邀請的。他冒出個可怕的念頭，就是蛋糕可能不夠，而他——身為主人，他知道自己的責任，無論多麼難受都得堅持履行——他可能吃不到了。

「進來吧，來喝點茶！」他深深吸了一口氣，終於說出話來。

「您不介意的話，我來點啤酒更合適，親愛的先生。」白鬍子的巴林說，「不過我不介意來點蛋糕——葛縷子蛋糕[2]，要是你有的話。」

「有，多著呢！」比爾博脫口說道，讓他自己也吃了一驚。接著他發現自己小跑到酒窖去打了一品脫的啤酒，又到食品儲藏室去拿了兩個漂亮的、圓圓的葛縷子蛋糕，是他這天下午烤好打算作為晚飯後點心的。

等他回來時，巴林和杜瓦林已經坐在桌邊，像老朋友一樣（事實上他倆是兄弟）聊得起勁。比爾博才把啤酒和蛋糕砰的一聲放在他們面前，門鈴又大響起來，緊接著又是一聲。

「這回準是甘道夫來了。」他一邊氣喘吁吁地穿過走廊一邊想。但不是。來的又是兩個矮人，都戴著藍色兜帽，繫著銀色腰帶，留著黃鬍子，兩人都扛著一個工具袋，拿著一柄鐵鍬。門一開，他們就蹦了進來，比爾博這次快談不上吃驚了。

「親愛的矮人，我能為你們做什麼嗎？」他說。

「奇力為您效勞！」一人說，「還有菲力也是！」另一個人補充。兩人都摘了藍色兜帽鞠躬行禮。

比爾博這次記起了應答的禮數，說：「為您和您的家人效勞！」

「我看杜瓦林和巴林已經到了，」奇力說，「我們這就加入大夥兒！」

「大夥兒！」巴金斯先生想，「我覺得這話聽起來不妙。我真的得坐下來冷靜一下，喝杯茶。」茶他就只啜了一口，還是在角落裡——那四個矮人圍坐在桌前，談論著礦藏、黃金、半獸人的麻煩、惡龍的肆虐，以及很多他不懂、也不想懂，因為聽起來都跟冒險有關的事——這時，**叮咚鈴咚**，他的門鈴又響了，就像有個淘氣的霍比特小子想把門柄扯下來似的。

「有人在叫門！」他眨了眨眼說。

「聽那聲音，大概有四個人，」菲力說，「而且，我們之前看到他們遠遠跟在我們後面過來了。」

---

2. 葛縷子蛋糕（seed-cake）是一種加入葛縷子籽的甜蛋糕。——譯者註

可憐的小霍比特人在門廳裡坐下來，雙手抱頭，心裡納悶到底發生了什麼事，接下來又會怎樣，以及他們是否都要留下來吃晚飯。這時門鈴又響了，比之前還響亮，他不得不跑去開門。門外竟然不是四個，而是**五個**。第五個矮人是他在門廳裡納悶的時候來的。他才撐開門把，他們就一擁而入，一個接一個鞠躬說「為您效勞」。他們的名字是多瑞、諾瑞、歐瑞、歐因和格羅因。不一會兒，兩頂紫兜帽、一頂灰兜帽、一頂棕兜帽和一頂白兜帽都掛到了衣帽鉤上，然後矮人們就把寬大的手掌插在金或銀的腰帶裡，大步走去跟先來的人碰頭了。這會兒已經稱得上一大夥人了。有人喊要麥酒，有人要黑啤酒，一個人要咖啡，人人都要蛋糕；因此，霍比特人忙了好一陣子。

　　一大壺咖啡剛放到爐子上，葛縷子蛋糕就吃完了，那些矮人向黃油司康餅發動了新一輪進攻，這時，傳來了一聲響亮的敲門聲。不是門鈴響，而是有人在用力敲打霍比特人那扇漂亮的綠門，用棍子敲得咚咚響！

　　比爾博沿著走廊跑去，一肚子火，又一頭霧水──這是他有生以來最狼狽的一個星期三。他猛地拉開門，門外的人全跌了進來，一個壓一個。又是矮人，又來了四個！甘道夫在後面倚著拐杖哈哈大笑。他在那扇漂亮的門上敲出了一個相當大的凹痕，也順便抹掉了他昨天早上在門上留下的祕密標記。

　　「當心！當心！」他說，「比爾博，這可不像你的作風，讓朋友在門口乾等，然後又像打氣槍一樣猛一下拉開門！讓我來介紹一下，這幾位是比弗、波弗、邦伯，特別是這位梭林！」

　　比弗、波弗和邦伯站成一排說：「為您效勞！」然後他們把兩頂黃兜帽和一頂淺綠兜帽掛好，還有一頂是天藍的，綴著長長的銀穗。最後這件是梭林的，他是一位身分極之尊貴的矮人，事實上，他不是別人，正是大名鼎鼎的

「橡木盾」梭林本人，他對自己剛才撲跌在比爾博家的門墊上，身上還壓著比弗、波弗和邦伯，感到十分不悅。別的不說，光一個邦伯就渾身肥肉，體重驚人。梭林著實傲慢得很，對效勞什麼的隻字不提；不過可憐的巴金斯先生連連道歉，他也就終於咕嚷了一聲「不必再提了」，也不再皺著眉頭了。

「我們這就到齊了！」甘道夫一邊說，一邊看著那一排掛在衣帽鉤上的十三頂上好兜帽——都是可拆卸的宴會用兜帽——外加他自己的帽子。「真是一場開心的聚會！我希望還有東西留給晚來的人吃喝！那是什麼？茶！不用，謝謝！我自己想來點紅酒。」

「我也要。」梭林說。

「還要樹莓醬和蘋果餡餅。」比弗說。

「還要碎肉餡餅和乳酪。」波弗說。

「還要豬肉餡餅和沙拉。」邦伯說。

「方便的話，再來些蛋糕……還有麥酒……還有咖啡。」其他矮人在屋裡朝門外喊道。

「再來幾個雞蛋，好夥計！」甘道夫在跌跌撞撞走向食品室的霍比特人背後喊，「把冷雞肉和醃黃瓜也都拿出來吧！」

「他們怎麼跟我自己一樣清楚我食品櫥裡有什麼東西！」巴金斯先生想，他感到非常困惑，開始懷疑是不是有一場最糟糕的冒險撞進了他家。等到他把所有的瓶子、碟子、刀子、叉子、玻璃杯子、盤子、杓子和各種東西堆在大托盤上時，他已經渾身冒汗，臉色通紅，惱火萬分。

「這幫矮人真不像話！」他大聲說，「他們為什麼不過來幫幫忙呢？」哎呦，看哪！話音未落巴林和杜瓦林就到了廚房門口，菲力和奇力緊隨其後，比

爾博還沒來得及開口說出「刀」這個字，他們就飛快地把大托盤和幾張小桌子搬到客廳，把一切都重新陳設完畢。

甘道夫坐在首位，十三個矮人圍著桌子坐定。比爾博坐在壁爐邊的凳子上，小口啃著一塊餅乾（他被搞得幾乎沒胃口了），努力裝作這一切都再平常不過，絲毫不像冒險的樣子。矮人們吃啊吃，聊啊聊，時間漸漸流逝。最後，他們把椅子往後一挪，比爾博上前想要收拾那些杯杯盤盤。

「我想你們都會留下來吃晚飯吧？」他用最客氣、最從容的語氣說。

「當然了！」梭林說，「飯後也不會馬上走。我們的正事要談到很晚，之前我們得先來點音樂。現在收拾一下！」

十二個矮人——不包括梭林，過於尊貴的他，繼續坐著跟甘道夫談話——應聲一躍而起，動手把所有的東西疊起來，疊成高高的幾大疊，也不等拿托盤，便托起一大疊盤子，盤子頂端還放個瓶子，保持著平衡走了。霍比特人跟在他們身後，嚇得差點要尖叫「務必小心！」以及「不勞你們大駕！我自己能收拾。」不料矮人們卻只是開唱：

敲破杯子，摔裂盤子！
磨鈍刀子，掰彎叉子！
這就是比爾博·巴金斯討厭的事——
打碎酒瓶，燒了軟木塞子！

剪掉桌巾，踩上肥油！
儲藏室地板上倒牛奶！

臥房裡地毯上丟骨頭！

每扇門都潑上葡萄酒！

瓦罐都扔進熱湯盆；

再來大棍子乒乓攪；

到你忙完了還有啥沒碎，

統統倒進門廳裡隨地滾！

這就是比爾博‧巴金斯討厭的事！

所以當心！當心那些盤子！

　　當然，這些嚇人的事他們一件也沒幹，所有的東西都被洗得乾乾淨淨、穩穩當當放好，而且速度快如閃電，與此同時，霍比特人在廚房中央轉了一圈又一圈，想看清楚他們在幹什麼。然後，他們回到客廳，看見梭林把腳架在壁爐的圍欄上抽著菸斗。他正在吐出一個個碩大無比的煙圈，並且要它們往哪飄就往哪飄——有的飄上煙囪，有的飄到壁爐架上的時鐘後，有的躲到桌子底下，有的繞著天花板一圈又一圈地飛。但是，無論它們跑到哪裡，都逃不脫甘道夫的追捕。噗！甘道夫會從他那把短柄陶上菸斗中吐出一個小煙圈，直接穿過梭林的每一個煙圈，然後小煙圈就會變成綠色，回來浮在巫師的頭頂上。他頭頂已經籠罩了一大群這種煙圈，在昏暗的燈光下使他顯得又奇特又有魔力。比爾博一動不動地站在那裡看著——他喜歡煙圈——然後臉紅了，他想起了昨天早晨他吐出煙圈飄過小丘的情景，當時他還挺自豪的。

「現在來點音樂吧！」梭林說，「把樂器拿出來！」

奇力和菲力衝向他們的背包，拿回來兩把小小的提琴；多瑞、諾瑞和歐瑞從外套裡抽出了笛子；邦伯從門廳那兒拿來一面鼓；比弗和波弗也出去了，回來時拿著先前跟手杖擺在一起的單簧管。杜瓦林和巴林說：「抱歉，我們把樂器留在門廊上了！」「那就把我的也順便拿進來吧！」梭林說。他們回來時拿著跟他們一樣大的古提琴，還帶來了梭林包在綠布裡的豎琴。那是一把漂亮的金色豎琴，梭林一撥琴弦，音樂瞬間奏響，那麼突兀又那麼悅耳，比爾博登時忘了一切，一下子被送到了陌生的月亮照耀下的黑暗大地，遠遠越過了小河，遠離他在小丘下的霍比特洞府。

夜色從小丘山側鑿出的小窗漫進屋來；爐火搖曳——現在是四月天——他們仍在演奏，甘道夫鬍子投下的影子在牆上晃動。

黑暗籠罩了整個房間，火漸漸熄滅，影子消失了，但他們仍在繼續演奏。突然，先是一個，接著又一個，他們開始邊奏邊唱，用低沉的嗓音唱著生活在地底深處古老家園中的矮人。下面記錄的就是他們這首歌的一段，但沒有他們的伴奏，不知還能不能保有歌曲的原貌。

越過遠方的高山，迷霧冰冷
去往舊時的山洞，石窟幽深
我們要在破曉之前就出發
尋找那魔法下的黯淡黃金。

往昔矮人創造的咒語強大，

手中鐵錘敲打彷彿鐘響

地底深處，黑暗之物沉睡，

在荒丘下，空蕩蕩的廳堂。

那裡有許多閃耀的黃金寶藏

屬於精靈貴族與古代的國王

他們鍛冶鑄造，捕捉明輝

把它在劍柄的寶石裡封藏。

他們以銀鍊串起群星璀璨

頂頂頭冠鑲嵌飛龍的火焰，

他們用蔓卷的金屬絲線

網住月亮與太陽的燦爛光明。

越過遠方的高山，迷霧冰冷

去往舊時的山洞，石窟幽深

我們要在破曉之前就出發

奪回那早已遺忘，屬於我們的黃金。

他們為自己雕琢的酒杯

與黃金的豎琴，在無人挖掘之處

早已荒棄，曾經唱響的許多歌曲

人類與精靈未曾聞聽。

高山上的松林呼嘯咆哮，
風聲在深夜裡悲鳴蕭蕭。
烈焰赤紅，火光沖天；
樹木如火炬熊熊燃燒。

河谷裡警鐘聲聲敲響
臉色蒼白的人們仰頭張望；
惡龍的忿怒猛於火焰
脆弱的塔樓頹圮崩塌。

月光照亮了燃煙的山崗；
矮人聽見了厄運的腳步。
他們逃離廳堂，卻死在
他的腳下，月光把一切照亮。

越過遠方的高山，迷霧陰森
去往昏暗的山洞，石窟幽深
我們要在黎明之前就出發
從他手中奪回我們的豎琴與黃金！

他們唱歌時，霍比特人體驗到了一種對雙手、巧技和魔法造就的美好之物的愛，那是一種強烈而嫉妒的愛，是矮人心中的渴望。於是，他心中有種圖克式的東西被喚醒了，他想去看看崇山峻嶺，去聽聽松濤和飛瀑，去探索洞穴，帶一把寶劍而不是拿一根手杖。他向窗外望去。在樹梢上方漆黑的天空中，群星已現。他想到了矮人的寶石在幽暗的洞穴裡閃耀。突然，小河對岸的樹林裡有一團火焰竄起——多半是什麼人點燃了一堆柴火——他想到了掠奪成性的惡龍降落到他安靜的小丘上，把整座山丘燃成一片火海。他打了個寒顫。很快，他又變回了那個住在小丘下的袋底洞裡，平平無奇的巴金斯先生。

他抖抖索索地站了起來，小半心思想著去拿燈，大半想的是趁著假裝去拿燈時溜之大吉，躲到酒窖的啤酒桶後面，一直等到所有的矮人都走了再出來。忽然間，他發現音樂和歌聲都停了，他們都注視著他，黑暗中目光炯炯。

「你要去哪裡？」梭林問，語氣聽起來就像他猜到了霍比特人那兩半的心思。

「來點燈光怎麼樣？」比爾博歉然回道。

「我們喜歡摸黑，」眾矮人異口同聲說，「摸黑做祕事！還要過好幾個鐘頭才會天亮。」

「當然當然！」比爾博說，慌忙坐下，卻坐偏了，沒坐到凳子上，而是坐到了壁爐的護欄上，噹啷一聲碰倒了撥火棍和鏟子。

「噓！」甘道夫說，「讓梭林發言！」於是，梭林就開講了。

「甘道夫、各位矮人，以及巴金斯先生！我們齊聚在我們的朋友和同謀家裡，他是一位最出類拔萃、最大膽無畏的霍比特人——願他腳趾上的毛永不脫落！盛讚他的紅酒和麥酒！」他暫停下來喘口氣，同時等待霍比特人說句客氣

的話。但是，可憐的比爾博·巴金斯根本沒聽進去這些恭維，他正張口結舌，想抗議自己被說成是「大膽無畏」，更有甚者，還被稱作「同謀」。然而他過於狼狽，一個字也沒說出來。於是，梭林接著說：

「我們相聚在此，旨在討論我們的計畫，我們的路線、手段、方針和計謀。很快，在破曉之前，我們將展開漫長的旅程，我們當中有些人，甚至我們全體（除了我們的朋友和顧問，足智多謀的巫師甘道夫），可能一去不返。這是一個莊嚴的時刻。我想，人人都十分清楚我們的目標。對可敬的巴金斯先生，或許還有一兩個年輕的矮人（例如奇力和菲力，我想，我指名提到他們應該沒錯），我們大概需要簡短地解釋一下目前的確切情況⋯⋯」

這就是梭林的風格。他是個尊貴的矮人。如果容許他講下去，他很可能會像這樣一直講到喘不上氣為止，而所講的事情無一不是在座的人早就知道的。但是，這次他被粗魯地打斷了。可憐的比爾博再也受不了了。在聽到「可能一去不返」的時候，他開始感覺一聲尖叫打從心底湧起，很快就像火車衝出隧道口時發出的汽笛聲一樣爆發出來。所有的矮人都跳了起來，把桌子都撞翻了。甘道夫在他那魔法手杖的頂端點燃了一團藍光，在那焰火般耀眼的光芒中，只見可憐的小霍比特人跪在壁爐前的地毯上，抖得活像一塊正在融化的果凍。接著，他直挺挺地倒在地上，沒完沒了地喊著：「被雷劈了，被雷劈了！」有好長一陣子，他們只能從他嘴裡聽到這句話。於是，他們把他抬起來，挪到休息室的沙發上，在他手邊放一杯酒，然後他們又回去討論他們的祕事。

等大家坐回原位，甘道夫說：「這小傢伙容易激動，會莫名其妙地發作一陣子。但他是最棒的，堪稱個中翹楚——在危急關頭會像惡龍一樣凶猛。」

如果你曾見過危急關頭的惡龍，你就會明白，這話拿來形容任何霍比特人

都是詩意的誇張，即便用在老圖克的曾叔祖吼牛身上都過頭了。吼牛高大魁梧（對霍比特人而言），能騎人類的馬。在綠野之戰中，他一馬當先衝入格拉姆山半獸人的戰陣，用一根木棍乾淨俐落地敲掉了敵方國王高爾夫酋的腦袋。那顆腦袋在空中飛了有一百碼遠，掉進了一個兔子洞。就這樣，仗打贏了，同時高爾夫球這項運動也誕生了。

不過，此時吼牛那個比較斯文的後代子孫正躺在休息室裡，慢慢緩過勁來。過了一會兒，在喝過酒之後，他緊張地爬到客廳門邊，聽到了如下的談話。格羅因說：「哼！（或類似的鼻息聲）你們覺得他能行嗎？甘道夫怎麼誇這個霍比特人凶猛也罷，但只要他在激動時發出剛才那樣一聲尖叫，就足以驚醒惡龍外加一家大小，害我們統統送命。我覺得那一嗓子聽起來不是激動，更像恐懼！事實上，要不是門上有記號，我肯定以為我們走錯了人家。一看見門口那個點頭哈腰、氣喘吁吁的小傢伙，我就覺得這事兒有蹊蹺。他看起來可不像飛賊，更像個雜貨商！」

於是，巴金斯先生一擰門把走了進去。圖克家族的血統占了上風。他突然覺得，自己寧可不吃不睡都要讓人以為他很凶猛。至於那句「門口那個點頭哈腰的小傢伙」，簡直讓他氣到了堪稱凶猛的程度。日後，他身上的巴金斯血統多次為他此時此刻的行動感到懊悔，他對自己說：「比爾博啊，你真是個傻瓜；你走了進去，一腳踏上了賊船。」

「抱歉，」他說，「我無意中聽到了你們的談話。我不想假裝明白你們在說什麼，也不懂你們提到的飛賊，不過有一點我認為我理解得沒錯……」（這就是他所謂的自尊自重）「就是你們認為我不行。我會讓你們見識見識。我家門上沒有記號——它一週前才粉刷過——我敢肯定你們是走錯了人家。在門口

台階上一看見你們滑稽的臉孔，我就覺得這事兒有蹊蹺。不過就當你們是走對了地方吧。告訴我你們想幹什麼，就算我必須從這裡走到極東之地，在絕境沙漠裡和狂暴的妖蟲戰鬥，我都會試上一試。我有位曾曾曾叔祖，名叫吼牛·圖克，他……」

「沒錯，沒錯，但那都是很久以前的事了。」格羅因說，「我說的是**你**。而且我向你保證，門上確實有個記號──這一行常用的記號，或者以前常用的記號。它的意思通常是這樣的：**飛賊想做一筆好生意，要足夠刺激，報酬公道。** 你樂意的話，也可以不說**飛賊**，改說**尋寶高手**。他們當中有些人就這麼說，但對我們來說沒區別。甘道夫告訴我們，這一帶有個這樣的人正在找一份這種工作，還說他已經安排了這個星期三喝下午茶的時間在這裡會面。」

「門上當然有記號，」甘道夫說，「是我親手弄的，而且理由非常充分。你們要求我給你們的探險隊伍物色第十四位成員，而我選中了巴金斯先生。誰要說我選錯了人或者選錯了人家，你們就維持十三個人不變好了，愛多倒楣就多倒楣，或者回去繼續挖煤。」

他怒氣沖沖地瞪著格羅因，把那矮人嚇得縮回了椅子裡。比爾博剛想張嘴問個問題，甘道夫就轉過身來，板著臉朝霍比特人豎起兩條濃密蓬亂的眉毛，直到比爾博啪嗒一聲牢牢閉上了嘴。「這就對了，」甘道夫說，「我們別再爭論了。我選擇了巴金斯先生，這對你們每個人來說都該夠了。我說他是飛賊，他就是飛賊，或者到時候就會是飛賊。他的本事比你們估計的要大得多，比他自己認識到的還要大不少。你們到頭來（說不定）都得感謝我。現在，比爾博，乖孩子，去把燈拿來，讓我們趁著亮光來看看這東西！」

就著一盞配了紅燈罩的大燈，他在桌上攤開了一張像是地圖的羊皮紙。

「梭林，這是你祖父瑟羅爾畫的，」他這話回答了矮人們急於知道的問題，「這是一張孤山的平面圖。」

梭林掃了一眼之後失望地說：「我看不出這圖能有多大幫助。孤山和周圍的地界我都記得清清楚楚。我知道黑森林和繁衍惡龍的那片枯荒野都在哪裡。」

「孤山上有一條用紅色標記的惡龍，」巴林說，「不過我們要是真到了那裡，用不著什麼標記也能輕易找到他。」

「有一點你們沒注意到，」巫師說，「就是那個祕密入口。看到西側寫的如尼文，還有從其他如尼文中指向它的那隻手了吧？這標示著一條通往下層大廳的隱密通道。」（看看本書附上的地圖，你會見到紅色的如尼文。）

「這可能曾經是個祕密，」梭林說，「但我們怎麼知道它現在還是？老斯毛格已經在那裡住了很久，久到足以讓他對那些洞穴瞭若指掌。」

「有可能……但這麼多年來他不可能走過它。」

「為什麼？」

「因為它太小了。如尼文說，『門高五呎，可容三人並行』，斯毛格可爬不進這種大小的洞，他還是條小龍的時候都進不去，在吞噬了那麼多的矮人和河谷鎮的人類之後，當然就更進不去了。」

「我覺得這是個巨大的洞，」比爾博尖聲說（他從沒見識過惡龍，只知道霍比特人的洞）。他又激動起來，再次燃起了興趣，以至於忘了要閉嘴。他熱愛地圖，在他的門廳裡就掛著一幅夏爾全境的大地圖，上面用紅墨水標出了每一條他愛走的小道。「先不說那條龍，這麼大的門，怎麼可能對外界的人保密呢？」他問。你要知道，他只是個小小的霍比特人。

「有很多種辦法，」甘道夫說，「但是這個入口是怎麼隱藏起來的，我們

不去看看就不會知道。從地圖上的說明來看，我猜那裡有一扇打造成關起來就會變得跟山壁一模一樣的門。這是矮人慣用的方法——我想沒錯，你說呢？」

「的確沒錯。」梭林說。

「還有，」甘道夫接著說，「我忘了提，地圖還附帶了一把鑰匙，一把小巧古怪的鑰匙。給！」他說，遞給梭林一把銀製的鑰匙，有著長長的鑰筒和複雜的齒凹。「好好保管它！」

「我自然會。」梭林說，把鑰匙繫在脖子上戴的一條精緻鍊子上，再塞進外套底下。「現在情況開始顯得有點希望了，這個消息大有助益。到目前為止，我們還不清楚該怎麼辦。我們原本打算往東走，盡可能悄悄地謹慎前進，一直走到長湖。在那之後可能就有麻煩了……」

「早在之前就會有麻煩了，」甘道夫插嘴說，「我多少還算了解往東的路。」

梭林沒理會他，自顧往下說：「我們可以從那裡沿著奔流河往上游走，到河谷城³的廢墟，那座孤山籠罩下的山谷裡的舊鎮。但我們誰都不想走前門進去。奔流河就是從前門流出來，穿過孤山南面的大峭壁，惡龍也是從前門出入，而且出入十分頻繁，除非他現在改了習慣。」

「那可不妙，」巫師說，「除非有個強大的戰士，甚至一個英雄。我設法找過了，但戰士們都在遙遠的國度，正忙於互相廝殺，而在附近這一帶英雄很罕見，根本找不到。這一帶的劍大多是鈍的，斧頭用來砍樹，盾牌則拿來當搖籃或蓋飯菜；惡龍幸運地無比遙遠（因此只是個傳說）。這就是為什麼我決定採用行竊的辦法……特別是我還想起有一扇側門存在。我們這位小個子比爾博·巴金斯就是飛賊，我精心挑選的飛賊。所以，我們這就開始制定計畫吧。」

「好極了，」梭林說，「看看這位飛賊專家能提供我們什麼創意或建議。」他轉向比爾博，一臉的假客氣。

「首先，我想多了解一點情況，」比爾博說，感覺腦子裡一片混亂，且有一點震驚。但到目前為止，他的圖克血統仍然讓他決心幹下去。「我是說，那些金子啊惡龍啊什麼的，還有，它們是怎麼到那裡的，又是屬於誰的，諸如此類的事。」

「我的天啊！」梭林說，「你沒看到地圖嗎？沒聽到我們唱的歌嗎？我們不是都已經談了好幾個鐘頭嗎？」

「沒錯，但我還是希望把一切都弄得一清二楚。」他固執地說，擺出一副公事公辦的樣子（這姿態通常是給那些想向他借錢的人預備的），並竭力顯得明智、穩健，像個行家裡手，配得上甘道夫的推薦。「我還想知道有多少風險、自付多少費用、需要多久時間，以及有多少報酬，等等。」他真正的意思是：「我能從中得到什麼？我還能活著回來嗎？」

「好吧，講也無妨。」梭林說，「很久以前，在我祖父瑟羅爾的時代，我們的家族被逐出了遙遠的北方，帶著所有的財產和工具，來到了地圖上的這座大山。它是我的遠祖老瑟萊因發現的。他們在那裡採礦、開掘，建造了更宏偉的殿堂和更巨大的工坊——除此以外，我相信他們還發現了大量的黃金和大批的珠寶。總之，他們變得非常富有、聲名遠揚，我祖父再次成為山下之王，受到凡人的極大尊敬，那些凡人住在南方，沿著奔流河逐漸向上游發展，直到孤

---

3. 河谷城（Dale）位於孤山附近，既是城鎮本身的名字，也指周邊地區一同組成的城邦；單指城鎮時譯為河谷城，指領地時譯為河谷邦。——譯者註

山籠罩的山谷裡。彼時，他們在那裡建造了歡樂的河谷城。他們的歷代國王曾經聘請我們的鐵匠，就連手藝最平常的匠人都能得到豐厚的報酬。他們做父親的會懇求我們收他們的兒子當學徒，付我們非常優渥的報酬，特別是糧食，我們從來不必費心自己種莊稼或找吃的。總而言之，那是我們美好的往日，我們當中最窮的人都有錢花，還有錢能借人，並且有閒暇去做美麗的東西，只是為了自娛，更不用說那些神奇之至、施有魔法的玩具，當今世界上再也找不到這樣的玩具了。如此，我祖父的廳堂裡擺滿了盔甲、珠寶、雕刻和杯子，河谷城的玩具市場則是北方的奇蹟。

「毫無疑問，惡龍就是這麼被引來的。你知道，龍只要找得到，會從人類、精靈和矮人那裡偷走黃金和珠寶；並且他們會終生（基本就是永遠了，除非他們被殺）守護著自己掠奪來的寶物，卻連個黃銅戒指都不會享用。事實上，他們雖然對寶物當前的市值有很好的概念，卻幾乎分不清寶物的好壞；他們也沒有本事自己製造東西，就連自己稍有鬆動的鱗甲都修補不了。那時候，北方有很多惡龍，隨著矮人逃向南方或被殺，那裡的黃金可能越來越少，而惡龍造成的大片荒蕪和破壞，又是雪上加霜。有一條特別貪婪、強壯、邪惡的大蟲，叫做斯毛格。有一天，他飛上天空，向南飛來。我們最初聽到的聲音，就像從北方颳來一場颶風，山上的松樹在風中嘎吱作響，紛紛摧折。有些矮人碰巧在外面（很幸運，我就是其中之一，那時我還是個喜歡冒險的小子，成天四處遊蕩，這在那天救了我一命）——唉，我們遠遠地看到那條龍落在我們的山上，噴出一股火焰。然後他從山坡上下來，當他到達樹林時，樹林便成了一片火海。那時河谷城裡所有的鐘都敲響了，戰士們也都武裝起來。矮人衝出宏偉的大門，然而惡龍就在那裡等著他們。從那裡出去的人無一倖免。河水沸騰起

來，蒸氣沖天，濃霧籠罩了河谷城，惡龍借著濃霧的掩護撲來，殺死了大多數戰士──就是那種尋常的不幸故事，在那些日子裡司空見慣。然後他回頭，從前門爬進去，將所有的廳堂、大街小巷、隧道、地窖、宅邸和通道搜了個遍。此後，留在裡面的矮人沒有一個活下來的，他把他們的財物全部據為己有。他很可能把所有的財寶聚集在大山深處，堆成巨大的一堆，當作床睡在上面──這是惡龍的習慣。日後，他經常趁夜爬出大門，前去河谷城，擄走鎮民──尤其是少女──吃掉，直到河谷城淪為廢墟，城中的居民不是死了就是逃走。現在那裡的狀況我說不準，但我想如今離孤山最近的居民，應該就是住在長湖遠端的人了。

「我們這些遠在外面的人躲在隱蔽的地方哭泣，詛咒著斯毛格；意外的是，鬚髮焦黑的我父親和祖父加入了我們的行列。他們神色異常陰沉，話也不多。當我問他們是怎麼逃脫的時候，他們叫我閉嘴，說等以後時機合適時自會讓我知道。之後，我們離開了那裡，不得不盡一切努力輾轉各地，做工糊口，經常紆尊降貴去幹打鐵甚至挖煤這樣的活。但我們從來沒有忘記我們被偷走的寶藏。即便如今，雖然我可以說我們已經攢了一筆不小的財富，不再那般窮困潦倒……」說到這裡，梭林摸了摸脖子上的金鍊，「……但如果能夠，我們還是打算把它奪回來，叫斯毛格領教我們的詛咒。

「我過去常想，我父親和祖父是怎麼逃出來的。現在我明白了，他們想必走了一道只有他們自己知道的隱密側門。然而他們顯然還畫了一張地圖，我很想知道甘道夫是怎麼把它弄到手的，為什麼它沒有傳到我這個合法繼承人的手中。」

「不是我把它『弄到手』的，是別人給我的。」巫師說，「你可還記得，

你祖父瑟羅爾是在墨瑞亞的礦坑裡被半獸人阿佐格殺死的。」

「那個該受詛咒的傢伙，我記得。」梭林說。

「而你父親瑟萊因離開那天是四月二十一日，到上個星期四正好滿一百年，自那以後你就再也沒有見過他……」

「沒錯，沒錯。」梭林說。

「唉，這圖是你父親給我的，讓我轉交給你；如果我選擇了自認為合適的時間和方式交給你，你怕是也不能責怪我，因為我費了好大勁才找到你。你父親把圖紙給我的時候，他連自己的名字都記不得了，他也從來沒有告訴我你的名字。所以，總的來說，我覺得我應該得到讚揚和感謝！來，拿去吧。」他說，把地圖遞給了梭林。

「我不明白。」梭林說，比爾博覺得自己頗有同感。這個解釋似乎沒把事情解釋清楚。

「你祖父，」巫師慢慢地說，語氣嚴肅，「為了安全起見，在動身前往墨瑞亞礦坑之前，把地圖交給了兒子。你祖父被殺後，你父親拿著地圖去碰運氣。他經歷了諸多飽含痛苦的冒險，卻連孤山都沒能接近過。我是在死靈法師的地牢裡發現他的，但他是怎麼去到那裡的，我一無所知。」

梭林打了個寒顫問：「你到底去那裡幹什麼？」所有的矮人都發抖了。

「這你就別管了。我像往常一樣是在調查，而那是一樁可怕又危險的事務。就連我，甘道夫，也只是僥倖逃脫。我想救你父親，但已經太遲了。他已經神智錯亂，除了地圖和鑰匙，幾乎什麼都不記得了。」

「我們早就報復了墨瑞亞的半獸人。」梭林說，「我們必須想想怎麼對付死靈法師了。」

「別傻了！他是個勁敵，就算把全世界四個角落裡所有的矮人都召集起來，合起來的力量也遠遠不是他的對手。你父親唯一的願望就是他兒子能看懂地圖，使用鑰匙。惡龍與孤山已經夠你對付的了！」

「沒錯，沒錯！」[4]比爾博一沒留神就把心裡想的大聲說了出來。

「聽什麼？」他們唰的一下全轉過頭來看他，他太慌張，只得回答：「聽我要說的話！」

「你要說什麼？」他們問。

「嗯，我覺得你們應該去東邊，去實地看看。畢竟有個側門，我想，惡龍有時也得睡覺。如果你們在門前的台階上坐得夠久，我敢說，你們會想出辦法來的。還有，你們難道沒發現，我想我們這一晚上談得已經夠久了，如果你們懂我的意思的話。何不去睡個覺，然後早點出發，再說別的？在你們走之前，我會給你們準備一頓豐盛的早餐。」

「我想你的意思是，在**我們**走之前。」梭林說，「你不是飛賊嗎？坐在門前台階上不正是你的職責嗎？更別說進到門裡了。不過我贊成你說的睡覺和早餐。我要出遠門時，喜歡吃六個雞蛋配火腿：要煎的不要煮的，注意別把蛋黃弄破。」

所有其他的人連聲請都沒說（這讓比爾博非常惱火）就點了自己的早餐，然後起身離座。霍比特人不得不給他們一一安排住處，不但填滿了他所有空餘的房間，還徵用了椅子和沙發搭睡鋪，都安頓好以後他才回到自己的小床上，

---

4. 原文是 "Hear，hear！" hear 既有「說得好」「沒錯」的意思，也有「聽」的意思，所以下文矮人們問「聽什麼」。——譯者註

疲憊不堪，一點也不開心。有一件事他確實打定了主意，就是絕不費事早起，給別人做什麼該死的早餐。圖克家族的血性漸漸消退了，他現在也說不準自己到了早晨會不會參與任何旅程。

當他躺在床上的時候，他聽見隔壁最好的臥室裡，梭林還在低聲哼唱：

越過遠方的高山，迷霧冰冷
去往舊時的山洞，石窟幽深
我們要在破曉之前就出發
奪回那早已遺忘，屬於我們的黃金。

耳畔縈繞著歌聲，比爾博睡著了，這讓他做了很不舒服的夢。等到天光大亮之後，他才醒過來。

CHAPTER
2

烤羊肉
Roast Mutton

比爾博一躍而起，披上睡袍走進餐廳。裡面一個人也沒有，只有一大幫人曾在這裡匆忙吃過一大頓早餐的跡象。餐廳裡一片狼藉，廚房裡堆著沒洗的碗碟瓶罐。他所有的鍋碗瓢盆幾乎全被用過了。想到要刷洗這堆東西就讓人喪氣到了極點，以至於比爾博不得不相信，昨晚的聚會並不像他所希望的，只是噩夢的一部分。不過，想到他們沒帶他就走了，都沒費心叫醒他，他著實鬆了一口氣（「可是連聲謝也沒說。」他想）。但在某種程度上，他還是忍不住感到有那麼一丁點失望。這種感覺連他自己都很驚訝。

「別傻了，比爾博·巴金斯！」他自言自語道，「你這把年紀還想什麼惡龍和那些稀奇古怪的鬼話！」於是，他繫上圍裙，生火，燒開水，把碗碟洗了，然後在廚房裡吃了一頓小而美的早餐，這才離開了餐廳。這時，太陽已經照耀四方，和煦的春風從敞開的前門吹了進來。比爾博大聲吹起口哨，就要把昨天晚上的事忘到腦後。事實上，當甘道夫走進來時，他剛在敞開的窗戶旁坐下來，準備吃第二頓小而美的早餐。

「我親愛的夥計，」他說，「你**打算**什麼時候走？還說什麼**早點出發**？都十點半了，你卻在吃早餐，或隨便你管這頓叫什麼！他們給你留了信，因為他們等不及了。」

「什麼信？」可憐的巴金斯先生完全不知所措。

「我的老天！」甘道夫說，「你今天早上完全變了個人——你竟然沒去撢壁爐架上的灰塵！」

「這跟撢灰塵有什麼關係？洗十四個人的鍋碗瓢盆已經夠我忙的了！」

「要是你撢了壁爐架上的灰塵，就會在鐘底下發現這個。」甘道夫遞給比爾博一張紙條（當然，是用比爾博自己的信紙寫的）。

紙條上寫著：

梭林暨同伴向飛賊比爾博問好！對您的盛情款待，我們衷心感謝；對您提供的專業協助，我們欣然接受。條件如下：現金支付，金額為至多但不超過總利潤（如果有的話）的十四分之一；所有旅費在任何情況下都全包；您若遭遇不測，喪葬費用將由我們支付，或由我們的代表支付——如果我們發生意外，且未作其他安排。

考慮到沒有必要打擾您寶貴的休息，我們已經提前著手進行必要的準備工作，並將於上午十一點整在傍水鎮的綠龍客棧恭候尊駕。相信您會準時前來。

有幸

對您懷有深切敬意的

梭林暨同伴

「這意味著你只剩下十分鐘了。你得跑著去。」甘道夫說。

「但是……」比爾博說。

「沒時間說但是了。」巫師說。

「可是……」比爾博又說。

「也沒時間說可是了！快走吧！」

比爾博到死都不記得他那天是怎麼出門的，沒戴帽子，沒拿手杖，沒帶一分錢，也沒帶任何他平常出門時會帶的東西。他扔下吃了一半的第二頓早餐，嘴沒擦手沒洗，直接把鑰匙塞到甘道夫手中，然後就以他的毛毛腳能跑出的最快速度飛奔過小路，經過大磨坊，過了小河，又繼續跑了一哩多的路。

等他上氣不接下氣趕到傍水鎮時，鐘剛好敲了十一下，他突然發現自己出門時竟然沒帶手帕！

「棒極了！」站在客棧門口望著他到來的巴林說。

就在這時，其他所有人都從出村的大路拐角處過來了。他們騎著小馬，每匹都駄著大包小包各種各樣的行李，以及隨身用具。其中還有一匹小馬特別小，顯然是為比爾博準備的。

「你們倆趕緊上馬，我們出發了！」梭林說。

「抱歉之至，」比爾博說，「我來是來了，可沒戴帽子，沒帶手帕，身上連一分錢也沒有。確切地說，我到十點四十五分才看到你的留言。」

「不用那麼確切，」杜瓦林說，「也不用擔心！你得在沒有手帕也沒有很多別的東西的情況下應付這趟旅程了，直到終點。至於帽子，我的行李裡有一套備用的兜帽和斗篷。」

就這樣，他們出發了，那是五月將臨之前一個晴朗的早晨，他們騎著滿載行李的小馬，慢騰騰地離開了客棧。比爾博穿戴著從杜瓦林那裡借來的深綠色兜帽（有點舊了）和深綠色斗篷，它們對他來說都太大了，讓他看上去相當滑稽。他父親邦果會怎麼看他，我不敢想。唯一讓他感到安慰的是，沒人會把他誤認成矮人，因為他沒長鬍子。

他們騎了沒多久，就見到甘道夫騎著白馬，神氣十足地趕了上來。他帶來了很多手帕，還有比爾博的菸斗和菸草。從這之後，一行人就走得十分開心。他們一整天都是邊騎馬邊講故事或唱歌，當然還停下來吃了飯。雖然吃飯的次數沒有比爾博期望的那麼頻繁，但他還是開始覺得，冒險歸根到底也沒那麼糟糕。

起先，他們穿過了霍比特人的地界，這裡地勢十分開闊，居民體面正派，道路平坦，偶有一兩家客棧，不時可見矮人或農夫漫步經過，忙著自己的營

生。然後，他們來到了當地人說話很奇怪的地方，還唱著比爾博以前從來沒聽過的歌。現在，他們深入了野地，杳無人煙，不見客棧，路況也越來越差。前方不遠有一片荒涼的山丘，山勢越升越高，樹木遮天蔽日。有些山崗上有古老的城堡，模樣猙獰，彷彿是邪惡的人建造的。一切都顯得陰沉，因為那天的天氣變糟了。大多數時候，天氣都跟五月該有的那麼好，正像歡樂的故事裡講的那樣，但是現在又冷又濕。他們在野地裡的時候雖然也不得不露營，但至少那時地上是乾燥的。

「這哪像快到六月了！」比爾博嘟囔著，他跟在其他人後面，踏著泥水走在一條全是爛泥的小路上。這時已經過了下午茶時間。大雨傾盆，已經下了一整天。他兜帽上的水正往眼睛裡滴，斗篷也早就濕透了。小馬累了，在石路上磕磕絆絆地走著。大家的心情都不好，不願說話。「我敢肯定，雨水已經滲進乾衣服和食物袋裡了。」比爾博想，「讓偷竊什麼的全見鬼去！我真希望我是在家裡，在我那個美好洞府的壁爐邊，壺裡的水剛剛燒開！」這可不是他最後一次這麼希望！

矮人們仍然慢悠悠地走著，從來沒回過頭，也沒注意霍比特人。藏在烏雲背後的太陽一定已經下山了，因為天色開始變暗，與此同時他們往下走進一座深谷，谷底有一條河。起風了，河岸邊的柳樹被颳得彎了腰，發出嘆息聲。幸好那條路經過一座古老的石橋，因為雨使河裡漲了水，從北邊的丘陵和群山中湍急地流下。

他們過河之後，天都快黑了。風吹散了烏雲，漫遊的月亮出現在群山上空飛逝的殘雲之間。他們隨即停下來，梭林嘟囔了幾句晚飯之類。「還有，我們上哪兒去找塊乾燥的地方睡覺？」

直到這時，他們才發現甘道夫不見了。到目前為止，他一直和他們同行，從來沒說他是冒險隊伍的一員，還是僅僅陪他們走一段路。他吃得最多，說得最多，笑得最多。但是現在他竟徹底失蹤了！

「還偏偏就在巫師最能派上用場的時候。」多瑞和諾瑞抱怨道（他們和霍比特人的觀點一致，就是飲食要規律，吃得多，吃得勤）。

最後他們決定就在原地紮營。他們走到一叢樹下，雖然樹底下相對乾燥些，但風一吹，樹葉上的雨水就滴滴答答地落下來，還是十分令人惱火。而且，這場麻煩似乎也影響了生火。矮人幾乎能在任何地方用任何東西生火，不管有沒有風；但那天晚上火就是生不起來，就連特別擅長生火的歐因和格羅因也做不到。

這時，一匹小馬無緣無故受了驚嚇，拔腿跑了。大家還沒來得及抓住牠，牠就掉進了河裡。他們倒是把馬拉上了岸，但菲力和奇力差點淹死，馬身上馱的行李也全都被水沖走了。偏偏，行李裡面大部分是食物，這下留給晚餐的所剩無幾，留給早餐的就更少了。

他們一個個都沉著臉坐在那裡，渾身濕漉漉的，嘴裡嘟嘟囔囔，歐因和格羅因繼續試著生火，還為此爭吵不休。比爾博悲傷地想，冒險並不總是在五月的陽光下騎著小馬遠行啊。這時，一直負責瞭望的巴林說：「那邊有光！」一段距離開外有座山丘，山上有樹，有些地方長得很茂密。在黑漆漆的樹林裡，他們這會兒可以看見一團光在閃動，一種發紅的、看上去很舒服的光，就像是一堆篝火或火把在閃爍。

他們看了火光一會兒，接著爭論起來。有人說「不行」，有人說「可以」。有人說不妨走過去看看，不管什麼都比晚餐吃不飽，早餐會更少，還整

夜穿著濕衣服來得強。

　　另一些人說：「這一帶沒人熟悉，又離山區太近。這年頭旅行的人基本不走這條路了。那些老地圖都不管用了，情況已經變得更糟，路也沒人保護。這裡的人連國王都沒聽說過，你走在路上越少管閒事，就越少惹麻煩。」有人說：「說到底我們有十四個人，怕啥。」還有人說：「甘道夫到哪裡去了？」這話人人都問了一遍。隨後，雨開始越下越大，大到空前的地步，而歐因和格羅因乾脆打了起來。

　　這平息了爭論。大家說：「畢竟我們還有個飛賊。」於是他們動身了，牽著他們的小馬（竭盡全力做到小心謹慎）朝火光的方向走去。他們來到山下，很快就進了樹林。他們往山上爬去，但是看不出有什麼像樣的小路能通往住家或農場。他們在漆黑的樹林中努力穿行向前，不斷弄出各種沙沙聲、劈啪聲和嘎吱聲（外加各式埋怨和抱怨）。

　　突然，那團紅光從前方不遠的樹幹之間透射出來，明亮非常。

　　「現在輪到飛賊出場了，」他們說，指的是比爾博。「你得去探探那團光究竟怎麼回事，它是幹嘛的，以及情況是不是全然安全可靠。」梭林對霍比特人說，「現在快去，要是沒什麼問題，就趕快回來。要是不妙，就學穀倉貓頭鷹那樣沉聲叫兩回，再像尖嘯貓頭鷹那樣叫一聲，我們會盡力而為。」

　　比爾博不得不去，也沒來得及解釋他不會貓頭鷹叫，一聲都不會，隨便哪種貓頭鷹的叫法都不會，就跟他不會像蝙蝠一樣飛來飛去一樣。不過，不管怎麼說，霍比特人能在樹林裡安靜地移動，絕對悄無聲息。他們為此自豪，比爾博不止一次在行路時對他所謂的「好一通矮人吵鬧」嗤之以鼻——不過依我看，哪怕有一整隊的矮人在夜黑風高時打兩呎外經過，你我都根本不會察覺

的。至於一本正經地朝紅光走去的比爾博，我看就算是黃鼠狼也不會動一動鬍鬚。所以，很自然地，他沒有驚動任何人，就直接走到火堆旁——那確實是一堆簧火——結果看到了這麼一幕景象。

三個體型十分龐大的人形圍坐在山毛櫸木堆成的碩大火堆旁。他們正用長長的木叉烤羊肉，還舔著手指上的肉汁。空氣中散發著一股令人垂涎的肉香味。旁邊還有一桶好酒，他們正用大壺在喝。然而他們是食人妖，一看就知道是食人妖。就連一直過著安穩生活的比爾博也能看得出來：厚實的大臉，這種體型，還有腿的形狀，更別提他們說的話，那真是完完全全沒法登上大雅之堂。

「昨天羊肉，今天羊肉，媽呀，趕明兒可別再吃羊肉了。」其中一個食人妖說。

「俺們都好久沒嘗過哪怕一丁點人肉了。」第二個食人妖說，「威廉你打的什麼破主意，把俺們帶到這鬼地方來，真想不通……而且酒快喝光了。」他說著，用手肘搗了搗正拿著壺咕嘟咕嘟大口灌酒的威廉。

威廉嗆到了。「閉上李的臭嘴！」他一緩過氣來就罵道，「李還指望人跑到這兒乖乖待著，等李和伯特去揣啊。自打下山，李倆揣的人已經有一個半村子了。李倆還想要多少？總有一天李得為了一口這麼肥美的羊肉說『謝李了啊比爾』[5]。」他從手上正烤的羊腿上咬下一大口肉，用袖子擦了擦嘴巴。

沒錯，恐怕食人妖就是這樣的作風，就連那些只長了一個腦袋的也一樣[6]。聽了這些話以後，比爾博應該立刻採取行動。要麼他悄悄回去警告朋友，說眼下有三個相當巨大的食人妖，心情很不妙，很可能想嘗嘗烤矮人甚至烤小馬來換換口味；要麼他該露一手，眼疾手快地偷點東西。一個真正一流的傳奇飛

賊，這時候就該去扒食人妖的口袋——差不多任何時候都值得順一把，只要你辦得到——把木叉上的羊肉弄到手，摸走啤酒，再趁他們沒察覺時溜之大吉。其他更實際但不那麼講究專業尊嚴的竊賊，也許會趁其不備將他們一一捅死。之後這個晚上就能開心度過了。

這些比爾博都知道。他在書上讀過好多他沒見過也沒做過的事。他非常驚恐，同時也覺得很噁心；他真希望自己遠在百哩之外，然而⋯⋯然而不知為何他不能就這麼空著手，直接回去見梭林和同伴們。因此，他站在陰影中猶豫不決。在他聽說過的各種偷竊行為裡，去扒食人妖的口袋似乎難度最小，於是，最後他悄悄爬到了就在威廉背後的一棵樹後。

伯特和湯姆起身去了酒桶邊。威廉在喝新的一壺酒。這時比爾博鼓起勇氣，把自己的小手伸進了威廉的巨大口袋。裡面有個錢包，對比爾博來說卻大得像個手提袋。「哈！」他想，小心翼翼地把錢包拎出來，覺得自己的新工作漸入佳境，「這只是個開頭！」

的確只是個開頭！食人妖的錢包總會惹禍，這個也不例外。「喂，你誰啊？」錢包離開口袋時尖叫道；威廉馬上轉身，在比爾博躲回樹後之前一把抓住了他的脖子。

「媽呀，伯特，快來看我抓到了啥！」威廉說。

「是啥？」那兩個食人妖走過來說。

「靠，鬼才知道！李是個啥？」

---

5. 比爾是威廉的暱稱。——譯者註
6. 童話故事裡經常把食人妖描述成長著好幾個頭的怪物。——譯者註

「我是比爾博·巴金斯，是個飛呃……霍比特。」可憐的比爾博說，渾身發抖，不知道在自己在被他們掐死之前要怎麼學貓頭鷹叫。

「飛呃霍比特？」他們嚇了一小跳。食人妖的腦筋很遲鈍，而且對任何新東西都有很重的疑心病。

「一個飛呃霍比特掏我的口袋幹啥，說說？」威廉說。

「李能把他烤了嗎？」湯姆問。

「那李就試試吧。」伯特說著，拿起一根烤肉叉。

「他連一口都不夠吃，」已經飽吃了一頓晚飯的威廉說，「剝了皮，剔了骨頭，剩下的不夠吃一口。」

「也許還有更多像他這樣的東西在周圍，俺們可以做個餡餅，」伯特說，「喂喂，這林子裡還有像李這樣鬼鬼祟祟的東西嗎？李這討厭的小兔崽子。」他說，看看霍比特人毛茸茸的腳，抓住他的腳趾把他倒拎起來，還甩了甩。

「有，有很多。」比爾博說，然後他才想起不能出賣朋友，又趕緊說：「沒有，一個都沒有。」

「李這話什麼意思？」伯特說，這回抓住他的頭髮提在半空中。

「我是說，」比爾博喘著氣說，「好心的先生們，請別把我烤了！我本人是個好廚師，做的菜比我被做成菜更好吃，你懂我的意思吧。我會給你們做美味可口的飯菜，只要你們不把我當晚飯吃掉，我就給你們做一頓美美的早飯。」

「可憐的小混蛋，」威廉說。他晚飯已經吃得不能再飽了，而且還喝了很多啤酒。「可憐的小混蛋！放了他吧！」

「他得先說清楚『有很多』和『一個都沒有』是什麼意思。」伯特說，「我可不想睡到一半被割了喉嚨！把他的腳趾頭放到火裡烤，烤到他開口！」

「我不幹，」威廉說，「反正我已經抓到他了。」

「你個肥蠢貨，威廉，」伯特說，「我早就這麼說。」

「你個廢物點心！」

「你敢罵我，比爾‧哈金斯，造反了你！」伯特說著，一拳正中威廉的眼睛。

接著就是一場激烈的混戰。比爾博被伯特扔到地上時，總算還剩點理智，趁他們還沒像狗一樣廝打起來，還沒放開喉嚨用各種實至名歸的髒話互相辱罵，他連滾帶爬地避開他們大腳的踩踏爬了出去。他們很快就扭在一起，踢打得難分難解，幾乎滾進火堆裡。湯姆則拿了根樹枝狠狠抽打他們倆，想讓他們清醒過來——當然，這只讓他們益發火大。

這本來是比爾博逃走的大好時機。但是他可憐的小腳被伯特的大手爪重重捏過，而且氣息奄奄，頭暈目眩；所以他在火光所及的範圍外躺著喘了好一會兒的氣。

就在他們打架打到一半的時候，巴林來了。矮人們從遠處聽到了聲響，等來等去卻不見比爾博回來，又沒聽見他學貓頭鷹叫，於是他們開始一個接一個，盡可能不弄出聲響地朝火光爬去。湯姆一看見巴林走進火光中，就發出一聲可怕的嚎叫。食人妖完全不能忍受（沒煮熟的）矮人，看一眼都受不了。伯特和比爾立刻住了手，說：「湯姆，拿袋子來，快！」巴林正納悶比爾博在這一片混亂中人是在哪兒，一口麻袋就兜頭罩下，將他撂倒在地。

「還有更多要來，」湯姆說，「不然我就大錯特錯了。『有很多』和『一個都沒有』，還真是。」他說，「沒有飛呃霍比特，但有很多這樣的矮人。就這麼回事！」

「我腳著[7]你說得對，」伯特說，「俺們最好躲到火光照不到的地方。」

於是他們都躲起來了，手裡拿著平日裡裝羊肉和其他贓物的麻袋，等在暗處。每當一個矮人走過來，驚訝地看著火堆、打翻的酒壺和被啃過的羊肉時，「噗」的一聲，一個臭氣熏天的麻袋就兜頭罩下，將他摺倒。不一會兒，杜瓦林就躺到了巴林身邊，菲力和奇力兜在一起，多瑞、諾瑞和歐瑞堆成一堆，歐因、格羅因、比弗、波弗和邦伯被很不舒服地疊在火堆旁。

湯姆說：「算是給他們個教訓。」因為比弗和邦伯就像矮人被逼急時一樣，發瘋地反抗，給他們添了不少麻煩。

梭林是最後一個來的，但他沒有措手不及地被捉。他料到事有蹊蹺，用不著看到同伴們的腿從麻袋裡戳出來就知道大事不妙。他站在一段距離外的陰影裡，說：「這是怎麼回事？誰在亂抓我的人？」

「是食人妖！」比爾博躲在樹後面說。他們把他忘得一乾二淨。他說：「他們拿著麻袋躲在灌木叢裡。」

「噢！是嗎？」梭林說。趁他們還沒來得及撲向他，他就一躍衝向火堆，抓起一根一頭燒旺了的大樹枝。伯特不及閃開，那燃燒的樹枝就插進了他的眼睛。這讓他暫時退出了戰鬥。比爾博也拚了命，他抱住湯姆的腿——盡可能抱穩，那腿粗得像根不大不小的樹幹——豈知湯姆一腳踢起火星濺向梭林的臉，比爾博也因此被甩飛，旋轉著摔進了灌木叢頂上。

作為回敬，梭林手中的樹枝猛戳到湯姆的牙齒上，撞掉了他一顆門牙。我跟你說，他著實痛得號爹叫娘。可是就在這時，威廉從後面趕上來，拿麻袋「噗」的一聲把梭林從頭到腳整個兜住。就這樣，戰鬥結束了。這下他們全都陷入了困境：全被牢牢地捆在了麻袋裡，旁邊還坐著三個憤怒的食人妖（其中

食人妖

---

7. 食人妖的發音腔調重，含糊不清，因此翻譯也跟著調整，把「覺得」譯為「腳著」，不是譯者寫錯字。──譯者注

兩個還記恨著燙傷和打掉的門牙），爭論應該慢慢地把他們烤熟，還是把他們細細地剁成肉燥煮熟，或者輪流坐在他們身上把他們壓成肉醬；而比爾博還在灌木叢上，衣服和皮膚都劃破了，卻一動都不敢動，生怕被他們發現。

就在這時，甘道夫回來了，但是誰也沒看見他。食人妖們剛剛決定，眼下先把矮人烤了，等稍後再吃——這是伯特的主意，經過好大一番爭吵，他們都同意了。

「現在烤他們不好，那得花一整夜。」有個聲音說。伯特以為是威廉說的。

「可別再吵一回了，比爾，」他說，「否則光吵就**要**花一整夜。」

「誰在吵啊？」威廉說，他以為剛才說話的是伯特。

「是你。」伯特說。

「你瞎說。」威廉說。於是，爭吵又開始了。最後，他們決定把矮人細細地剁成肉燥，然後煮熟。於是他們拿來一口大黑鍋，又拿出刀子。

「煮的不好！我們又沒有水。去井邊打水啥的還要走好遠。」有個聲音說。伯特和威廉以為是湯姆說的。

「閉嘴！」他們說，「要不然我們就啥也幹不成了。你要再多嘴，就讓你去打水。」

「你才閉嘴！」湯姆說，他以為說話的是威廉。「我倒想知道，除了你，還有誰在吵。」

「你這笨蛋。」威廉說。

湯姆說：「你才是笨蛋！」

於是爭吵又開始了，而且吵得比之前更凶。吵到最後，他們決定輪流坐在

麻袋上把矮人壓成肉醬，以後再煮。

「那我們要先坐在誰身上？」那個聲音說。

「最好先坐最後抓到的那個傢伙，」伯特說，他的眼睛已經被梭林毀了。他以為是湯姆在說話。

「別在那自言自語！」湯姆說，「你要想坐最後抓到的那個，就去坐。他是哪個？」

「穿黃襪子的那個。」伯特說。

「胡說，是穿灰襪子的那個。」一個像威廉的聲音說。

「我肯定是黃襪子那個。」伯特說。

「是黃襪子沒錯。」威廉說。

「那李剛才幹嘛說是灰襪子？」伯特說。

「我從來沒說過。是湯姆說的。」

「我才沒說過！」湯姆說，「是你說的。」

「咱二對一，所以閉上李的嘴！」伯特說。

「你跟誰這麼說話呢？」威廉說。

「都別說了！」湯姆和伯特異口同聲說，「黑夜要過去了，天快亮了。俺們趕緊動手吧！」

「天亮就是你們的末日，快變成石頭！」一個聽起來像威廉的聲音說，但那不是威廉。就在那一刻，晨光越過山丘，樹枝間傳來了唧唧喳喳的響亮鳥叫。威廉根本沒開口，因為他躬著的身子已經變成了石頭；伯特和湯姆也石化了，眼睛直勾勾看著他。直至今日，他們都孤零零地立在那裡，只有鳥兒在他們身上棲息。你大概知道，食人妖必須在天亮前躲到地下，否則他們就會變回

原本造就他們的材料——山石，並且再也不會動了。伯特、湯姆和威廉的情況就是這樣。

「好極了！」甘道夫一邊說，一邊從一棵樹後走出來，並幫助比爾博從一叢有刺的灌木上爬下來。這時比爾博才明白，正是巫師的聲音讓食人妖不停鬥嘴，吵得不可開交，直到晨光乍現，消滅了他們。

接下來他們解開麻袋，把矮人們放出來。他們差不多都快悶死了，並且非常惱火：躺在地上聽食人妖制定計畫，要把他們烤熟、壓扁、剁碎，太不是滋味了。比爾博不得不把發生在自己身上的事講了兩遍，他們才滿意。

「我們需要的只是火和食物，」邦伯說，「這時候去練習扒竊掏包，真是做傻事！」

「你們無論如何都不可能不費吹灰之力，就從那些傢伙手裡弄到火和食物。」甘道夫說，「不管怎樣，現在你們是在浪費時間。你們難道不曉得，食人妖必定在附近有個山洞，或挖了地洞來躲避陽光嗎？我們必須找找！」

他們四處搜尋，很快就發現食人妖的石靴穿過樹林而去的痕跡。他們沿著腳印爬上山丘，最後來到隱藏在灌木叢中的一扇通往山洞的大石門前。但是，不管他們怎麼使勁推，不管甘道夫嘗試了多少種咒語，門就是開不了。

他們又累又氣的時候，比爾博問：「這東西能幫上忙嗎？是我在食人妖打架的地方找到的。」他遞出一把相當大的鑰匙，不過威廉肯定以為它又小又不起眼。鑰匙一定是在他變成石頭之前從他口袋裡掉出來的，這可真走運。

「你怎麼不早說？」他們喊道。甘道夫一把抓過鑰匙，插進鑰匙孔。接著，石門用力一推就開了，他們全都走了進去。地面上散落著骨頭，空氣中瀰漫著一股臭味；不過，架子上和地面上亂七八糟地堆放著許多食物，還有一堆

雜亂無章的贓物，從黃銅鈕釦到擺在牆角的一滿罐一滿罐的金幣，什麼都有。還有很多衣服，都掛在牆上——對食人妖來說太小了，恐怕都是受害者的衣服——其間還夾雜了幾把做工、形狀和大小各異的劍。其中有兩把劍特別引人注目，因為它們有美麗的劍鞘和鑲寶石的劍柄。

甘道夫和梭林各拿了一把；比爾博拿了一把套在皮鞘裡的小刀。對食人妖來說，這只是一把袖珍小刀，但對霍比特人來說，它是一把尺寸剛好的短劍。

「這些看起來都是好劍，」巫師說，抽出一半劍身好奇地察看著，「它們不是食人妖打造的，也不是這片地區和這個時代的人類鐵匠打造的；日後等我們讀懂了上面的如尼文，就會知道它們的來歷。」

「我們出去吧，這味道實在太臭了！」菲力說。於是，他們把一罐罐的金幣和那些沒有被動過、看起來還能吃的食物都搬出洞去，外加一桶還滿著的麥酒。到了這時，他們覺得該吃早飯了，而且因為餓得要命，他們也沒對食人妖的儲藏室裡找到的食物不屑一顧。他們自己的口糧所剩無幾。現在他們有了麵包和乳酪，還有大量的麥酒，以及可以放在火堆餘燼上烤的燻肉。

之後他們睡了一覺，因為昨晚整夜沒得睡；這一覺一直睡到下午。然後，他們牽來小馬，把一罐罐金幣運到離小路不遠的河邊祕密地埋起來，又在上面下了很多咒語，以便將來他們有機會回來時再把它們挖出來。完事後，他們再次上馬，慢悠悠地沿著小路朝東方走去。

騎馬前進時，梭林問甘道夫：「恕我發問，你之前到哪裡去了？」

「到前面看看。」他說。

「那是什麼讓你在緊要關頭回來了？」

「是回頭看看。」他說。

「一點也沒錯！」梭林說，「但你能不能說得明白一點？」

「我去偵察我們前面的路。前面很快就會充滿艱難險阻。此外，我還急於補充我們為數不多的補給物資。不過，我沒走多遠，就遇到了幾個從幽谷來的朋友。」

「那是哪裡？」比爾博問。

「別打岔！」甘道夫說，「運氣好的話，過幾天你就能到達那裡，弄個清楚。我剛才說了，我遇到了兩個埃爾隆德的族人。他們走得很急，害怕碰到食人妖。就是他們告訴我，有三個食人妖從高山上下來，定居在離大路不遠的樹林裡。他們把這片地區的人全都嚇跑了，並且伏擊過路人。」

「我立刻覺得我有必要回來。我回頭看看，看到遠處有火光，就朝火光走去。這下你都知道了。下次請你們更小心一點，否則我們就哪兒都去不成了！」

「謝了！」梭林說。

CHAPTER
3

暫作休整
A Short Rest

雖然天氣轉好了，但那天他們路上既沒唱歌也沒說故事；第二天沒有，第三天也沒有。他們開始感到兩邊都有危險，而且離得不遠。他們在星空下紮營，馬吃得比他們足，因為青草多得很，但他們袋子裡的口糧，即使加上從食人妖那裡得到的東西，也沒多少了。一天早晨，他們在一處寬闊的淺灘涉水過河，河水流過石頭，水沫飛濺，水聲喧嘩。對岸又陡又滑。當他們牽著小馬爬上河岸時，看見巍峨的山嶺已經離他們相當近了。看起來只需一天的輕鬆旅程，他們就能抵達最近的那座山腳下。雖然褐色的山坡上有幾片陽光，但那座山仍顯得黑暗陰鬱，在山肩後方，能看見一座座尖端閃閃發亮的雪峰。

「那就是**孤山**嗎？」比爾博嚴肅地問道，眼睛都瞪圓了。他從來沒見過這樣的龐然大物。

「當然不是！」巴林說，「這只是迷霧山脈的起點，我們必須穿過，或越過，或從底下鑽過去，才能進入那邊的大荒野。即便從山脈的另一邊，要到東方的孤山，也就是斯毛格盤踞在我們寶藏上的地方，也還有好長一段路要走。」

「噢！」比爾博說，此時此刻體會到了前所未有的疲倦。他再次想起自己的霍比特洞府，他心愛的起居室裡壁爐前那把舒適的椅子，想起水煮開時水壺的鳴唱。絕不是最後一次！

現在領路的是甘道夫。「我們不能走錯路，不然就完了。」他說，「首先，我們需要食物，還要在比較安全的地方休息——另外，非常有必要走正確的路越過迷霧山脈，否則你會在山中迷路，不得不回頭重新開始這趟行程（如果回得來的話）。」

他們問他要去哪裡，他回答說：「你們當中有些人可能知道，你們已經來到了大荒野的邊緣。在我們前方的某處，隱藏著一座美麗的山谷——幽谷[8]，埃

爾隆德就住在那裡的『最後家園』。我讓我的朋友們捎了個信去，他們正等著我們呢。」

這聽起來讓人歡欣鼓舞，但是他們還沒到那裡，而且要找到位於山脈西邊的「最後家園」也不像說起來那麼容易。他們面前這片大地看上去一馬平川，沒有樹木，沒有山谷，沒有丘陵，只有一片遼闊的斜坡，緩緩地升高、再升高，直到與最近一座山的山腳相接。這片遍布石楠和碎石的廣闊坡地上，零星點綴著一塊塊一條條的青草和綠苔，顯示著可能有水源的所在。

上午過去，下午來臨；在這一整片寂靜的荒野上，不見一點人煙的跡象。他們越來越不安，因為這時他們才察覺到，那座家園可能隱藏在他們和山脈之間的任何地方。他們一路上不期而遇了很多山谷，狹窄而陡峭，在他們腳下突然豁然開朗。他們往下看時，驚訝地發現下方有樹，谷底還有流水。有些溝壑不寬，他們差不多能一躍而過，但很深，其間還有瀑布。另外有些黑暗的壑谷，既跳不過去，也無法攀爬進入。還有沼澤地，有的看著青翠悅目，還長著鮮豔挺拔的花朵；但是馱著行李的小馬要是踏上去，就別想再出來了。

位於渡口和山嶺之間的這片地帶，著實比你能想像的要廣闊得多。比爾博十分驚訝。唯一的小路用白石頭標記著，有些很小，有些半覆蓋著苔蘚或石楠。總之，雖有似乎對這條小路非常熟悉的甘道夫領路，辨認痕跡沿路往前走的進展仍舊十分緩慢。

---

8. Rivendell是精靈的辛達語Imladris（伊姆拉綴斯）的翻譯；按字面翻譯是「裂隙中的深谷」，它位於迷霧山脈的一道深谷中。托爾金認為該名稱意譯音譯均可；譯者綜合《魔戒》附錄六的語言解釋，採用意譯。「幽」有「深」的含義，且有隱蔽之意。——譯者註

他在尋找石頭的時候，頭和鬍子左搖右擺，他們都跟著他走，可是直到天光開始變暗，他們似乎離終點還遠得很。下午茶的時間早就過了，晚飯的時間看來也很快就會過去。周圍有蛾子飛來飛去，由於月亮還沒升起，光線變得十分暗淡。比爾博的小馬開始在樹根和石頭間磕磕絆絆。突然間，他們來到地上一道陡塹邊緣，甘道夫的馬差點從坡上滑下去。

「終於到了！」他喊道，其他人都圍過來，從陡坡邊往下看。他們看到下方深處是座河谷。他們能聽到湍急的河水流過底部岩床發出的嘩嘩聲；空氣中瀰漫著樹木的清香；河對岸的山谷裡有光亮。

比爾博永遠不會忘記他們在蒼茫的暮色裡，沿著陡峭曲折的小道一步一滑地進入隱密的山谷——幽谷的經歷。越往下走，空氣就越溫暖，松樹的氣息使他昏昏欲睡，以至於他不時地點著頭打起瞌睡，險些掉下馬，或把鼻子撞到小馬的脖子上。越往下走，他們的心情就越好。樹木逐漸變成了山毛櫸和橡樹，暮色中有種令人舒適的感覺。當他們終於來到離河岸邊不遠的一處林間空地上時，草的青綠色澤在夜暮裡已經快要看不出了。

「嗯！聞起來像精靈！」比爾博一邊想，一邊抬頭望向天上正發出熾亮藍光的群星。就在這時，樹林裡爆發出一陣猶如歡笑的歌聲：

哎呦你們在幹什麼呀？

你們要去哪裡呀？

你們的小馬得修修蹄啦！

河水流淌嘩啦啦！

哎呦嘩啦啦啦

在這山谷裡流呀！

哎呦你們在找什麼呀？
你們要去什麼地方呀？
乾柴捆正冒煙哪，
燕麥餅正烘著呀！
哎呦滴哩哩哩
山谷裡最快活啦，
啊哈哈！

哎呦你們這是上哪呀
大鬍子左搖右擺？
不知道啊不知道
是什麼叫巴金斯先生
還有巴林和杜瓦林
到山谷裡來
在六月裡啊
啊哈哈！

哎呦你們要待一陣嗎，
還是趕著上路呀？
你們的小馬要跑丟啦！

天色已經暗啦！

再上路可就是傻，

待下來可快活啦

直到黑夜過去

請你仔細聽聽

我們的歌吧

啊哈哈！

他們就這麼在林間又笑又唱；我敢說你認為那全是胡言亂語。可他們才不在乎呢；你要是把你這想法告訴他們，他們只會笑得更厲害。當然啦，他們是精靈。暮色更加深濃，比爾博很快就瞥見了他們的身影。他喜歡精靈，雖然他很少見到他們；但他也有點怕他們。矮人和他們相處得不好。就連梭林和他的朋友們這樣正派的矮人，也認為精靈很蠢（這麼想實在很蠢），或者被他們惹惱。因為有些精靈會捉弄和取笑他們，尤其是針對他們的鬍子。

「哎，哎！」一個聲音說，「快看！霍比特人比爾博騎著一匹小馬，我的天！真可愛，是吧！」

「簡直妙極啦！」

接著他們又唱起了另一首歌，和我剛才完整寫下來的那首一樣滑稽可笑。最後，有個高大的年輕人從樹林裡走了出來，向甘道夫和梭林鞠了一躬。

「歡迎來到山谷！」他說。

「多謝！」梭林說，態度有點生硬。但甘道夫早就下馬去到精靈中間，和他們有說有笑地聊起來。

「你們有點走偏啦，」那個精靈說，「這是說，如果你們是要走能過河的唯一一條路，去對岸的家園。我們會給你們指路，但你們最好步行，直到過了橋。你們是要留下來和我們一起唱會兒歌，還是立刻就走？那邊正在準備晚飯，」他說，「我能聞到做飯燒柴的味道。」

比爾博很累，但他很想留下待一會兒。在六月的星空下，精靈的歌聲是不容錯過的，要是你在意這種事的話。他還想和這些精靈私下聊幾句，儘管他以前從沒見過他們，但他們似乎知道他的名字，對他瞭若指掌。他想聽聽他們對自己這趟冒險的看法，說不定會很有趣。精靈知道得特別多，是消息靈通的一族，知道這片大地上的各個種族正在發生什麼事情，而且速度快如流水——甚至比流水更快。

但那時矮人們都想盡快吃晚飯，不願意停留。他們牽著小馬繼續往前走，走上一條平坦的小路，最後來到河邊。河水湍急喧鬧；夏天的太陽照了高處的積雪一整日，到了傍晚，山間的溪流就會這樣的。河上只有一座沒有護欄的狹窄石橋，窄得剛夠小馬在上面穩當行走。他們必須排成一隊，牽著小馬的韁繩，小心翼翼地慢慢走過去。精靈們已經帶著明亮的燈籠來到岸邊，在一行人過橋時唱著歡樂的歌。

「別把鬍子浸到水沫裡，老爹！」他們對梭林喊道。他的腰彎得幾乎要手腳並用爬過去了。「不用澆水它就長得夠長了。」

「當心別讓比爾博把蛋糕全吃了！」他們叫道，「他都胖到鑽不過鑰匙孔了！」

「噓，噓！好人們！晚安了！」甘道夫最後一個上橋，「山谷也有耳朵聆聽，有些精靈嘴也太快啦。晚安！」

就這樣，他們終於全員來到了最後家園，看見它的大門洞開。

說來奇怪，值得擁有的事物和開心揮灑的時光，講起來不花時間，聽起來也無趣；但那些令人難受、心悸甚至毛骨悚然的東西，卻有變成好故事的潛質，講起來也難免大費周章。他們在那座美好的家園裡待了很長時間，少說也有十四天之久；他們很不情願動身離開。比爾博巴不得永遠留在那裡——哪怕他許個願就能不費吹灰之力回到他的霍比特洞府。然而，關於他們的停留，卻沒什麼可說的。

這座家園的主人是一位精靈之友——他族人的先祖出現在有史以前的陌生故事裡，那些故事講的是北方的戰事，邪惡的半獸人對戰精靈和人類先民。在我們這個故事發生的年代，仍然有一些人承自精靈與北方的凡人英雄兩族，而家園的主人埃爾隆德就是他們的首領。

他像精靈領主一樣高貴、俊美，像戰士一樣強壯，像巫師一樣睿智，像矮人國王一樣可敬，像夏日一樣溫暖可親。他在很多故事中都有出場，但在比爾博的偉大冒險故事裡，他只扮演了一個小角色，不過，等我們講到結尾，你就會意識到他的角色很重要。無論你喜歡吃、喜歡睡、喜歡做事、喜歡講故事、喜歡唱歌，還是只坐著神遊，或者把所有這些愉快的事都混合著做，他的家園都是完美的。邪惡之物還不曾侵入這座山谷。

我要是有時間給你們講講他們在那座家園裡聽到的一些故事或一兩首歌曲就好了。在那些天裡，所有的人，連同那些小馬，都變得精神煥發，身強體壯。他們的衣服都補好了，瘀傷痊癒了，心緒高揚，希望高漲。他們的袋子裡裝滿了食物和補給，輕便但結實，足讓他們翻越高山隘口。他們的計畫得到了絕佳的建議指導，加以改進。就這樣，時間到了仲夏日前夕，他們將在仲夏日

的清晨再次上路。

　　埃爾隆德通曉各種如尼文。那天，他察看他們從食人妖巢穴裡帶出來的劍，說：「這些劍不是食人妖打造的。它們是古劍，非常古老，出自我的親族、西方高等精靈之手。它們是在剛多林為了與半獸人的戰事而造就的。它們一定是來自惡龍的寶藏或半獸人的贓物，因為正是惡龍和半獸人在很久很久以前摧毀了那座城。梭林，你這把劍上的如尼文名字是奧克銳斯特，在古老的剛多林語言裡意思是『斬殺半獸人之劍』；它可是一把名劍。甘道夫，你這把是格拉姆德凜，『擊敵錘』，曾是剛多林之王的佩劍。好好保管它們吧！」

　　梭林不禁對自己的劍另眼相看，說：「我很好奇食人妖是從哪裡弄到它們的？」

　　「我也說不好，」埃爾隆德說，「想來，是那些食人妖劫掠了別的劫匪，或在山中某個山洞裡發現了以前的盜匪遺留下來的贓物。我聽說，自從矮人與半獸人之戰以後，在墨瑞亞礦坑廢棄的洞穴裡，仍有被遺忘的古老寶藏有待發現。」

　　梭林斟酌了這番話。「我會讓這把劍榮光不墮。」他說，「願它很快再次劈斬半獸人！」

　　「這個願望多半很快就會在山中實現！」埃爾隆德說，「現在，給我看看你的地圖吧！」

　　他接過地圖，凝視良久，搖了搖頭。因為，雖然他不完全認可矮人與他們對黃金的熱愛，但他痛恨惡龍及其殘忍邪惡的暴行。想起河谷城和它歡快鐘聲的毀滅，想起明亮的奔流河被燒毀的兩岸，他感到十分悲傷。一彎寬闊的新月正閃耀著銀光。他舉起地圖，皎潔的月光透紙而出。「這是什麼？」他說，

「這裡，在普通如尼文『門高五呎，可容三人並行』的旁邊，還有月亮字母。」

「什麼是月亮字母？」霍比特人滿心興奮地問道。我之前告訴過你，他熱愛地圖；他還喜歡如尼文和各種字母，以及精妙的書法，儘管他自己的字跡有點細長，像蜘蛛腳。

「月亮字母也是如尼文字母，但你看不見它們。」埃爾隆德說，「直接看是看不到的，只有當月光從它們背後映照過來時才能看見。而且，更巧妙的是，月亮的形狀和季節，必須與寫下文字那天一模一樣。是矮人發明了它們，並用銀筆寫下來，你的朋友也會這麼告訴你。這些字母一定是很久以前在仲夏日前夕的一彎新月下寫的。」

「寫的是什麼？」甘道夫和梭林齊聲問。埃爾隆德居然率先發現了這一點，這讓他們有點懊惱，雖然之前根本就沒有機會發現，而且天知道要等到什麼時候才有第二次機會。

「當鶇鳥敲打時，站在灰石旁，」埃爾隆德念道，「落日帶著都林之日的最後餘暉將照在鑰匙孔上。」

「都林，都林！」梭林說，「他是人稱長鬚族的矮人最古老一族的祖先之祖，是我的始祖：我是他的繼承人。」

「那都林之日是什麼？」埃爾隆德問。

「矮人新年的第一天，」梭林說，「人人都知道，就是冬天來臨之前，秋天最後一個月的第一天。我們至今仍把秋天最後一彎月亮和太陽一起出現在天空中的日子稱作都林之日。不過，這恐怕幫不了我們多大的忙，因為這些年來，我們已經沒有本事估算這個日子什麼時候到來了。」

「那還有待商榷，」甘道夫說，「上面還寫了別的東西嗎？」

「沒有能在此刻的月光下看見的了。」埃爾隆德說，把地圖還給了梭林；然後他們走到水邊去看精靈們在仲夏日前夕的歌舞。

第二天早晨明媚清新，正是理想中的仲夏日清晨：天空湛藍，萬里無雲，陽光照耀水面，波光粼粼。他們在告別和祝福的歌聲中騎馬啟程，心中已經為繼續冒險做好了準備，並且對翻越迷霧山脈，去往彼方的必經之路有了把握。

CHAPTER
4

翻越山丘，進入山底
Over Hill And Under Hill

通往那道山嶺的道路眾多，翻越山嶺的隘口亦然。但大多數的路都是迷惑人的，不是死路就是歧途；而且大多數隘口都有邪物出沒，充滿可怕的危險。眾矮人和霍比特人靠著埃爾隆德的睿智建議與甘道夫的博聞強記，選擇了正確的路，來到了正確的隘口。

從他們爬出山谷，把最後家園遠遠拋在背後，已經過了好多天，但他們還在一直往上爬，沒完沒了地往上爬啊爬。這是一條難走又危險的小路，蜿蜒曲折，孤寂又漫長。此時他們可以回頭眺望自己離開的那片土地了，在背後下方很遠的地方。比爾博知道，自己的家鄉就在遙遠的西方，在那一片泛藍的朦朧當中，那裡有安全又舒適的事物，還有他的小霍比特洞府。他打了個寒顫。山上變得刺骨寒冷，風從岩石間尖嘯而過。由於中午的太陽照在雪上，不時還有一些巨大的山石變得鬆動，從山坡上急速滾落，從他們中間穿過（這很幸運），或從他們頭頂飛過（這很嚇人）。夜晚又冷又不舒服，他們不敢唱歌或大聲說話，因為回聲令人毛骨悚然；這片寂靜似乎不樂意遭受打擾，只有水的喧嘩、風的哀號和石頭的碎裂是特例。

「山下正在過夏天呢，」比爾博想，「大家都在曬乾草，出去野餐。照這個速度，不等我們開始下山，他們就會開始收割莊稼，採摘黑莓了。」旁人同樣也滿腦子陰鬱念頭，雖然他們在仲夏日的早晨滿懷希望地和埃爾隆德告別時，曾興高采烈地談論過翻山的旅程，以及快馬加鞭馳過山那邊的大地。他們設想過怎麼來到孤山的祕門前，或許就在秋天的最後一個月——「或許那天正好就是都林之日。」他們說。當時只有甘道夫搖了搖頭，什麼也沒說。矮人已經很多年沒走過那條路了，但甘道夫走過，他知道自從惡龍把人類趕出那片土地，半獸人在墨瑞亞礦坑之戰後祕密擴張，邪惡和危險是如何在大荒野上滋生

和成長的。即使是甘道夫這樣睿智的巫師和埃爾隆德這樣的益友制定的良好計畫，當你在大荒野的邊緣展開危險的探索時，有時也趕不上變化。甘道夫是個睿智的巫師，自然知道這一點。

他知道可能會有意想不到的事情發生，幾乎不敢奢望他們能毫無波折地穿過這片沒有國王治理、到處是孤絕山峰和山谷的巍峨山脈。果不其然。本來一切順利，直到有一天，他們遇到了一場雷雨——那可不僅僅是一場雷雨，那是一場雷霆大戰。你知道在低地上和河谷中，真正的大雷雨有多麼可怕；尤其是偶爾當兩場大雷雨相遇碰撞的時候。而在夜間山裡，當暴風雨從東西兩面襲來，展開大戰，閃電和雷聲比那還要可怕。閃電在群峰上迸裂，岩石顫抖，巨大的霹靂劈開空氣，翻騰滾動，傳入每一個山洞、每一處坑窪；黑暗中充滿了壓倒一切的轟隆聲和突如其來的閃光。

這樣的景象比爾博從來沒看見過也沒想像過。他們置身在高處一個狹窄的地方，一側就是直墜入昏暗山谷的恐怖山崖。他們躲在一塊懸岩底下過夜，他蓋著一條毯子躺在地上，從頭到腳都在顫抖。當他借著閃電探頭偷看，他看見山谷對面有岩石巨人出來了，正在互相投擲石塊消遣。他們接住那些石塊，丟進下方的黑暗，石塊砸斷底下遠處的樹木，或砰的一聲撞碎成小塊。這時風雨齊至，狂風把雨水和冰雹掃向四面八方，因此一塊懸岩根本保護不了他們。他們很快就渾身濕透，他們的小馬垂著頭，夾著尾巴，有幾匹嚇得嘶鳴起來。漫山遍野都能聽見巨人的哄笑和叫喊。

「這樣下去可不行！」梭林說，「就算我們沒被風吹走，沒被雨淹死，也沒被閃電擊中，也有可能被哪個巨人撿起來當球踢到天上去。」

「那好，要是你知道哪裡更好，就帶我們去吧！」甘道夫沒好氣地說。對

於那些巨人，他自己也是內心發毛。

　　爭論的結果是，他們派菲力和奇力去找個更好的地方躲避。他倆的眼睛利得很，而且因為是矮人中最年輕的，比旁人小上五十歲左右，這種差事通常都會落到他們頭上（當大家都明白派比爾博去絕對沒用的時候）。如果你想找什

翻山小道

麼東西，最好的辦法就是拿眼睛看看（梭林就是這麼對兩個年輕矮人說的）。只要看了，你總能找到點什麼，雖說不見得就是你要找的。這次也證實了這一點。

很快，菲力和奇力就在風中攀著岩石爬了回來。「我們找到了一個乾爽的山洞，」他們說，「離下一個拐角不遠；我們連人帶馬都能進去。」

「你們**徹底**探查過了嗎？」巫師說，他知道山裡的山洞很少有無主的。

「當然，當然！」他們說，但是大家都知道他們不可能花太多時間察看；他們回來得太快了。「洞不是很大，也不是很深。」

當然了，這就是山洞的危險之處：有時候你不知道它們能往裡走多遠，也不知道後面會通到哪裡去，有什麼東西在裡面等著你。但這會兒菲力和奇力帶來的消息似乎夠好。於是他們都起來了，準備換地方。風還在咆哮，雷還在怒吼，他們要想方設法讓自己和小馬往前挪才行。好在路不遠，沒走多久他們就來到了一塊突出到小路上的大石頭前。如果你繞到石頭背後，就會發現山側有個低矮的拱門。小馬身上的行李和馬鞍卸下後，剛好能從那個門擠進去。他們一進拱門，本來包圍著他們的風聲雨聲就被擋在了外邊，那感覺真好，也不用再擔心巨人和他們的石頭。不過巫師絕不冒險。他點亮魔杖——如果你還記得的話，他那天在比爾博的餐廳裡也這麼做過，但那好像是很久以前的事了——借著光亮，他們把山洞從頭到尾探查了一番。

山洞看起來挺大，但沒大到不可思議的地步。地面乾燥，洞裡還有一些舒適的凹處。山洞的一頭足夠容納所有的小馬，牠們站在那裡（十分高興換了地方），身上冒著熱氣，從掛在嘴上的飼料袋裡嚼食著。歐因和格羅因想在門口生火，烘乾衣服，但甘道夫斷然否決，因此他們把濕衣服攤在地上，從包袱裡

拿出乾衣服換上。然後他們舒服地鋪好毯子，取出菸斗，吐起煙圈來。甘道夫把煙圈變成不同的顏色，讓煙圈在洞頂嫋嫋起舞，逗他們開心。他們聊啊聊，忘了外面的暴風雨，討論將來分到寶藏後打算怎麼處置自己的那一份（當然得先拿到手，不過當時看來，似乎也沒那麼遙不可及）；說著說著，他們一個接一個地睡著了。誰也沒想到，那是他們最後一次用到他們帶來的小馬、包裹、行李、工具和隨身用品。

那天晚上發生的事證明，他們帶上小比爾博，終究還是有好處的。因為，不知怎麼搞的，比爾博久久無法入睡；等他終於睡著了，他又做了很多噩夢。他夢見山洞後方的洞壁上裂開一條縫，裂縫越來越大，越來越寬，他嚇得要死，但叫不出聲，束手無策，只能乾躺在那兒看著。接著，他夢見山洞的地面塌陷了，他滑了下去——開始墜落，落啊落的，天知道會落到哪裡去。

就在這時，他一下子驚醒過來，發現夢境竟然有一部分成了真。山洞的後壁上真的裂開了一條縫，已經擴大成了一條寬闊的通道。他只來得及看到最後一匹小馬的尾巴消失在通道裡。當然，他大喊了一聲，那是霍比特人能發出的最大的喊聲，個頭那麼小卻能喊那麼大聲，著實令人驚訝。

不等你來得及開口說「石頭木頭」，半獸人就跳了出來，大個的半獸人，強壯醜陋的半獸人，很多很多的半獸人。每個矮人都至少有六個半獸人撲上去，就連比爾博也攤上了兩個。不等你來得及開口說「火絨火石」，他們已經全被抓住，抬進裂縫裡去了。但是甘道夫沒被抓。比爾博那一嗓子總算讓他倖免。喊聲剎那間就讓巫師完全清醒過來，半獸人撲過來抓他時，山洞中閃過一道閃電般的可怕光亮，一股火藥般的氣味瀰漫開來，有幾個半獸人倒地而亡。

裂縫啪啦一聲闔上了，比爾博和矮人們卻給關到了裡邊！甘道夫在哪裡？

不管是他們還是半獸人都不曉得，半獸人也沒費時間弄明白。他們抓住比爾博和矮人，催促他們前進。這裡一片漆黑，黑得伸手不見五指，只有生活在山脈中心的半獸人才能看得清東西。裡面的通道縱橫交錯，錯綜複雜，但半獸人知道該怎麼走，就像你知道去最近的郵局該怎麼走一樣。他們走的路一直往下延伸，而且氣悶得要命。半獸人非常粗暴，毫不留情地揩人，用粗糙可怕的聲音咯咯笑、哈哈笑；比爾博感覺比上次被食人妖抓著腳趾頭倒拎起來時更難受。他一次又一次希望自己回到他那美好明亮的霍比特洞府裡。這不會是他最後一次這麼想。

　　終於，前方出現了一絲微弱的紅光。半獸人開始唱起歌，或者說嘎嘎叫起來，一邊用扁平的腳板踏在石頭上打拍子，一邊搖晃著他們的俘虜。

　　劈哩！啪啦！裂縫黑乎乎！
　　揪住，抓住！掐住，按住！
　　下啊下去半獸人鎮
　　小子快點走！

　　壓碎，粉碎！哐當，啪嚓！
　　鐵錘大鉗！門環大鑼！
　　捶啊捶在地底下！
　　小子啊呵呵！

　　劈啪，唰啦！鞭子抽響！

打呀砸呀！號呀哭呀！

幹活幹活！不許偷懶，

半獸人喝，半獸人笑，

繞啊繞在地底下！

小子去底下！

這歌聽起來實在嚇人。洞壁間回盪著**劈哩、啪啦！壓碎、粉碎！**以及他們難聽的笑聲，**小子啊呵呵！**歌的意思則是明擺著的；因為這時半獸人已經掏出鞭子，劈哩啪啦地抽打他們，讓他們在前面拚命快跑。到他們跌跌撞撞地踏進一個大山洞時，已經有不止一個矮人抱怨哀號得一塌糊塗了。

洞中央燃著一個紅紅的大火堆，和洞壁上的火把一起照亮了山洞，洞裡滿是半獸人。當矮人們（可憐的比爾博落在最後，離鞭子最近）跑進來的時候，半獸人哄堂大笑，又是跺腳又是拍手，那些驅趕的半獸人則在後面呼呼地揮舞著鞭子。那群小馬已經擠在一個角落裡；所有的行李和包袱都被拆散攤開，半獸人亂翻一氣，又是嗅，又是摸，還為分贓爭吵。

恐怕這是他們最後一次見到這些出色的小馬了，其中還包括一匹快活又健壯的小白馬，那是埃爾隆德借給甘道夫的，因為甘道夫的馬不適合走山路。半獸人吃大馬、小馬和驢子（還吃別的更可怕的東西），而且總是肚子餓。然而，眼前俘虜們已經自顧不暇，管不了小馬了。半獸人把他們的雙手用鐵鍊鎖在背後，串成一行，拖到山洞的最裡邊，小比爾博被塞在最後。

在暗處一塊扁平的大岩石上，坐著一個腦袋巨大、身軀肥碩的半獸人，在他周圍站著全副武裝的半獸人，手裡拿著他們慣用的斧子和彎刀。半獸人全都

殘忍、邪惡，一副壞心腸。他們造不出美麗的東西，但做得出很多巧妙的東西。雖然他們通常懶散骯髒，但只要肯花力氣，他們挖起地道、採起礦來堪稱一把好手，只有技術最熟練的矮人強過他們。錘子、斧頭、刀劍、匕首、鶴嘴鋤、鉗子，還有刑具，他們都造得像模像樣，或者讓別人按照他們的設計來造，就是他們那些得一直幹活，直到因為缺乏空氣和陽光而死的俘虜和奴隸。很有可能，他們發明了一些後來攪得世間不寧的機器，尤其是那些能一下子殺死一大群人的巧妙裝置，因為輪子、機器和爆炸總是讓他們開心，而且不到萬不得已，他們也不愛親自動手工作。不過，在那個時代，在那片荒野之地，他們還沒進步（姑且這麼說）到那個程度。他們憎恨所有的人和物，尤其憎恨秩序和繁榮，倒沒有特別憎恨矮人；在某些地方，邪惡的矮人甚至與他們結盟。但他們對梭林的族人懷有一種特殊的仇恨，因為雙方之間發生過一場你在前面聽我提過的戰爭，不過那場戰爭這個故事不會講到。不管怎麼說，半獸人不在乎他們抓的是誰，只要幹得機密又漂亮，俘虜又沒法自衛，那就行了。

「這群倒楣的傢伙是什麼人？」半獸人頭領說。

「矮人，還有這貨！」有個驅趕者說，同時一扯比爾博的鎖鍊，讓他撲跪在地。「我們發現他們在我們的前廊裡躲雨。」

「你們想幹什麼？」半獸人頭領轉向梭林說，「我敢擔保，準是不懷好意！我猜，你們是來刺探我們的隱私！要是一群賊子，我一點都不覺得吃驚！一群殺人兇手和精靈之友，也不是沒有可能！喂！你有什麼要說？」

「矮人梭林為你效勞！」他這回答只是一句客套而已，「你懷疑和想像的那些，我們全不沾邊。我們只是圖個方便，找個沒人使用的山洞裡躲避暴風雨。我們一絲一毫，完完全全不想給半獸人添麻煩。」這是大實話！

「哼！」半獸人頭領說，「你話是這麼說！那我問問你，你們到底在這山裡幹什麼？你們從哪裡來，要去哪裡？事實上，我要知道你到底想幹什麼。倒不是說那能幫上你的忙，『橡木盾』梭林，我對你那一族人可太了解了。你最好說實話，不然我就給你準備一點讓人特別不舒服的東西！」

「我們要去探親，去看望我們的侄子、侄女，還有近的遠的叔伯兄弟、姑表兄弟，以及同一個祖輩的七大姑八大姨，他們都住在這片熱情好客的山嶺東邊。」梭林說。他一時之間不知道該說什麼好，但說實話顯然是萬萬不行的。

「英明無比的大人啊，他撒謊！」一個驅趕者說，「我們去邀請這夥人下來的時候，有好幾個同伴在山洞裡被閃電擊中了，都死得硬梆梆。還有，他沒解釋這玩意！」他遞上梭林之前佩帶的劍，那把來自食人妖巢穴的劍。

半獸人頭領一見那把劍，就發出了一聲令人毛骨悚然的狂怒咆哮，而他的士兵無不咬牙切齒，一邊跺腳，一邊敲擊盾牌。他們一眼就認出了那把劍。當年它曾斬殺過成百上千的半獸人，彼時剛多林的美麗精靈曾在山嶺中追獵他們，或在城牆前與他們死戰。精靈叫它「斬殺半獸人之劍」奧克銳斯特，但半獸人就只叫它「咬劍」。他們仇恨它，更仇恨任何佩帶它的人。

「殺人兇手！精靈之友！」半獸人頭領喊道，「砍他們！打他們！咬他們！嚼他們！把他們關到滿是蛇的黑牢裡去，永遠不准再見到光亮！」他怒氣衝天，竟從座位上跳起來，張著嘴親自朝梭林撲過去。

就在那時，山洞裡的光一下子全滅了，連那個大火堆也噗的一聲熄了，化作一柱滾滾的藍煙直沖洞頂，刺眼的白色火星四濺，落到半獸人中間。

接踵而來的大呼小叫、嗚嗚聲、呱呱聲、嘰哩咕嚕聲、嚎叫、咆哮和咒罵聲，外加各種尖叫聲，簡直無法形容。就算把幾百隻野貓和野狼活活地架在一

起慢慢地烤，發出來的聲音也無法與之相比。那些火星在半獸人身上燒出一個個窟窿，之後從洞頂沉降下來的濃煙又讓空氣變得混濁，就連半獸人的眼睛都看不透。不一會兒，他們就紛紛絆到別人摔倒，撞做一堆滾在地上，又咬又踢又打，就好像集體發了癲。

突然間，有劍光一閃，那光是劍自己發出來的。比爾博看見它徑直刺穿了發怒發到一半便遭遇變故，正驚得發愣的半獸人頭領。他當場倒地斃命，而半獸人士兵在利劍前尖叫著逃進了黑暗。

那把劍返回了劍鞘。「快跟我來！」一個很凶的嗓音輕聲說。比爾博還沒弄清楚出了什麼事，就又開始以最快的速度跟在隊伍的最後小跑起來，進了更多黑暗的通道，半獸人大廳裡的大呼小叫在他背後變得越來越微弱。一團蒼白的光亮引導著他們前行。

「快，快！」那聲音說，「那些火把很快就會再點起來。」

「稍等！」多瑞說。他落在倒數第二，後邊就是比爾博。他是個愛幫助人的好人。他設法用自己綁住的雙手幫霍比特人爬到他背上，然後眾人一起向前奔跑，鐵鍊一路叮叮噹噹地響，好多人跟蹌絆倒，因為他們手被綁著，沒辦法穩住身體。他們跑了很久才停下來，那時他們一定已經到了大山的中心腹地。

這時，甘道夫點亮了魔杖。當然，來救人的正是甘道夫。不過他們這會兒沒有閒工夫問他是怎麼來的。他又拔出劍來，它在黑暗中兀自閃閃發光。劍中燃燒著一股怒火，使它在附近有半獸人時就會發出熒螢光亮；這會兒它因為殺死了山洞的半獸人頭領，正欣喜地放出如同藍火的明亮光芒。它不費吹灰之力就斬斷了半獸人的鎖鍊，眨眼間就解放了所有的俘虜。如果你還記得的話，這把劍名叫「擊敵錘」格拉姆德凜。半獸人管它叫「打劍」，對它的仇恨比對

「咬劍」更甚。奧克銳斯特也保住了；因為甘道夫把它從一個嚇壞了的衛兵手裡奪了過來，一路都帶著。甘道夫考慮到了大多數的事；雖然他沒法事事親力親為，但他能幫陷入嚴重困境的朋友很多的忙。

「我們人都在吧？」他說，一邊 腰把劍還給梭林，「讓我看看：一——這是梭林；二、三、四、五、六、七、八、九、十、十一；菲力和奇力在哪裡？啊，在這兒！十二、十三——還有巴金斯先生：十四！很好，很好！我們有可能比現在更倒楣，但話又說回來，也可以更走運一點的。沒有小馬，沒有食物，也不大清楚我們在哪裡，後面還緊跟著一大群憤怒的半獸人！我們這就繼續走吧！」

他們就繼續走了。甘道夫一點也沒錯：他們開始聽到背後剛才走過的通道裡，遠遠傳來半獸人的吵鬧聲和可怕的嚎叫。這促使他們拚了老命往前快跑，而可憐的比爾博連一半的速度都達不到——我可以告訴你，矮人在必要的時候，能用驚人的速度飛奔——所以他們只好輪流背著比爾博跑。

但是，半獸人依舊比矮人跑得快，而且這些半獸人更熟悉路（這些通路可是他們自己開闢的），還怒氣沖天。所以，儘管矮人拚了命飛奔，他們還是聽見嚎叫和咆哮越來越近。沒過多久，他們就連半獸人啪噠啪噠的腳步聲都聽見了，許許多多的腳步聲似乎眼看就要轉過上一個拐角。在他們背後剛才經過的隧道裡，可以看到火把閃爍的紅光；而他們已經累得筋疲力竭。

「天啊，我到底為什麼要離開我的霍比特洞府啊！」可憐的巴金斯先生在邦伯的背上顛上顛下地說。

「天啊，我到底為什麼要帶一個該死的小霍比特人去尋寶啊！」可憐的邦伯說。他很胖，跑起來步履蹣跚，又因為熱和恐懼，汗水不斷順著鼻尖往下

滴。

在這個節骨眼上，甘道夫放慢腳步落到最後，梭林和他在一起。他們拐過一個急轉彎。「轉身！」他喊道，「梭林，拔劍！」

這是沒有辦法的辦法；半獸人可不喜歡它。他們大吼大叫，急匆匆地轉過拐角，卻只見斬殺半獸人之劍和擊敵鎚赫然在他們眼前閃著明亮的寒光，頓時大驚失色。打頭的半獸人丟下了火把，只來得及大叫一聲就被殺了。跟在後面的半獸人叫得更厲害，向後跳開逃跑，卻正好撞上後面趕上來的同夥。他們尖叫著：「咬劍和打劍！」很快就亂成一團，大多數都掉頭使勁推著擠進來路，往回跑。

過了好長一段時間，才有半獸人壯起膽子轉過那個拐角。那時，矮人早就已經走了，在半獸人國度的黑暗隧道裡走出了一大段路。半獸人發現這一點後，就熄滅了火把，穿上軟鞋，挑出耳朵和眼睛最好使，又跑得最快的人，向前追去。他們在黑暗中跑得像黃鼠狼一樣迅捷，而且像蝙蝠一樣幾乎沒發出聲音。

這就是為什麼比爾博、眾矮人甚至甘道夫都沒聽到也沒看見半獸人追來了。但是，從背後悄無聲息掩上來的半獸人看到了他們，因為甘道夫正讓魔杖發出微弱的光芒，幫助矮人們前進。

猝然間，背著比爾博走在最後的多瑞在黑暗中被人從後面一把抓住。他大叫一聲摔倒在地；霍比特人從他肩上滾下去，跌進了黑暗，頭撞在堅硬的岩石上，隨即失去了知覺。

黑暗中的謎語
Riddles in the Dark

比爾博睜開眼睛時，很納悶自己到底有沒有睜開眼睛；因為周圍就跟他閉著眼睛時一樣黑。他身邊一個人也沒有。想像一下他有多害怕吧！他什麼也聽不見，什麼也看不見，除了地面的岩石，什麼也感覺不到。

他慢慢起身，四肢並用地摸索，直到碰到隧道的石壁。但是，無論哪邊，他都找不到任何東西：什麼都沒有，沒有半獸人的跡象，也沒有矮人的蹤影。他的腦袋暈乎乎的，就連自己摔下去時他們是朝哪個方向跑的，他都無法確定。他盡力猜測，爬了好一段路，直到他突然在隧道的地面上觸碰到一個東西，摸起來冰冷，像個金屬做成的小戒指。這是他人生經歷的轉捩點，但他當時並不知道。他幾乎不假思索地把戒指放進了口袋；當然，它在此刻似乎沒有什麼特別的用處。他沒有再往前走多遠，而是在冰冷的地上坐了好久，放任自己深陷在悲慘的情緒裡。他想起自己曾在家中的廚房裡煎培根和雞蛋，因為轆轆飢腸使他感到現在該是吃飯的時候；但那只讓他備感淒慘。

他想不出該怎麼辦，也想不出發生了什麼事，為什麼他被撇下了，以及，既然他被撇下了，為什麼半獸人沒有抓住他；他甚至不知道自己的頭為什麼這麼痛。事實是，他在一個漆黑的角落裡無聲無息地待了很久，沒人見到，也沒人惦記。

過了一陣子，他伸手去摸菸斗。菸斗沒摔壞，這可挺走運。接著他去摸菸袋，裡面還有些菸草，這就更走運了。接著他再去摸火柴，卻一根也沒摸到，這讓他的希望完全破滅了。其實這對他來說不是壞事，等他腦筋清楚之後，他也會贊同的。天知道在這個可怕的地方，劃火柴和菸草味會從漆黑的洞裡給他引來什麼麻煩。可是在沒找到火柴的那一刻，他還是深感崩潰。不過，在他拍打所有的衣袋，摸遍全身找火柴的時候，他的手碰到了他那把小劍的劍柄——

那把從食人妖的巢穴裡弄來的小匕首，他把它徹底忘了。幸虧半獸人也沒有注意到它，因為他把它掛在馬褲裡面。

這時，他把劍抽了出來。它在他眼前閃著蒼白的微光。「看來它也是精靈的刀劍。」他想，「半獸人離得不太近，但也不夠遠。」

不知為何，他覺得安心了一點。佩帶一把眾多歌謠中所唱的，剛多林打造來與半獸人作戰的劍，實在是妙極了。而且他之前也注意到了，這樣的武器給那些突然襲擊他們的半獸人留下了多麼深刻的印象。

「往回走？」他想，「絕對不行！往旁邊走？做不到！往前走？只能這麼辦了！我們這就走！」於是他站起來，一手握劍護在身前，一手摸著洞壁小跑著朝前走，整顆心撲通撲通跳得厲害。

這會兒，比爾博自然身在所謂的困境裡，但你要記住，對你我來說是困境，對他來說卻沒那麼嚴重。霍比特人跟普通人類不同；儘管他們的洞府美好溫馨，通風良好，與半獸人的隧道很不一樣，但他們畢竟還是比我們更適應隧道，在地底下也不容易喪失方向感——在被撞的腦袋恢復過來之後就不會。此外，他們可以非常安靜地移動，也可以輕易藏起來，在跌倒和摔傷之後能迅速康復。他們還擁有大量的智慧和格言，大部分都是人類從來沒聽過，或早就忘記了的。

儘管如此，我也不願意處在巴金斯先生的境地裡。這條隧道似乎沒有盡頭。他只知道，隧道一直平穩地向下走，雖有一兩處轉彎，但保持著原來的方向。他靠著劍的微光，也靠着在洞壁上摸索，知道不時有通往側面的岔道。這些他沒理睬，只趕快走過去，生怕裡面冒出半獸人或想像中的邪惡東西。他朝

下一直走啊走；他仍然聽不見任何聲音，只是偶爾有蝙蝠從耳旁掠過，這起初把他嚇了一跳，後來次數多了，他也就懶得理會了。我不知道他像這樣一直走了多久；他不願繼續走下去，卻又不敢停下來，只能一直走，一直走，直到累到不能再累。看樣子他要一口氣走到明天、後天、大後天，沒完沒了地走下去。

突然，他毫無徵兆地撲通一聲踩進了水裡！呃！水冰一樣冷。這讓他猛地把腳抽了回來。他不知道這只是路上的一個池塘，還是一條和通道交叉的地下河的河邊，又或者是一個幽深的地下湖的湖濱。手裡的短劍幾乎沒發光。他停下腳步，側耳傾聽，能聽見水滴從看不見的洞頂不斷滴到下方的水中；除此之外似乎沒有別的聲音。

「就是說，這是個池塘或湖泊，不是一條地下河。」他想。但他仍然不敢在這一片漆黑中涉水前進。他不會游泳；他還想到了一些黏糊糊的噁心東西，瞪著大大的鼓脹的盲眼，在水裡蠕動。在山腹中的池塘和湖泊中生活著一些奇怪的東西：有一些魚，牠們的祖先在天知道多少年前游到了這裡，再也沒有游出去，而牠們的眼睛因為想在黑暗中看清東西而變得越來越大、越來越大、越來越大；還有一些東西比魚更黏滑。即使在半獸人為自己挖鑿的隧道和洞穴裡，也有一些不為他們所知的生物從外面偷溜進來，在黑暗中高臥。其中有些洞穴的起源能追溯到比半獸人更早的年代，半獸人只是拓寬了它們，並用通道把它們連接起來，而洞穴原來的主人仍然待在那些偏僻的角落裡，鬼鬼祟祟地活動和刺探。

在這地底深處的漆黑水邊，住著老咕嚕，一個黏糊糊的小生物。我不知道他從哪裡來，也不知道他是什麼人或什麼族類。他就是咕嚕 —— 像黑暗一樣

黑，瘦削的臉上有兩隻又大又圓的蒼白眼睛。他有一條小船，他會在湖上安靜地划船來去；這是一個又寬又深、冰寒刺骨的湖。他把兩隻大腳懸在船邊，當成槳來划水，卻從來不會盪出一絲水波。絕對不會。他用那雙蒼白如燈的眼睛尋找盲魚，再用快如動念的細長手指抓住牠們。他也喜歡吃肉。他認為半獸人挺好吃，能抓得到就抓來吃；但他很小心，確保他們永遠不會發現他。如果偶爾有半獸人獨自遊蕩到水邊，他又剛好在潛行覓食，他便會從背後過去扼死他們。半獸人很少下到這裡來，因為他們也感覺到有什麼討厭的東西潛藏在底下，在大山的根基中。他們在很久以前挖隧道的時候來到了湖邊，發現沒法再往前走了；所以往這個方向的路就挖到這裡為止，而且也沒有理由往這邊走——除非半獸人頭領派他們來。有時候半獸人頭領想吃湖裡的魚，就派人來抓，而有時候人和魚都沒回來。

事實上，咕嚕就住在湖中央一個黏滑的岩石島上。他現在正從遠處用那雙像望遠鏡一樣的淡色眼睛監視著比爾博。比爾博看不見他，但他對比爾博深感好奇，因為他看出那根本不是個半獸人。

咕嚕上了船，飛快地離開了島，而比爾博坐在湖邊上，無路可去，無法可想，不知所措。突然，咕嚕走了過來，低聲嘶嘶著說：

「我的寶貝嘶嘶，保佑我們，給我們潑水吧！我想這是嘶嘶一頓上等大餐；至少也夠一頓美味的小菜，咕嚕！」當他說**咕嚕**的時候，喉嚨裡發出一種嚇人的吞嚥聲。他的名字就是這麼來的，儘管他總是喊自己「我的寶貝」。

霍比特人乍聽耳邊響起嘶嘶聲，又忽見一雙蒼白的眼睛冒出來死盯著他，嚇得差點靈魂出竅。

「你是誰？」他說，把匕首指向前方。

「他是嘶嘶什麼？我的寶貝嘶。」咕嚕小聲說（他總是自言自語，因為從來沒有人跟他說話）。他來就是要弄清楚這個問題，因為他這會兒並不真的很餓，只是好奇而已。不然的話，他就會先出手掐死對方，再自問自答。

「我是比爾博‧巴金斯先生。我跟矮人走散了，也跟巫師走散了，我不知道自己在哪裡，我也不想知道，我只要能離開就行。」

「他手裡拿的是什麼嘶嘶？」咕嚕看著那把劍說，他不太喜歡那東西。

「一把劍，一把來自剛多林的利劍！」

「嘶嘶，」咕嚕說，並且變得很有禮貌，「我的寶貝，也許你該在這兒坐下跟它聊幾句。它喜歡猜謎語，可能喜歡，對嗎？」他急於表現出友好的樣子，至少暫時如此，直到他弄清楚這把劍和霍比特人的情況，摸清他是不是真的孤身一人，他是不是好吃，還有咕嚕是不是真的餓了。謎語是他唯一能想到的東西。出謎語和有時候猜謎語，是他在很久很久以前，和其他有趣的生物待在他們的洞裡玩過的唯一的遊戲。後來他失去了所有的朋友，被獨自趕出去，往下爬、一直爬，爬進大山底下的黑暗中。

「很好。」比爾博說，他急於表現出合作的態度，直到他弄清楚這個生物的情況，摸清他是不是孤身一人，他是不是很凶猛或很飢餓，以及他是不是半獸人的朋友。

「你先出謎語吧。」他說，因為他還沒來得及想出一個謎語來。

於是，咕嚕嘶嘶地說：

什麼有根卻看不到，

比樹木高，

很高很高，

卻不長分毫？

「好猜！」比爾博說，「山，我猜是山。」

「這很好猜嗎？我的寶貝，它一定是在跟我們比試！如果寶貝出題，它答不上來，我們就吃了它，我的寶貝嘶嘶。如果它出題問我們，我們答不上來，那我們就照它要求的做，嗯？我們告訴它出去的路，就這麼辦！」

「好吧！」比爾博說，不敢不同意。他拚命思索有些什麼謎語能救他免於被吃掉，想得腦袋幾乎要炸了。

三十匹白馬在紅丘上，

先是大嚼，

接著踩腳，

然後站著不再動地方。

這是他唯一能想到的謎語──他滿腦子都想著吃不吃的。這個謎語也相當古老了，咕嚕和你一樣知道謎底。

「老套，老套。」他嘶嘶說道，「牙齒！牙齒！我的寶貝嘶嘶；可我們只有六顆了！」然後他出了第二個謎語：

它哭泣，但沒有聲音，

它飄飛，但沒有翅膀，

它咬疼，但沒有牙齒，

它咕噥，但沒有嘴巴。

「等一下！」比爾博叫道，他還在忐忑不安地想著吃的事。幸虧他以前聽過類似的謎語，並在逐漸恢復理智後想到了答案。「風，當然是風。」他說，而且高興之餘立刻編出了一個謎語。他心想：「這個謎語準會難倒這個討厭的

地下小生物。」

　　藍臉上有一隻眼

　　看見綠臉上有一隻眼。

　　第一隻眼說：

　　「那隻眼就像這隻眼

　　可是在低處

　　不是在高處。」

　　「嘶嘶，嘶嘶，嘶嘶。」咕嚕說。他已經在地底下待了很久很久，快要忘了這類東西。可是，就在比爾博開始希望這個壞蛋答不上來的時候，咕嚕記起了無比遙遠的往事，那時他和祖母住在河岸邊的一個洞裡。「嘶嘶，嘶嘶，我的寶貝。」他說，「這說的是太陽照在雛菊[9]上，正是。」

　　但是這些地面上常見的謎語讓他猜得很吃力，還讓他回憶起過往的日子，那時他沒有這麼孤獨、這麼鬼鬼祟祟、這麼討人厭，這讓他很惱火。更要命的是，這讓他感到飢餓起來；因此，這回他要努力想出點更難也更讓人不愉快的東西：

　　看不見，摸不著

　　聽不見，聞不到。

　　躲在星星後邊，躲在山腳底下，

　　填滿空空的洞。

　　它第一個來，它跟在最後，

　　它結束生命，它殺死笑聲。

　　咕嚕運氣不佳，比爾博以前聽過這類謎語，何況答案就圍繞在他身邊。

「黑暗！」他不假思索地說，連腦袋都沒撓一下。

一只盒子沒有折葉，沒有鑰匙，沒有蓋子，

可是金黃寶物藏在裡面。

比爾博出這個謎語，是為了拖延時間想出一個真正難猜的來。他認為這個老套謎語猜起來不費吹灰之力，儘管他沒用常見的說法來出題。但事實證明，這對咕嚕來說棘手得很。他自個兒嘶嘶了半天，還是答不出來，又咕咕噥噥起來。

過了一會兒，比爾博開始不耐煩了。「喂，是什麼啊？」他說，「謎底可不是沸騰的水壺，照你發出來的聲音，你似乎是那麼想的。」

「給我們一個機會；讓它給我們一個機會，我的寶貝——嘶嘶——嘶嘶。」

「好吧，」比爾博給了他機會，等了很長時間，然後說，「你猜得怎麼樣了？」

不料咕嚕突然想起很久以前掏鳥窩偷蛋的事，想起他坐在河岸下教祖母，教祖母吮吸——「蛋！」他嘶嘶道，「嘶嘶是蛋！」然後他問了：

活著卻不喘氣，

冷冰冰就像死；

從不口渴，總是喝水，

一身鎖甲從不叮噹作聲。

這回輪到他認為這個謎語猜起來不費吹灰之力了，因為他總是惦記著謎底。然而他被蛋的謎題搞得暈頭轉向，一時之間想不出什麼更好的。儘管如

---

9. 雛菊的英文是daisy，它早上開花，晚上合攏，因此得名day's eye。——譯者註

此，這對可憐的比爾博來說卻是個難題，因為他不到萬不得已就不跟水打交道。我想你當然知道答案，說不定輕鬆得跟眨眼一樣，因為你正舒舒服服地坐在家裡，沒有被吃掉的危險來干擾你的思考。比爾博坐了下來，清了一兩次嗓子，卻依舊答不出來。

過了一會兒，咕嚕開始高興地嘶嘶自語：「我的寶貝，它好吃嗎？汁多不多？是不是嚼起來嘎吱可口？」他開始在黑暗中細細打量起比爾博來。

「等一下，」霍比特人瑟瑟發抖著說，「我剛才給了你很長的時間。」

「它得快點，快點！」咕嚕說著，起身爬出小船，準備上岸去抓比爾博。但當他那雙有蹼的長腳伸進水裡時，一條魚受了驚，跳出水來落在比爾博的腳趾上。

「啊呀！」他說，「又冷又濕黏！」──於是他猜到了。「魚！魚！」他喊道，「是魚！」

咕嚕大失所望；但比爾博連忙又出了一個謎語，所以咕嚕只好回到小船上去思考。

沒有腿的在一條腿的上面，

兩條腿的坐在旁邊三條腿的上面，

四條腿的得到了一點。

這個謎語出得實在不是時候，但比爾博急著出題。如果他換個時候出這個謎，咕嚕可能很難猜出來。可是剛剛提到了魚，「沒腿的」就不難猜了，接下來的也就迎刃而解。「魚放在小桌子上，人坐在桌旁的凳子上，貓在吃魚骨頭。」這當然就是謎底，咕嚕很快就猜到了。然後，他覺得是時候出些難上加難的謎語了。於是他這麼說：

此物吞噬一切；

飛鳥走獸，樹木花朵；

它啃鐵，它咬鋼；

它把硬石磨成粉；

它殺國王，毀堅城，

高山它也能夷平。

可憐的比爾博坐在黑暗裡，想著他聽過的傳說裡，所有巨人和食人魔的可怕名字，但他們誰都沒有做過所有這些事情。他有種感覺，謎底和這些完全無關，並且他應該知道的，但是他想不出來。他開始感到害怕，這對思考很不利。咕嚕又從小船上下來了。他拍打著水，划向岸邊；比爾博可以看到他的眼睛正朝自己接近。他的舌頭好像被黏在了嘴裡；他想大喊：「再給我一點時間！給我一點時間！」但突然衝出口的只是一聲尖叫：

「時間！時間！」

比爾博的得救純屬撞了大運。這當然就是謎底。

咕嚕又一次大失所望；這下他開始生氣，也厭倦了這個遊戲。這讓他真的很餓。這次他沒有回到小船上。他在黑暗中坐下，就坐在比爾博身邊。而這讓霍比特人渾身不舒服，並且分散了他的注意力。

「它一定要問我們問題，我的寶貝，是的，是的，是嘶嘶。只能再猜一個謎語，是的，是嘶嘶。」咕嚕說。

可是有這麼個又濕又冷的討厭東西坐在旁邊，對他又摸又戳，比爾博根本想不出任何謎語。他抓耳搔腮，擰掐自己，可還是什麼也想不出來。

「問我們！問我們！」咕嚕說。

比爾博掐了自己一把，又搧了自己一巴掌；他握緊手中的短劍；他的另一隻手甚至在口袋裡掏摸著。他在口袋裡摸到了他在通道裡撿到的、被他遺忘的戒指。

「我口袋裡有什麼東西？」他大聲說。他是在自言自語，但咕嚕以為這是個謎語，覺得非常不高興。

「不公平！不公平！」他嘶聲道，「它竟問我們它那討厭的小口袋裡有什麼東西，這不公平，我的寶貝，對不對？」

比爾博這才意識到出了什麼事，但又沒有更好的謎語可出，於是就堅持原來的問題，更大聲地問：「我口袋裡有什麼東西？」

「嘶—嘶—嘶，」咕嚕嘶聲道，「它得讓我們猜三次，我的寶貝，猜三次。」

「很好！猜吧！」比爾博說。

「手！」咕嚕說。

「錯。」比爾博說，幸虧他剛把手抽出來，「再猜！」

「嘶—嘶—嘶。」咕嚕說，比之前更不高興了。他想了下自己放在口袋裡的所有東西：魚骨、半獸人的牙、濕貝殼、一小塊蝙蝠翅膀、一塊用來磨利自己尖牙的利石，還有其他亂七八糟的東西。他盡力去想別人口袋裡會放些什麼。

「小刀！」他終於說。

「錯！」比爾博說，他不久前丟了他的小刀，「猜最後一次！」

這下咕嚕陷入了比比爾博要他猜那個蛋的謎語時更糟糕的狀態。他嘶嘶作聲，唾沫四濺，前後搖晃，腳在地上拍打，身體扭來扭去；但他還是不敢胡亂

猜這最後一次。

「快猜！」比爾博說，「我等著呢！」他努力讓自己的聲音顯得勇敢快活，但他對比賽會有什麼結果毫無把握，不管咕嚕猜得對不對。

「時間到！」他說。

「線頭，或什麼也沒有！」咕嚕尖叫道，一次猜兩個謎底其實不太公平。

「都錯。」比爾博如釋重負地喊道，並立刻跳起來，背靠著最近的一面石壁，舉起他的短劍。他當然知道，猜謎比賽十分神聖，具有悠久的歷史，哪怕是邪惡的妖物在猜謎時也不敢作弊。但他覺得不能相信這個卑劣的東西會在緊要關頭信守諾言。任何藉口都能讓他滑頭地擺脫承諾。畢竟，根據古代的規則，最後那個問題並不是一個真正的謎語。

不過，無論如何，咕嚕沒有立刻攻擊他。他看得見比爾博手裡的劍。他仍坐在那兒，一邊發抖一邊嘟囔。比爾博終於等不下去了。

「怎麼？」他說，「你答應的事辦不辦？我要出去。你得給我指路。」

「寶貝，我們說過這話嗎？給這討厭的小巴金斯指明出去的路，對，說過。但是它的口袋裡有什麼，嗯？寶貝，不是線頭，但也不是什麼都沒有。噢不是！咕嚕！」

「你別管了。」比爾博說，「說話要算話。」

「寶貝，那傢伙生氣了，不耐煩了。」咕嚕嘶嘶說道，「但它必須等，是的，它必須等。我們不能這麼急匆匆地走隧道上去。我們得先去拿些東西，是的，一些能幫助我們的東西。」

「好，那就快點！」比爾博說，想到咕嚕要走開，他鬆了口氣。他以為咕嚕只是找個藉口，不打算回來了。咕嚕在說什麼呢？在那黑黢黢的湖上他能藏

什麼有用的東西？但是他錯了。咕嚕確實打算回來；他這會兒又氣又餓，而且他是個卑鄙邪惡的傢伙，他已經有了主意。

他的小島離得不遠，比爾博對這個島一無所知。他在島上的藏身之處放了一些破破爛爛的雜物，還有一樣非常漂亮的東西，非常漂亮，非常神奇。他有一枚戒指，一枚金戒指，一枚寶貝的戒指。

「我的生日禮物！」他低聲自言自語道。在那無盡的黑暗歲月裡，他常常這樣自言自語。「我們現在正想要它，是的；我們想要！」

他想要它，因為它是一枚力量之戒，如果你把那枚戒指戴到手指上，你就隱形了；只有在烈日底下你才能被人看見，而且被看見的只是你顫動的、模糊的影子。

「我的生日禮物！它是在我生日那天得到的，我的寶貝。」他總是這麼跟自己說。但誰知道咕嚕是怎麼把這個禮物弄到手的？那是在很久以前的古老年代，那時這種戒指還散落在世間。也許就連統馭這類戒指的主人也說不清楚。起初咕嚕戴著它，直到它令他疲憊不堪。然後他把它放在貼身的小袋裡，直到它硌痛他。如今他常把它藏在島上的一個岩石洞裡，並且總要回去看它一下。有時候，當他實在捨不得和它分開，或者當他餓得要命又吃膩了魚的時候，他還是會戴上它。然後他會沿著黑暗的通道潛行，尋找走散落單的半獸人。他甚至可能冒險進到那些有火把照明，讓他的眼睛刺痛的地方，因為他是安全的。噢，是的，安全得很。沒有人會看到他，沒有人會注意到他，直到他的手指勒住他們的咽喉。僅僅幾個鐘頭前他還戴過它，並且抓到了一個小半獸人。那小傢伙尖叫得多響啊！他還剩下一兩根骨頭沒啃完，但他想吃點更軟的。

「安全得很，是的。」他自言自語道，「它不會看見我們的，是不是，我

的寶貝？看不見。它看不見我們，它那把討厭的小劍就沒用了，是的，完全沒用。」

當他突然從比爾博身邊溜走，啪嗒啪嗒回到小船上，划入黑暗中時，他那邪惡的小腦袋裡就是這麼想的。比爾博以為他這一去就再不會有音訊了。不過他還是等了一會兒，因為他不知道自己一個人要怎麼找到路出去。

突然，他聽到一聲尖叫。這使他背上竄過一股寒顫。咕嚕的咒罵與哀號聲從幽暗中傳來，聽聲音離得似乎不遠。他在自己的島上，東扒西抓，搜索翻找，卻一無所獲。

「它在哪？它在哪？」比爾博聽見他在大喊，「它丟了，我的寶貝，丟了，丟了！詛咒我們，碾碎我們，我的寶貝不見了！」

「怎麼回事？」比爾博高聲問，「你丟了什麼？」

「它不可以問我們。」咕嚕尖叫道，「不關它的事，不，咕嚕！它丟了，咕嚕，咕嚕，咕嚕。」

「好吧，我也走丟了，」比爾博叫道，「我想要不再走丟。我贏了，你答應過的。所以，過來吧！來帶我出去，然後你繼續找你的！」儘管咕嚕聽起來淒慘到了極點，比爾博心裡卻找不出多少憐憫，他有種感覺，不管咕嚕這麼想要什麼，那都多半不是個好東西。「過來啊！」他喊道。

「不行，現在還不行，寶貝！」咕嚕回答，「我們必須找到它，它丟了，咕嚕。」

「但你沒猜出來我最後一個謎語，而且你答應過的。」比爾博說。

「沒猜出來！」咕嚕說。接著，黑暗中突然傳來一聲尖銳的嘶嘶聲。「它的口袋裡有什麼？告訴我們。它必須先告訴我們。」

就比爾博來說，他沒有什麼特別的理由不說。咕嚕的腦筋轉得比他更快，先作了猜測。這很自然，因為咕嚕這麼多年來一直想著這東西，他總是擔心它被人偷走。但比爾博對這種拖延感到惱火。畢竟，他冒著可怕的風險贏了這場猜謎比賽，贏得相當公平。「謎底只能猜出來，不能給出來。」他說。

「但這個問題不公平。」咕嚕說，「不是謎語，寶貝，不是。」

「噢，好吧，要說普通的問題，那我已經先問了一個。」比爾博答道，「你丟了什麼？告訴我啊！」

「它的口袋裡有什麼？」嘶嘶聲越來越大，越來越尖銳，當比爾博朝聲音的來處望去，吃驚地發現竟有兩個小光點正盯著他。隨著咕嚕心中的猜疑越來越深，他眼中的光芒也燃成了蒼白的火焰。

「你丟了什麼？」比爾博追問。

但這時咕嚕眼中的光芒已經變成了綠火，並且迅速逼近。咕嚕又上了船，瘋狂地划回黑沉沉的岸邊；他心中充滿了失落帶來的怒火和懷疑，顧不上再怕任何刀劍。

比爾博猜不出是什麼讓這個卑劣的傢伙發了瘋，但他明白沒指望了，咕嚕總之是打定主意要殺了他。他及時轉身，貼著洞壁，用左手摸著盲目地沿著原先下來的漆黑通道往回跑。

「它的口袋裡有什麼？」他聽到背後傳來響亮的嘶嘶聲，還有咕嚕跳下船時濺起的水聲。「我也很納悶，我有什麼呢？」他自言自語道，一邊喘息一邊跌跌撞撞地跑著。他把左手伸進口袋。那枚戒指悄悄地滑到他摸索著的食指上，感覺冰一樣冷。

後面的嘶嘶聲離得很近了。他扭頭看見咕嚕的眼睛，就像兩盞綠色的小燈

正順著斜坡上來。他害怕極了，想跑得更快一點，但他的腳趾突然踢到了一處不平的地方，整個人撲倒在地，短劍被壓在身子底下。

眨眼間，咕嚕就追上了他。但比爾博還沒來得及緩過氣爬起來，揮舞他的劍，咕嚕就罵罵咧咧地從他身邊衝了過去，根本沒注意到他。

這是怎麼回事？咕嚕能在黑暗中看清東西。比爾博甚至從他後面都看得見他眼睛發出的淡淡光芒。他忍著痛爬起來，把這會兒又開始發出微光的劍插進鞘裡，然後小心翼翼地跟上去。看來也別無他法了。往後爬回咕嚕的湖邊沒有任何好處。要是他跟著咕嚕，咕嚕說不定會在無意中帶他走上一條逃出去的路。

「該死的！該死的！該死的！」咕嚕咬牙切齒地嘶嘶說，「該死的巴金斯！它跑了！它的口袋裡有什麼？噢，我們猜，我們猜，我的寶貝。他找到了它，是的他一定找到了。我的生日禮物。」

比爾博豎起了耳朵。他終於開始自己猜測了。他稍微加快了腳步，壯起膽子盡可能接近咕嚕。咕嚕仍然走得飛快，沒有回頭看，只是不停地左顧右盼，比爾博能借著洞壁上的微弱反光看出來。

「我的生日禮物！該死的！我們是怎麼弄丟的，我的寶貝？沒錯，一定是這樣。在我們上次走過這條路的時候，在我們扭斷那個吱嘎尖叫的小討厭鬼的時候。一定是這樣。該死的！過了這麼、這麼多年，它從我們手上溜走了！它走了，咕嚕。」

突然，咕嚕坐下哭了起來，那唏噓哽咽的聲音聽著真是叫人毛骨悚然。比爾博急忙停下腳步，身子緊貼著隧道的牆壁。過了一會兒，咕嚕停止了哭泣，開始說話。他似乎在和自己爭論。

「回去找不行，不行。我們記不住所有我們去過的地方。回去找也沒用。巴金斯把它放在口袋裡；我們說，那個愛管閒事的討厭傢伙找到了它。」

「我們猜測，寶貝，只是猜測。只有找到那個討厭的傢伙，把它捏死，我們才能知道。但是，它不知道那個禮物能幹什麼，對吧？它只會把它放在口袋裡。它不知道，它也走不遠。它已經迷路了，那個愛管閒事的討厭東西。它不知道出去的路。它是這麼說的。」

「對，它是這麼說的；但那是騙人的。它沒說它是什麼意思。它不肯說它口袋裡有什麼。它知道。它知道進來的路，肯定也知道出去的路。它朝後門去了。到後門去，就這樣。」

「那半獸人就要抓住它了。寶貝，它沒法從那條路出去。」

「嘶嘶，嘶嘶，咕嚕！半獸人！沒錯，可是如果它拿著禮物，我們寶貴的禮物，那半獸人就會得到它，咕嚕！他們會發現它，他們會發現它的用途。我們就再也不安全了，永遠不安全了，咕嚕！會有一個半獸人戴上它，然後就沒人能看見他了。他會在那裡，但不會被看見。就連我們這麼尖的眼睛也注意不到；他會偷偷摸摸地來抓我們，咕嚕，咕嚕！」

「那我們就別說了，寶貝，快點。要是巴金斯走了那條路，我們就得趕快去看看。走！不遠了。趕快！」

咕嚕一躍而起，搖搖擺擺地大步前進。比爾博趕緊跟在他後面，仍然小心翼翼，但他現在最擔心的是再被哪個障礙物絆倒，摔倒弄出聲響。他滿腦子都轉著希望和好奇的念頭。他手上的戒指似乎是一枚魔法戒指：它能讓你隱身！當然，他在古老的傳說中聽說過這種東西；但他很難相信自己真的碰巧找到了一枚。可是事情是明擺著的：咕嚕雙眼發著光從他身邊經過，離他只有一碼

遠。

　　他們繼續往前走，咕嚕啪嗒啪嗒走在前面，不停地嘶聲咒罵；比爾博拿出霍比特人的看家本領，輕手輕腳地跟在後面。不久，他們就來到了比爾博下來時注意過的地方，有好些岔路口通往左右兩側。咕嚕立刻開始數著它們。

　　「左一，對。右一，對。右二，對，對。左二，對，對。」他就這樣數著往前走。

　　隨著數越來越大，他放慢了腳步，並且開始抖抖顫顫，哭哭啼啼；因為他離開地下湖越遠，就越害怕。半獸人可能就在附近，而他丟了自己的戒指。最後，他在一個低矮的開口處停下來，這條岔道在他們往上走的左邊。

　　「右七，對。左六，對！」他低聲說，「就是它。這是通往後門的路，對。就是這條通道！」

　　他往裡張望了一下，又縮回來。「但是我們不敢進去，寶貝，不，我們不敢。那裡面有半獸人。許許多多的半獸人。我們聞得到他們。嘶嘶！」

　　「我們該怎麼辦？他們該死，該粉身碎骨！我們必須在這兒等著，寶貝，等一會兒看看。」

　　於是他們停下來不動了。咕嚕終於把比爾博帶到了出口，但是比爾博進不了通道！咕嚕就駝著背坐在岔道口，堵住了去路，他把腦袋夾在兩膝之間晃來晃去，眼睛裡閃著寒光。

　　比爾博躡手躡腳地離開洞壁，動作比老鼠還輕悄；但咕嚕立刻僵住，嗅了嗅，眼睛也變綠了。他發出嘶嘶聲，聲音很輕，但充滿威脅。他看不見霍比特人，但這會兒已經警覺起來，並且他還有其他在黑暗中鍛鍊出來的感官：聽力和嗅覺。他似乎伏了下來，扁平的兩手張開按在地上，頭朝前探，鼻子幾乎貼

到了石頭上。雖然在他眼睛發出的微光中，他只是一團黑影，但比爾博可以看到或感覺到，他就像一根繃緊的弓弦，正在蓄勢準備躍起。

比爾博屏住呼吸，自己也僵住了。他很絕望。他必須趁自己還有餘力的時候離開這片可怕的黑暗。他必須搏鬥。他必須刺殺這個邪惡的東西，撲滅它眼睛裡的光，宰了它。它打算殺死他。等等，這不是一場公平的搏鬥。他現在隱了身。咕嚕沒有劍。咕嚕還沒有真正威脅要殺他，也沒嘗試殺他。而且咕嚕很悲慘、孤單、迷茫。突然間，一種理解，一種夾雜著恐懼的憐憫在比爾博心中油然而生：他瞥見了一段無人理會的無盡歲月，沒有光、沒有改善的希望，只有堅硬的岩石、冰冷的魚，以及鬼鬼祟祟和竊竊自語。所有這些念頭都在剎那間閃過了他的腦海。他打了個寒顫。接著，他腦海中突如其來又閃過一個念頭，彷彿有一股嶄新的力量和決心將他托起，他奮力一躍。

這一躍對人類來說算不了什麼，但這是在黑暗中奮力一躍。他往前跳了七呎遠，三呎高，正好從咕嚕頭頂飛躍而過。事實上，連他自己都不知道，他差一點就在通道低矮的拱門頂上撞碎了腦殼。

當霍比特人從咕嚕頭頂飛過時，咕嚕仰面一撲，伸手抓去，但是太晚了：他抓了個空，而比爾博一等健壯的雙腳穩穩落地，就沿著這條新隧道狂奔而去。他沒回頭去看咕嚕在幹什麼。一開始，嘶嘶聲和咒罵聲幾乎緊追著他的腳後跟，後來就停了。接著突然傳來一聲令人毛骨悚然的尖叫，充滿了仇恨和絕望。咕嚕敗了。他不敢再往前走了。他輸了：他失去了獵物，還失去了一直以來他唯一在乎的東西，他的寶貝。那聲尖叫使比爾博的心都跳到了嗓子眼裡，但他還是繼續狂奔。這時那聲音又從後面傳來，雖然只是微弱的回聲，卻充滿了威脅：

「小偷，小偷，小偷！巴金斯！我們恨它，我們恨它，我們永遠都恨它！」

然後是一片寂靜。但比爾博覺得寂靜也是一種威脅。「如果半獸人近到他能聞到，」他想，「那麼他們也能聽見他的尖叫和咒罵。現在可得小心了，不然這條路會把你引到更糟糕的東西那裡去。」

這條通道低矮，粗粗鑿就。它對霍比特人來說不太難走，只不過，他雖然處處小心，那高低不平鋸齒似的地面還是把他可憐的腳趾絆了好幾次。「對半獸人來說低了點，至少對那些大塊頭的來說是這樣。」比爾博想，但他不知道，即使是那些大塊頭的半獸人，也就是山中的奧克，都能飛快地穿過這類通道，只是他們走時得弓著腰，雙手幾乎貼地。

沒過多久，原本往下傾斜的通道又開始往上走，又過了一會兒，通道升成了陡坡。這讓比爾博慢了下來。不過陡坡最後還是到了頭，通道拐了個彎，再次往下走，而就在前面短短的上坡路盡頭，他看見了一線亮光，從另一個拐角後透出來。那不是火焰或燈籠發出的紅光，而是一種戶外那樣的蒼白亮光。於是，比爾博開始奔跑。

他以兩條腿能做到的最快速度跑過那最後一個拐角，突然來到了一片開闊的地方。在黑暗中待了這麼久之後，這裡的光線簡直亮得耀眼。實際上，那只是從門洞漏進來的一束陽光，那裡敞開著一扇石頭做的大門。

比爾博眨了眨眼，然後才突然看到了半獸人：都是全副武裝的半獸人，手握出鞘的刀劍，就坐在門內，瞪大眼睛監視著大門，也監視著通往大門的通道。他們全都精神抖擻，十分警惕，準備好應對一切。

然而在他看見他們之前，他們先看見了他。沒錯，他們看見他了。不管這

是出於意外，還是戒指在接受新主人之前耍了最後一個詭計，它反正沒戴在他的手指上。半獸人高聲歡呼，朝他一擁而上。

一陣恐懼和茫然如同咕嚕的痛苦迴響，籠罩了比爾博，他連劍都忘了拔，雙手猛插進了口袋。戒指還在，就在他的左邊口袋裡，它一下滑上了他的手指戴好。半獸人猛地剎住了腳。他們完全看不見他的蹤影了。他消失了。他們的吼聲比之前大了一倍，但這回不是歡呼了。

「它跑哪去了？」他們叫道。

「回通道去找！」有些半獸人喊道。

「這邊！」有些喊道。「那邊！」另一些喊道。

「把門看好。」半獸人頭目吼道。

哨聲四起，盔甲碰撞，刀劍鏗鏘響成一片，半獸人污言穢語咒罵著，四處亂撞，彼此絆倒，個個怒氣沖天。好一陣可怕的叫嚷、騷動和混亂。

比爾博嚇得要命，不過他還剩了點理智能明白發生了什麼事，並偷偷溜到半獸人衛兵裝酒的大桶後面躲藏，從而避免了被半獸人撞上、踩死或憑感覺抓到的命運。

「我必須到門口去，我必須到門口去！」他不斷地對自己說，但是過了好長一段時間才敢去嘗試。接下來就像一場可怕的捉迷藏遊戲。這地方到處都是橫衝直撞的半獸人，可憐的小霍比特人東躲西閃，被一個半獸人撞倒在地——那半獸人搞不懂自己撞到了什麼——又手腳並用趕緊爬開，及時從頭目的雙腿間溜過去，站起來，直奔大門。

門還半開著，但一個半獸人已經把它推到快關上了。比爾博拚了命要推開，它卻文風不動。他試著從門縫中擠過去。他擠啊擠，不料竟卡住了！這可

真是要了老命。他的鈕釦卡在了門緣和門柱之間。他可以看到外面就是露天：有幾級台階往下通向崇山峻嶺之間的一座狹窄山谷。太陽從一朵雲背後鑽出來，把門外的世界照得分外燦爛——可是他出不去。

突然，裡面的一個半獸人喊：「門邊有個影子。外面有東西！」

比爾博的心跳進了喉頭。他拚命一擠。鈕釦往四面八方迸飛。外套和背心都扯破了，但他脫身了，像山羊一樣連蹦帶跳下了台階，這時一群被搞糊塗了的半獸人還在門階上撿著他漂亮的黃銅鈕釦。

當然，他們很快就衝下來追他了，在樹林裡亂叫亂嚷地追獵他。但是他們不喜歡太陽，太陽使他們頭暈腿顫。比爾博戴著戒指，在樹蔭底下溜進溜出，跑得又快又安靜，同時注意不暴露到陽光中，他們怎麼也找不到他。於是，沒一會兒，他們就嘟嘟囔囔、罵罵咧咧地回去守門了。比爾博終於逃脫了。

跳出煎鍋，掉進烈火

Out of the Flying-Pan into the Fire

比爾博逃出了半獸人的魔掌，卻不知道自己身在何處。他的兜帽、斗篷、食物、小馬、鈕釦和朋友，全都丟了。他漫無目的地走啊走，直到太陽開始西沉——沉落到群山背後。高山的影子橫陳在比爾博所走的小路上，他回頭看了看，然後又朝前望去，只見前方盡是綿延不斷的山脊和一座座朝低地延伸的斜坡，樹林間偶爾能瞥見下方的平原。

「天啊！」他驚叫道，「看樣子我竟來到迷霧山脈的另一邊，來到遙遠之地的邊緣了！在哪裡，甘道夫和矮人都在哪裡啊？我只希望老天保佑，他們不會還沒出來，還在半獸人的地盤裡！」

他繼續漫無目的地往前走，走出高處的小山坳，越過山坳邊緣，下了山坡；但他心裡一直有個很不舒服的念頭在滋長。他覺得自己現在既然有了魔法戒指，是不是該回到那些很可怕、很可怕的地道裡去尋找他的朋友。他剛下定決心，認為這是自己的義務，他必須回去——對此他深感命苦——就聽到了說話的聲音。

他停下腳步聆聽。那不像半獸人的聲音；於是他躡手躡腳地往前走去。他那時是在一條蜿蜒向下的石頭小徑上，左側是一堵石壁，另一側的地面傾斜下去，在比小路低的地方有一些被灌木叢和低矮樹木遮蔽的小山谷。在其中一個山谷的灌木叢底下，有人正在談話。

他悄悄走得更近一些，突然，他看見兩塊大石頭之間有個戴紅兜帽的腦袋朝外張望了一下：那是巴林在放哨。他本來可以拍手歡呼，但他沒有。他生怕碰上什麼意外的、讓人不愉快的東西，所以還戴著戒指，因此他看見巴林直直地望著自己，卻什麼也沒發現。

「我要給他們一個驚喜。」他邊想邊爬進小山谷邊上的灌木叢中。甘道夫

正在和矮人們爭論。他們正在討論隧道裡發生的事情，納悶和爭辯著現在該怎麼做。矮人都在發牢騷，而甘道夫說他們絕對不能撇下巴金斯先生繼續往前走，不能把他留在半獸人手裡不管，不去弄清楚他是死是活，不去想辦法救他。

「他畢竟是我的朋友，」巫師說，「而且是個挺不錯的小傢伙。我覺得我對他負有責任。天啊，我真希望你們沒丟下他。」

矮人不明白為什麼一定要帶上他，為什麼他不跟緊他的朋友隨大夥兒一起出來，還有為什麼巫師不選個更機靈的人。「到目前為止，他不但沒用處，還給我們添麻煩。」有個矮人說，「如果我們現在得回到那些可惡的坑道裡去找他，我說，讓他見鬼去。」

甘道夫生氣地答道：「是我帶他來的，我不帶沒用的東西。要麼你們幫我去找他，要麼我就走人，把你們留在這裡，靠你們自己想法子脫困。要是我們能再找到他，你們到頭來會感謝我的。多瑞，你到底為什麼把他扔下自己跑了？」

「換了是你，要是黑暗中突然有個半獸人從背後抓住你的腿，絆了你的腳，踢了你的背，」多瑞說，「你也會把他扔下的！」

「那你事後為什麼沒再把他背上？」

「老天啊！虧你還問！當時黑乎乎一片，半獸人又打又咬，人人摔倒在地撞做一堆！你差點就拿格拉姆德凜砍掉我的腦袋，而梭林拿著奧克銳斯特到處亂刺。突然間，你發出一道耀眼的閃光，我們就看到半獸人尖叫著往回跑。你喊『大家跟我來！』大家自然都得跟你跑。我們以為人人都跟上了。你也清楚得很，那會兒沒空清點人數，直到我們衝過了門衛，衝出底下的門，慌慌張張

地逃到這裡為止。現在我們都在這兒了——只差那個飛賊，可惡的傢伙！」

「飛賊在此！」比爾博踏進他們當中，同時摘下了戒指。

天哪，他們驚成了什麼樣！接著他們又驚又喜地大聲歡呼。甘道夫也跟他們一樣大吃一驚，但很可能比他們所有的人都更高興。他喊巴林回來，問他是怎麼放哨的，竟然讓人徑直走到他們當中也不示警。事實上，打這之後，比爾博在矮人當中的聲譽大有提高。儘管之前甘道夫信誓旦旦，他們還是懷疑他不是一流的飛賊，但現在這懷疑已經一掃而空。巴林比誰都更迷惑不解；但大家都說比爾博這手絕活可真妙。

比爾博著實享受眾人的讚美，因此只在心裡暗笑，對戒指的事隻字不提。當大家問他是怎麼脫身的，他說：「噢，就是悄無聲息地往前走，你懂的——非常小心，非常安靜。」

「好吧，這還是第一次有人像老鼠一樣小心又安靜地從我鼻子底下溜過，沒被發現。」巴林說，「我要向你脫帽致敬。」然後他脫下兜帽。

「巴林為您效勞。」他說。

「巴金斯先生願做您的僕人。」比爾博說。

接下來他們想知道，在大夥兒把他丟下之後，他所有的冒險經過。他坐下來，把一切都告訴了他們——只留下找到戒指的事沒說（「現在還不是時候。」他想）。他們對猜謎比賽尤其感興趣，聽到他對咕嚕的描述時，既感到毛骨悚然，又聽得津津有味。

「接著，他坐在我旁邊，害我想不出任何謎語了。」比爾博收尾說，「於是我問『我口袋裡有什麼東西？』他連猜三次都沒猜對。於是我問：『你答應的事辦不辦？給我指明出去的路！』但是他撲上來要殺我，我就趕緊跑，還摔

了一跤，他在黑暗中沒看到我，從我旁邊過去了，於是我跟上他，因為我能聽到他自言自語的聲音。他以為我真的知道出去的路，因此他就朝那裡走。然後他在出口坐下來，我過不去。於是我從他頭頂上跳過，逃脫了，一路往下跑到了大門口。」

「守衛呢？」他們問，「難道門口沒有守衛？」

「噢，有啊！好大一群守衛，但我躲過了他們。我被門卡住了，那門只開了一條縫，害我蹦掉了好些鈕釦。」他看著自己扯破的衣服，悲傷地說，「但我還是擠過了門縫——這會兒才能在這裡。」

矮人們著實對他另眼相看，當他輕描淡寫地說到躲過守衛，跳過咕嚕頭頂，擠過門縫，就好像那些事都不難辦到，也不足掛懷似的。

「我怎麼跟你們說的？」甘道夫笑著說，「巴金斯先生的本事比你們估計的大。」他說這話的時候，從濃密的眉毛下用古怪的目光看了比爾博一眼，霍比特人心裡納悶他是不是猜到了自己沒說的那部分故事。

接著，比爾博自己也有問題要問，因為就算甘道夫這會兒已經給矮人們解釋過了，比爾博可沒聽到。他想知道巫師怎麼會重新出現的，他們現在又到了哪兒。

說實在的，巫師從不介意多講幾次自己的機敏之舉，所以這時他告訴比爾博，他和埃爾隆德都十分清楚，這片山嶺中有邪惡的半獸人。但他們主門的出口以前是在另一個隘口，一個更好走的隘口，這樣他們可以經常抓到那些天黑了還趕路經過他們洞口附近的人。很顯然人們已經放棄了那條路，於是半獸人開闢了新的出入口，就在矮人走的隘口頂上，這肯定是最近的事，因為在此之前人們一向認為這個隘口是很安全的。

「我必須設法找個正派點的巨人重新把它堵上，」甘道夫說，「否則很快誰也別想翻過這山了。」

那時甘道夫一聽到比爾博的叫喊，就明白發生了什麼事。他放出閃光殺掉正要抓他的半獸人，同時藉機閃身進了那道裂縫，裂縫隨即啪嗒一聲闔上了。他跟在俘虜和驅趕者後面，一直走到大山洞的邊緣，然後坐下，在暗處施展他最拿手的魔法。

「那可是非常棘手的活計，」他說，「一觸即發！」不過，當然啦，甘道夫對火和光的魔法有過特別的研究（你記得吧，就連這位霍比特人也永遠忘不了老圖克的仲夏日前夕聚會上的魔法煙火）。剩下的我們都知道了——只除了甘道夫早就知道有個後門，半獸人管它叫下大門，也就是比爾博失去鈕釦的地方。事實上，熟悉這一帶山嶺的人，都很清楚下大門在哪裡；但是要在地道裡保持清醒的頭腦，帶他們往正確的方向走，那就只有巫師才有辦法了。

「那道門是很久很久以前造的，」他說，「一方面是為了必要的時候有條逃生的路，另一方面是為了去山這邊的地區，他們仍然會趁夜出來，造成巨大的破壞。他們日夜守著它，從來沒有人能堵住它。經過這次教訓，他們會加倍守衛它的。」他哈哈大笑。

其他人也跟著大笑。雖然他們損失不少，但他們殺死了半獸人頭領和一大堆半獸人，並且全都逃出來了，因此可以說，他們到目前為止相當順利。

但巫師讓他們冷靜下來。「現在我們歇過了，必須馬上上路。」他說，「地上的影子正在拉長；等天一黑，他們會成百上千地出來追趕我們。我們經過的地方，哪怕過了好幾個鐘頭他們也能嗅出我們的足跡。我們必須在黃昏前趕好幾哩的路。如果天氣保持晴朗，夜裡應該會有一點月光，那我們就走運了。倒

不是說他們害怕月亮，但月亮的微光可以幫我們辨別方向。」

「噢，對了！」他說，作為對霍比特人一連串問題的回答，「你在半獸人的地道裡忘了時間。今天是星期四，我們是在星期一晚上或星期二早上被抓的。我們走了好幾哩的路，逕直穿過了山脈的中心，現在到了山的另一邊——著實是走了捷徑。但是這樣一來，我們就沒到原來所走的隘口應該通到的地方；我們太偏北了一點，前面還有一片不好走的鄉野。我們現在還在高山上。讓我們繼續趕路吧！」

「我餓得要命。」比爾博呻吟道。他突然想起來，自己從前天晚上開始就一頓飯都沒吃到。想想這對一個霍比特人來說有多慘！這會兒那股興奮勁過去了，他感到肚子空空，兩腿打顫。

「沒辦法，」甘道夫說，「除非你願意回去請求半獸人行行好，把你的小馬和行李還給你。」

「不用了，謝謝！」比爾博說。

「那好吧，我們只能勒緊腰帶，繼續跋涉——否則我們會被當成晚餐，那可比我們自己沒有晚餐糟糕多了。」

一路上，比爾博東張西望，想找點吃的。但是黑莓還在開花，當然也沒有堅果，就連山楂莓也沒有。他嚼了一點酸模[10]，在越過橫穿小徑的一條山溪時喝了點溪水，又吃了溪岸邊發現的三顆野草莓，但都不頂餓。

他們繼續往前走。崎嶇的小路消失了。灌木叢、礫石之間的長草、一塊塊

---

10. 酸模（sorrel）葉子的外型跟菠菜很像，吃起來帶著酸酸的味道，目前台灣本土種植不多，在英國算是土生土長的植物，歐洲和西亞大多數的草原均可見到其蹤跡。酸模富含維他命A和C，可做生菜沙拉。——譯者註

兔子啃剩的草皮、百里香、鼠尾草、香花薄荷和黃色的岩薔薇都消失了，他們發現自己來到了一座寬闊陡峭的斜坡頂上，坡上全是山體滑坡後坍落的石塊。他們一開始下坡，碎屑和小石子便從腳下滾出去；很快，一些大塊的碎石也嘩啦嘩啦地往下滾，並帶動下方的石塊開始滑動滾落；接著，大塊的岩石也被碰撞得離開原位，往下彈跳，砸得塵土飛揚，轟隆作響。沒過多久，他們上方和下方的整個山坡似乎全移動起來，土塊和石塊不斷滑動、碰撞、裂開，他們在這陣可怕的大亂中擠成一團，溜了下去。

是底下的樹木救了他們。他們溜進了一片順著山勢往上長的松樹林邊緣，這片松林就挺立在山坡上，連接著下方山谷中更深處更黑暗的森林。有些人抓住樹幹，盪到低處的樹枝上，有些人（比如小霍比特人）躲到樹後避開了砸落的岩石。危險很快就過去了，滑坡止息，崩落下來的最大一批石塊在下方遠處的蕨草和松樹根之間彈跳、旋轉，傳來最後的微弱撞擊碎裂聲。

「嘿！這讓我們又領先了一點。」甘道夫說，「就算半獸人要追蹤我們，想悄無聲息地從這裡下來，也得大費周章。」

「這是不假，」邦伯嘟囔道，「但他們會發現推石頭滾下來砸到我們腦袋上可不難。」矮人們（還有比爾博）都開心不起來，他們都在揉著腿上和腳上瘀青和受傷的地方。

「胡說！我們會離開這個地方，避開滑坡的必經之路。我們必須快點！看看天光！」

太陽早就落到山後面去了。儘管透過樹木間隙，越過長在較低處樹木的黝黑樹冠望去，還能看到遠處平原上的晚霞，四周的陰影卻在加深。他們這時只能一瘸一拐地盡力快走，沿著一條一直向南傾斜而下的小路走下這片松林緩

坡。有時候他們在大片大片的蕨草中推進，蕨葉長得高過了霍比特人的頭頂；有時候他們在落滿松針的地面上安靜行走；與此同時，森林的陰暗越來越濃，森林的寂靜也越來越深。那天傍晚甚至沒有風吹過樹梢，激起濤聲。

「我們非得再往前走嗎？」比爾博問，這時天已經黑到他只能看見梭林的鬍子在他身邊晃動，周圍安靜到矮人的呼吸聲聽在他耳裡都像巨響。「我的腳趾頭全都青了扭了，我的腿很疼，我的胃像個空袋子一樣晃蕩。」

「再往前走一點點。」甘道夫說。

再往前走了感覺上百年之後，他們突然來到一片沒有樹木的開敞處。月亮已經升起來了，清輝灑在空地上。不知怎地，大家都覺得這不是個好地方，雖然看上去沒有什麼不對勁的。

突然間，他們聽到山下遠處傳來一聲嚎叫，一聲長長的、令人戰慄的嚎叫。右邊傳來一聲對它的回應，離他們近得多。然後左邊不遠處又是一聲。那是狼群在對著月亮嚎叫，狼群在聚集！

在巴金斯先生家鄉的洞府附近並沒有狼，但他知道狼嚎的聲音。他在各種傳說裡沒少看到對這種聲音的描述。他的一個表兄（圖克家族那邊的）曾是一位大旅行家，過去常常模仿狼嚎來嚇唬他。在月光下的森林裡聽見狼嚎，對比爾博實在刺激過頭了。對付狼群，就連魔法戒指也沒什麼用——尤其是這些生活在半獸人橫行的大山陰影下，在毗鄰未知之地的荒野邊緣的邪惡狼群。這種狼的嗅覺比半獸人更靈敏，牠們連看都不用看就能抓到你！

他大喊：「我們怎麼辦，我們怎麼辦！」又說：「逃出半獸人的魔爪，卻要落進狼嘴裡！」這句話後來成了諺語，不過我們現在遇到同樣危急的狀況

時，說的是「跳出煎鍋，掉進烈火」。

「快上樹！」甘道夫喊道。他們衝向空地邊緣的樹林，尋找那些枝椏較低，或者樹幹夠細，方便大夥兒一窩蜂爬上去的樹。你不難想像，他們以前所未有的速度找到那些樹，在樹枝能承受的情況下能爬多高就爬多高。如果你看到一個個矮人坐在樹上，鬍鬚垂下來晃蕩著，就像一群老紳士發了瘋，玩起了扮演孩子的遊戲，（在安全距離上的）你肯定會笑出聲來。菲力和奇力爬到了一棵就像巨型聖誕樹的高大落葉松頂端。多瑞、諾瑞、歐瑞、歐因和格羅因要舒適一點，他們在一棵巨大的松樹上，那樹的樹枝長得很有規律，每隔一段距離伸出一根，就像車輪的輻條。比弗、波弗、邦伯和梭林則擠在另一棵這樣的樹上。杜瓦林和巴林攀上了一棵又高又細、枝椏稀少的冷杉，正試圖在最上面的青翠枝椏上找個能坐的地方。甘道夫長得比旁人都高得多，他找到了一棵他們爬不上去的大松樹，它就矗立在空地邊上。他在繁茂的松枝中藏得很好，但是當他探頭張望時，你能看見他的雙眼在月下炯炯發光。

那比爾博呢？他哪棵樹也爬不上去，只能到處亂轉，從這棵樹奔向那棵樹，像一隻被狗緊追又找不到洞穴的兔子。

「你又把飛賊落下了！」諾瑞看著底下對多瑞說。

「我不能老把飛賊駝在背上，」多瑞說，「下坑道是我背，上樹還要我背！你當我是什麼，搬運工嗎？」

「如果我們不採取行動，他會被吃掉的。」梭林說，因為這時狼嚎已經完全將他們包圍了，而且正在逼近。「多瑞！」他喊道，因為多瑞在一棵最容易爬的樹上，爬得也最低，「快，把巴金斯先生拉上來！」

多瑞愛發牢騷不假，卻是個真正的大好人。他爬回最底下的一根枝條，盡

他所能探身把手臂伸下去，但可憐的比爾博還是連他的手都搆不到。於是多瑞乾脆從樹上爬了下來，讓比爾博爬上來站在他的背上。

就在這時，狼群嚎叫著小跑進了林間空地。頓時有幾百隻眼睛盯著他們。然而多瑞並沒有丟下比爾博不管。他一直等比爾博的腳離開自己的肩頭爬上樹枝，才躍起抓住樹枝。刻不容緩！一匹狼在他盪上去的那一剎那間一口咬住了他的斗篷，差點逮住了他。轉眼間一大群狼就把那棵樹團團圍住，嚎叫不休，還往樹幹上竄跳，眼冒凶光，舌頭伸得老長。

不過，就連野蠻的座狼（專指荒野邊緣的惡狼）也不會爬樹。他們暫時安全了。幸好天氣暖和，也沒有風。不管什麼時候，長時間坐在樹上都不是非常舒服的事；但要是天氣寒冷風又大，還有狼群圍在樹下等著你，那坐在樹上可就慘不堪言了。

這片四面環樹的林間空地顯然是狼群的聚集地。越來越多的狼來此會合。牠們在多瑞和比爾博所在的那棵樹底下留下守衛，然後開始四處嗅來嗅去，直到把每棵有人躲藏的樹都嗅了出來。牠們給這些樹也設下看守，然後其餘的狼（看上去足有成百上千）走到林間空地上圍坐成一個大圈；圈子中央是一匹大灰狼。牠用座狼可怕的語言對牠們說話。甘道夫聽得懂，但比爾博不懂，只覺得聽起來很可怕，彷彿牠們說的都是殘酷又邪惡的事，事實也是這樣沒錯。每過一會兒，圈子裡所有的座狼會齊聲回應頭領大灰狼的嚎叫，牠們可怕的喧囂差點讓霍比特人從松樹上掉下來。

我來告訴你甘道夫聽到些什麼，雖然比爾博不懂。座狼和半獸人經常互相勾結著幹壞事。半獸人通常不會冒險離開他們的山頭太遠，除非他們被趕了出來，正在尋找新家，或者正在開赴戰場（我很欣慰地說，這已經很久沒發生過

了）。不過，在那些日子裡，他們有時會出來打劫，特別是為了搶食物或抓奴隸來給他們幹活。因此他們經常叫來座狼幫忙，再一起瓜分贓物。有時候他們會騎在座狼背上，就像人類騎馬一樣。現在看來，這天晚上半獸人計畫了一場大突襲。狼群是來跟半獸人碰頭的，而半獸人遲到了。原因毫無疑問是半獸人頭領的被殺，以及矮人、比爾博和巫師引發的雞飛狗跳的混亂，半獸人大概還在追捕他們呢。

儘管這片遙遠的土地上充滿危險，最近還是有勇敢的人披荊斬棘從南方返回此地，砍伐樹木，在山谷裡或河流兩岸一些更宜人的樹林中給自己建造住所。他們人數眾多，英勇善戰，武器裝備精良，如果成群行動，或在明亮的白天，即使是座狼也不敢攻擊他們。但現在座狼計畫在半獸人的幫助下，在夜間襲擊一些離群山最近的村莊。如果牠們的陰謀得逞，第二天這一帶連一個活口都不會剩下；所有的人都會被殺，只有少數人會被半獸人從狼口中留下，作為俘虜帶回他們的山洞。

這番話聽得人毛骨悚然，不僅因為那些勇敢的林中居民和他們的妻兒有危險，也因為這危險正威脅著甘道夫和他的朋友們。座狼對自己聚會的地點遭到這一行人的闖入，感到既憤怒又困惑。牠們以為這群人是林中居民的朋友，是來刺探牠們，會把突襲的消息帶到下面山谷裡去，那樣的話半獸人和座狼就會面臨一場惡戰，沒法俘虜和吞吃那些從睡夢中突然驚醒的人。因此，座狼不打算離開，不打算讓樹上的人逃脫，至少天亮之前是不會走的。牠們說，不用等到天亮，半獸人士兵就會從山上下來；半獸人會爬樹，或把樹砍倒，逼他們下來。

這下你就明白了，為什麼甘道夫身為巫師，聽到牠們的咆哮和嚎叫後也開

始感到恐懼萬分，覺得他們的處境十分險惡，根本談不上已經脫逃。不過，儘管他被困在一棵高高的樹上，又被底下的惡狼團團圍住，施展不出多大本事，他依然不打算讓牠們的陰謀輕易得逞。他從樹枝上採集了一些碩大的松果，然後用明亮的藍色火焰點燃了一個，嗖地一聲扔進了狼群的圈子裡。松果打中了一匹狼的背，牠那蓬亂的皮毛立刻著起火來，讓牠蹦跳亂竄，發出可怕的嚎叫。接著松果一個接一個扔來，一個是藍色火焰，一個是紅色火焰，一個是綠色火焰。它們在圓圈中央的地面上爆開，色彩繽紛的火星四處飛濺，煙霧瀰漫。有個特別大的松果正好打中那匹狼王的鼻子，牠一蹦足有十呎高，隨即竄入狼群中一圈圈狂奔，在憤怒和恐懼中牠甚至對其他的狼亂撕亂咬。

　　矮人和比爾博發出陣陣歡呼。狼群暴怒的樣子看起來可怕得很，牠們造成的騷動響徹了整個森林。狼一向怕火，而這場火尤其離奇難纏。一旦火星燎到牠們的毛皮上，就會黏在上面燒起來，除非牠們迅速就地打滾滅火，否則很快就會全身燒成一個大火球。不一會兒，整個林中空地上的狼都在拚命打滾撲滅背上的火星，而那些已經燒著的狼在奔竄嚎叫時又把火引到別的狼身上，直到同夥將牠們趕走，牠們才嗚嗚哭號著逃下山坡去尋找水源。

　　「今晚森林裡這一波騷動是怎麼回事？」鷹王說。他棲在群山東部邊緣一座孤零零的岩峰頂上，身影被月光襯得烏黑。「我聽到了狼的聲音！半獸人在樹林裡搞鬼嗎？」

　　他振翅飛上天空，左右兩旁岩石上立刻有兩個衛士躍起跟隨他。他們在空中盤旋，俯瞰著座狼圍成的圓圈，在遙遠的下方它只是一個小點。但是鷹的目光十分銳利，可以在很遠的距離外看見很小的東西。迷霧山脈鷹王的眼睛可以

眨都不眨地直視太陽，即使在月光下也能看到下方一哩之遙的地面上移動的兔子。因此，雖然他看不見樹上的人，但他能辨出狼群的騷動，能看到火焰微弱的閃光，能聽見從下方很遠的地方隱隱傳來的嚎叫。他還看到月光在半獸人的長矛和頭盔上反射出的閃光，那些邪惡的傢伙排成長長的隊伍，正從他們的大門出來悄悄爬下山坡，曲曲折折地進入樹林。

老鷹不是和善的鳥類，有些還怯懦又殘忍。但是北方山脈中的古老鷹族是所有鳥類中最偉大的，他們驕傲、強壯，並且心性高尚。他們不喜歡也不害怕半獸人。一旦他們注意到半獸人的動靜（這種情況很少見，因為他們不吃半獸人），他們就會猛撲過去，將半獸人趕得丟下正在幹的壞事，尖叫著逃回洞裡去。半獸人對大鷹既痛恨又懼怕，但他們無法接近大鷹築在高處的窩巢，也無法將他們從山中趕走。

今晚鷹王滿心好奇，想知道發生了什麼事；於是他召集了很多鷹跟隨自己，他們從山中飛出來，一圈一圈慢慢地盤旋著，越飛越低，越飛越低，向狼群聚集和半獸人碰頭的地方飛去。

他們來得可真及時！底下發生了可怕的事。著了火的狼竄入森林，把森林的好幾個地方都點著了。時值盛夏，大山東側已經有段時間沒下過雨了。枯黃的蕨草，掉落的樹枝，深深堆積的松針，還有這裡那裡枯死的樹，很快就都燃起了烈焰。座狼聚集的那片空地四周都竄起了火舌。但是守在樹底下的狼群沒有離開。牠們氣瘋了，圍著樹幹又跳又嚎，用牠們那種可怕的語言咒罵著矮人，舌頭伸得老長吐在外面，眼睛像火焰一樣閃著紅色的凶光。

這時，半獸人突然出現，吼叫著跑來。他們以為這是在跟林中居民打仗；不過他們很快就弄清了狀況。有的半獸人竟然坐下來哈哈大笑，其他的揮舞著

長矛，用矛杆把盾牌敲擊得砰砰響。半獸人不怕火，他們很快就想出了一個在他們看來再逗樂不過的計畫。

有些半獸人把所有的狼聚集成一群。有些在樹幹周圍堆起蕨草和柴火。其餘的在周圍衝過來衝過去，又是跺腳又是拍打，直到幾乎所有的火焰都被撲滅——但是他們並沒有撲滅離矮人所在的樹最近的那些火。相反，他們給那些火添加落葉、枯枝和蕨草。很快，他們就在矮人周圍燃起了一圈濃煙和火焰，並且控制火圈不向外擴散，而是慢慢地向內收攏，直到燃燒的火焰舔上了堆在樹下的燃料。煙燻著了比爾博的眼睛，他能感覺到火焰的熱度。透過嗆人的煙霧，他看見半獸人圍成圓圈轉著跳舞，就像人們在仲夏夜圍著篝火轉圈一樣。在手持長矛和斧頭跳舞的武士圈外，狼群敬而遠之，觀看和等待著。

他聽見半獸人開始唱起一首可怕的歌：

五棵松樹上有十五隻鳥，
一陣熱風吹起他們的羽毛！
不過可愛的小鳥沒有翅膀！
噢我們該拿這些可愛小東西怎麼辦才好？
把他們活烤？還是清燉？
油炸，水煮，再趁熱吃掉？

然後他們停下來，喊道：「飛走吧，小鳥！能飛就飛啊！下來吧，小鳥，不然你們會活活烤熟在窩裡！唱吧，唱吧，小鳥！你們為什麼不唱歌啦？」

「滾開！小毛孩！」甘道夫大聲回答道，「現在可不是掏鳥窩的時候，而

且，玩火的淘氣小毛孩是要受到懲罰的。」他說這話是為了激怒他們，讓他們知道他不怕他們——他當然是害怕的，儘管他是個巫師。但是半獸人並不理會，繼續唱他們的歌。

燒吧，燒掉大樹和蕨草！
烤乾又燒焦！
火把嘶嘶照亮夜晚，讓大夥都歡笑，
呀嘿！

把他們火烘又燒烤，油炸再燒烤！
烤得鬍鬚著火，眼球爆白；
烤得頭髮冒煙，肉皮裂開，
烤得肥油融化，骨頭黑焦
扔在炭灰裡
不用土來埋！
矮人就要這麼死掉，
照亮夜晚讓大夥都歡笑，
呀嘿！
呀哈哩哩嘿！
呀霍！

隨著那一嗓子**呀霍**，火燒到了甘道夫的樹下。不一會兒火就蔓延到了其他

的樹上。樹皮燒了起來，低處的樹枝燒得劈啪作響。

於是，甘道夫爬上了樹頂。當他準備從高處往下跳進半獸人的長矛陣中央時，他的魔杖突然像閃電一樣發出耀眼的光芒。他要是這麼跳了，肯定會就此送命，雖然他像霹靂一樣猛然撲下時很可能會殺死許多半獸人。但他並沒跳下去。

在那千鈞一髮之際，鷹王從上空俯衝而下，用利爪一把抓住他飛走了。

半獸人爆發出驚怒交加的嚎叫。甘道夫跟鷹王說了幾句，鷹王高聲長嘯，那些大鳥帶著他又飛了回來，像巨大的黑影一樣俯衝而下。狼群嚎叫著，無不咬牙切齒；半獸人怒火沖天地跺腳吼叫著，將沉重的長矛徒勞地擲向空中。大鷹自他們頭頂俯衝而下。他們拍打翅膀帶起的烈風把半獸人掀翻在地，或遠遠驅離；他們的利爪撕破了半獸人的臉。其他的大鳥飛到樹的頂端去抓住矮人，矮人們這時正盡力往他們敢爬的最高處爬去。

可憐的小比爾博差點又被撇下了！他剛設法抓住多瑞的雙腿，多瑞就被最後一個帶離了樹梢；他們一起飛上了半空，下方是一片火海和混亂。比爾博在空中盪來盪去，兩條胳膊幾乎要斷了。

與此同時，在遙遠的下方，半獸人和狼群在樹林裡四散奔逃。有幾隻鷹仍在戰場上空盤旋掃蕩。樹木周圍的火焰突然竄起，高過了最高的樹枝。劈啪作響的大火燒著了它們，爆出一陣突發的火花和濃煙。比爾博剛好及時逃了出來！

下方的火光很快就變得黯淡了，變成了黑沉沉的大地上一些閃爍的紅點；他們在高空中，隨著一次次強有力的盤旋不斷上升。這次飛行比爾博終身難

忘，他緊緊抓住多瑞的腳踝，呻吟著：「我的胳膊，我的胳膊啊！」但多瑞呻吟道：「我可憐的腿，我可憐的腿啊！」

就算在情況最好的時候，高處都會讓比爾博頭暈。他連站在很低的小山崖邊往下看都會覺得眼花；他從來都不喜歡爬梯子，更不用說爬樹了（以前他從來沒遇到過要從狼口逃生的情況）。所以你能想像，當他從懸空晃蕩的腳趾間往下看，看到黑沉沉的大地在下方遼闊鋪展，其間點綴著月光照亮的山坡上的岩石或平原上的小溪，他的頭暈到了什麼地步。

山中蒼白的高峰越來越近，月光照亮的岩石尖峰從暗影中聳現。儘管是夏天，感覺還是很冷。他閉上眼睛，不知道自己還能不能堅持下去。接著他又想到如果堅持不住會發生什麼事。他覺得噁心想吐。

對他來說，飛行結束得非常及時，剛好在他雙臂快要脫力的時候。他猛喘一口氣鬆開多瑞的腳踝，掉在鷹巢所在的粗糙平台上。他躺在那裡，一聲不吭，心裡既為自己從大火中被救出來感到驚訝，又害怕自己會從這個狹窄的地方掉到兩邊黑暗的深淵裡。到了這會兒，經歷了過去三天的可怕冒險又幾乎什麼也沒吃，他腦袋裡的感覺著實古怪，他發現自己在大聲說：「現在我知道一塊培根突然被人從煎鍋裡叉起來放回架子上，是什麼感覺了！」

「不，你不知道！」他聽見多瑞回答，「因為培根知道它遲早會回到煎鍋裡；但願我們不會。而且大鷹也不是叉子！」

「噢，不！一點也不像白鸛[11]——我是說叉子。」比爾博說著坐了起來，不安地看著棲息在附近的大鷹。他不知道自己剛才還說了些什麼胡話，大鷹會不會覺得遭到了冒犯。當你只有霍比特人那麼點大，而且是在夜裡來到了鷹巢，那你千萬不可對鷹無禮！

大鷹只顧在石頭上磨他的喙，啄理羽毛，並沒有注意他。

不久，飛來了另一隻鷹。「鷹王命令你把俘虜帶到大岩架去。」他大聲說完便飛走了。於是那鷹用爪子抓起多瑞，帶著他飛進黑夜裡，留下了比爾博一個人。他只剩下力氣去想剛才那位信使說的「俘虜」是什麼意思，並開始想像輪到自己的時候，自己會像兔子一樣被撕碎當晚餐。

大鷹回來了，用爪子從背後抓住他的外套，振翅飛離。這次他只飛了一小

迷霧山脈，從鷹巢西望半獸人的大門

---

11. 白鸛（stork）和叉子（fork）在英語中讀音相近。——譯者註

段路。比爾博很快被放下來，躺在山坡上一塊寬大的岩架上，嚇得渾身發抖。除了飛沒有辦法來到這片岩架上；除了跳下懸崖也沒有別的路可以下去。他發現大家都背靠著山壁坐著。鷹王也在那裡，正在跟甘道夫說話。

看來，比爾博不會被吃掉了。巫師和鷹王似乎多少互相認識，甚至還很友好。事實是，甘道夫是山中的常客，曾經為大鷹們出過力，治好過鷹王的箭傷。所以你看，「俘虜」的意思只是「從半獸人手中救出來的俘虜」，而不是大鷹的俘虜。比爾博細聽甘道夫的談話，才明白他們終於可以真正逃離這片可怕的山區了。甘道夫正在和鷹王商量，載上自己、矮人和比爾博遠離此地，穿過下方的平原，將他們放回原先旅行的路線上。

鷹王不願意帶他們靠近人類居住的任何地方。「他們會用紫杉木做成的大弓射我們，」他說，「因為他們以為我們要抓他們的羊。在別的時候他們倒也沒錯。不！我們樂意破壞半獸人的勾當，也很高興能夠報答你，但我們不會為了矮人冒險，去到南方的平原上。」

「好吧，」甘道夫說，「那就隨你們願意送多遠就多遠吧！我們已經對你們感激不盡了。不過這會兒我們都餓得要命。」

「我就要餓死了。」比爾博說，聲音微弱到誰也沒聽見。

「這倒是多半有辦法補救。」鷹王說。

過了一會兒，你可以看到岩架上生起了明亮的火堆，矮人的身影圍著火堆在烹飪，弄出好聞的燒烤香味來。大鷹帶來乾樹枝做燃料，還叼來了穴兔、野兔和一隻小羊。烹調是矮人們包辦的。比爾博太虛弱了，根本幫不上忙。再說他也不擅長剝兔子皮或切肉的事，他習慣讓肉鋪老闆直接送來已經處理好可以直接下鍋的肉。甘道夫在忙完生火的事情之後也躺下了，因為歐因和格羅因弄

丟了火絨盒。（矮人還不習慣用火柴呢。）

　　迷霧山脈的冒險就這樣結束了。比爾博很快就撐飽了肚子，又舒坦了，覺得自己可以心滿意足地睡覺了，儘管他其實更喜歡黃油麵包，而不是串在棍子上烤的肉塊。他蜷縮在堅硬的岩石上酣睡，比在自家小洞府裡的羽絨床上睡得還香。不過一整夜他都在夢見自己的家，在睡夢中遊蕩過一個又一個不同的房間，尋找某個他既找不到又記不得是什麼樣子的東西。

CHAPTER
7

古怪的住所
Queer Lodgings

第二天早晨，比爾博醒來，眼前是一片清晨的陽光。他跳起來想看看時間，好去把水壺燒上水——這才發現自己根本不在家。他只得坐下，明知不可能，卻還是希望洗把臉刷個牙。他沒能洗漱，也沒有茶、烤麵包和培根當早餐，只有冷羊肉和冷兔肉，並且吃完之後他就得準備好重新出發。

這回他獲准爬到鷹背上，緊扒在兩翼之間。氣流迎面襲來，他閉上了眼睛。當十五隻大鳥從山坡起飛時，矮人們高聲向鷹王道別，並承諾只要他們能辦到，一定會報答他。太陽仍然很接近東方的天際。清晨很涼爽，薄霧瀰漫在山谷和山坳裡，也繚繞在丘陵間的尖峰和山頂上。比爾博睜開一隻眼睛偷偷張望，發現大鳥們已經飛得很高，世界遠在下方，群山也在他們背後退得越來越遠。他又閉上眼睛，抓得更緊。

「別掐！」他的鷹說，「你雖說看著很像兔子，但沒必要像只兔子一樣害怕。這是個晴朗的早晨，沒什麼風。還有什麼比飛行更好呢？」

比爾博本想說：「洗個熱水澡，然後在草坪上吃頓晚一點的早餐。」但他覺得還是什麼都不說比較好，同時把緊抓著大鷹的手稍微鬆開一點。

過了好一陣，大鷹們雖然是在這樣的高處，也一定看到了要去的地方，因為他們開始兜著巨大的圈子盤旋而下。他們這樣下降了很長一段時間，終於，霍比特人又睜開了眼睛。地面近多了，下方的樹木看起來像是橡樹和榆樹，還有廣闊的草地，一條河流貫穿其間。但就在河道中間，有一塊突兀的巨石拔地而起，水流環繞它流過。它簡直能算一座岩石小山，就像遠處山脈的最後一個前哨，或是被哪個巨人中的巨人從數哩外扔到平原上的一塊巨石。

這時，大鷹們一隻接一隻，迅速滑翔到巨石的頂端，放下了他們的乘客。

「無論你們去向何方，一路順風！」他們高聲叫道，「願你們的窩巢在旅

途的終點迎接你們！」這是大鷹之間的禮貌說法。

　　知道該怎麼正確答覆的甘道夫答道：「願你們羽翼下的風承載你們飛行在日月運行之地。」

　　他們就這樣分別了。雖然鷹王在日後成了眾鳥之王，戴上了金燦燦的王冠，他的十五個首領也戴上了金燦燦的項圈（都是用矮人給他們的黃金造的），比爾博再也沒有見到他們——除了在五軍之戰時遠遠看到他們飛翔在高空中。不過那要等到這個故事的結尾，我們暫且按下不表。

　　巨巖頂上有一片平坦的地方，還有一條常有人走的石階小徑一直往下通到河邊，那裡有一片巨大的石板構成的淺灘可以涉水過河，前往河對面的草地。在石階盡處靠近石灘的地方，有一個小山洞（乾淨通風，地上都是小鵝卵石）。他們一行人在這裡集合，討論下一步該怎麼辦。

　　「我一直打算護送你們所有人平安（若有可能）翻過大山，」巫師說，「現在由於安排得當**以及**運氣好，我辦到了。說實在的，我從來沒打算陪你們往東走到像現在這麼遠的地方，畢竟，這不是我的冒險。在大功告成之前我也許會再關注一下，不過我同時還有其他要緊的事情要辦。」

　　矮人們唉聲嘆氣，顯得沮喪至極，比爾博哭了起來。他們已經開始以為甘道夫會全程陪伴，隨時都能幫他們排憂解難。「我不會立刻就走，」他說，「我可以再陪你們一兩天。也許我能幫你們擺脫眼前的困境，我自己也需要一點說明。我們沒有食物，沒有行李，也沒有小馬可騎；而且你們不知道自己在哪裡。現在我可以告訴你們。你們在我們本來該走的路北邊好幾哩遠——如果我們沒有匆忙離開那道山中隘口——這一帶很少有人居住，除非他們是在我上次來這裡之後才來的，而那是好幾年前的事了。不過，我有個熟人，住得離這

裡不遠。就是那個人鑿出了巨岩上這些台階——我記得他把這塊巨岩稱為卡爾岩。他不常來這兒，尤其不會在白天來，所以在這兒等他也沒有用。事實上，等他反而非常危險。我們必須去找他；如果我們見面後一切順利，我想我就該走了，並像大鷹那樣祝福你們『一路順風，無論去向何方』！」

眾人懇求他不要離開他們，願意送給他龍的金銀珠寶，可是他不肯改變主意。「我們看著辦，看著辦！」他說，「而且我想我已經掙到了一些你們的惡龍金子——就等你們去得到它了。」

聽了這話，他們不再懇求了。然後大家都脫下衣服，在河中洗澡，河水很淺，清澈見底，淺灘處布滿了石頭。他們在溫暖的大太陽下曬乾身子和衣服，雖然身上還有點痛，肚子也有點餓，但是精神都煥發起來了。不久，他們便渡過了淺灘（背著霍比特人），開始穿行在高高的綠草間，沿著成排枝葉舒展的橡樹和高大的榆樹前進。

「為什麼那塊巨岩叫做卡爾岩？」走在巫師身邊的比爾博問道。

「他把它叫做卡爾岩，因為這東西在他的語言裡就叫卡爾岩。他把那種樣子的東西都叫做卡爾岩，而這個專門就叫卡爾岩，因為他家附近就只有這麼一個，他對它很熟悉。」

「誰這麼稱呼它？誰這麼熟悉它？」

「就是我說的那個人——是個非常了不起的人。我介紹你們的時候，你們一定要非常有禮貌。我想，我會兩個兩個地慢慢介紹你們；你們一定要小心，不要惹惱他，否則天知道會出什麼事。他生氣的時候令人膽寒，盡管他心情好的時候很和善。不過我還是要警告你們，他很容易生氣。」

矮人們聽見巫師對比爾博說這些話，都圍過來聽著。「你現在要帶我們去見的就是這個人嗎？」他們七嘴八舌地問，「你就不能找個脾氣更隨和一點的人？你能不能把這事解釋得更清楚一點？」──諸如此類。

　　「對，就是去見他！不，我不能！我解釋得夠仔細了。」巫師氣呼呼地回答，「如果你們非要打聽的話，他名叫貝奧恩。他非常強壯，而且是個換皮人。」

　　「什麼？你說毛皮商嗎，那種管兔子叫兔兒，還拿兔皮冒充松鼠皮的人？」比爾博問。

　　「我的天哪，不，不，**不，不**！」甘道夫說，「巴金斯先生你要是辦得到就千萬別做傻事；看在老天的份上，只要你在他家方圓一百哩以內，就千萬別再提毛皮商這個詞，也別提毛皮毯、皮斗篷、毛披肩、皮手筒任何這類倒楣的字眼！他是個換皮人。他能改換自己的外皮：有時候他是一隻巨大的黑熊，有時候他是個高大強壯的黑髮男人，長著粗壯的手臂和大鬍子。我不能再跟你多說，不過這應該足夠了。有人說他是一隻熊，是巨人來到之前生活在大山裡的古老大熊的後代。還有人說，他是在斯毛格和其他惡龍來到世間這片土地之前，在半獸人從北方來到這一帶山區之前，生活在這裡的第一批人類的後代。我不曉得哪種說法正確，不過我認為後一個說法比較真實。他不是那種可以問長問短的人。

　　「無論如何，他絕不是中了魔法才這樣，他就是這個樣子。他住在一片橡樹林中，有一棟大木屋；做為人，他飼養牛馬，牠們幾乎和他自己一樣神奇。牠們為他幹活，和他說話。他不吃牠們；他也不打獵，不吃野生動物。他養了一窩又一窩凶猛的大蜜蜂，主要靠奶油和蜂蜜為生。做為熊，他的活動範圍十

分廣大。有一次，我看見他晚上獨自坐在卡爾岩頂上，看著月亮沉落到迷霧山脈後面去，我還聽見他用熊語咆哮道：『總有一天，他們會滅亡，我會回去！』就是因為這話，我相信他從前來自那道山脈。」

這下，比爾博和矮人有很多事情要琢磨，所以他們不再提問。他們面前還有很長的路要走。他們拖著沉重的腳步爬上山坡，走下山谷。天氣變得十分炎熱。有時他們會在樹下休息，而餓到不行的比爾博連橡子都想撿來吃，可惜沒有熟透的橡子掉到地上。

下午過了一半，他們開始注意到有大片大片初放的花朵，同一類的花都長在一起，就像有人種的一樣。尤其是三葉草，有一叢叢隨風搖曳的雞冠三葉草，有紫三葉草，還有大片低矮的、散發蜜甜香味的白三葉草。空氣中瀰漫著嗡嗡聲、呼呼聲和叨叨聲。到處都是忙碌的蜜蜂。好大的蜜蜂！比爾博從來沒見過這種蜜蜂。

「要是有哪一隻螫我一口，」他想，「我準會腫成兩倍大！」

這些蜜蜂比黃蜂還大。雄蜂比你的大拇指還要大得多，它們深黑色軀幹上的黃色條紋像赤金一樣閃亮耀眼。

「我們快到了。」甘道夫說，「我們走到他的養蜂場邊上了。」

過了一會兒，他們來到了一片由高大並且十分古老的橡樹組成的林帶，橡樹林帶後面是一道高高的刺棘樹籬，你既看不到裡面，也爬不過去。

「你們最好在這兒等著。」巫師對矮人們說，「我叫你們或吹口哨時，你們再跟上來——你們會看到我走的路——但是必須兩個兩個地來，注意，每一

對之間要隔五分鐘。邦伯最胖，一個頂倆，他最好在最後獨自來。來吧，巴金斯先生！這條路拐過去有一扇大門。」說完，他帶著膽顫心驚的霍比特人沿著樹籬走了。

他們很快來到一扇又高又寬的木門前，只見門內有花園和一群低矮的木頭建築，有些是用未經切割的原木建造，屋頂蓋著茅草：有穀倉、馬廄、棚屋，還有一幢長長的、低矮的木屋。在大樹籬內的南面，有一排排的蜂房，頂部呈鐘形，是用麥桿編成的。巨大的蜜蜂飛來飛去，爬進爬出，空中充滿了它們的響聲。

巫師和霍比特人使勁推開那扇吱嘎作響的沉重大門，沿著一條寬闊的小路朝房子走去。有幾匹毛色潤澤、修飾得十分整潔的馬小跑著穿過草地湊上前來，一臉聰明地朝他們仔細打量了一番，然後朝建築物飛奔而去。

「牠們去告訴他有陌生人來了。」甘道夫說。

很快，他們來到一處三面由木屋和兩側長長的廂房組成的庭院。庭院中央橫著一根大橡樹的樹幹，旁邊有許多砍下來的樹枝。有個彪形大漢站在附近，長著濃密的黑鬍子和黑頭髮，裸露的雙臂和雙腿上肌肉結實。他穿著一件長及膝蓋的羊毛外衣，倚在一把大斧頭上。那幾匹馬站在他身邊，鼻子抵著他的肩膀。

「啊！他們來啦！」他對馬說，「他們看起來不危險。你們可以走了！」他哈哈大笑，放下斧頭，走上前來。

「你們是誰？想幹什麼？」他粗聲粗氣地問，像座塔似的站在他們面前俯視著甘道夫。至於比爾博，他能輕易地從這巨漢的雙腿間小跑過去，就算不低頭也碰不到那人棕色上衣的下襬。

「我是甘道夫。」巫師說。

「從沒聽說過。」那人咆哮著說，「這個小傢伙又是什麼玩意兒？」他說著彎下腰，皺著濃密的黑眉毛打量著霍比特人。

「這是巴金斯先生，一位出身名門望族、名聲無可挑剔的霍比特人。」甘道夫說。比爾博鞠了一躬。他無帽可脫，並且痛苦地意識到自己掉了許多鈕子。「我是個巫師。」甘道夫繼續說，「我聽說過你的大名。如果你沒聽說過我，也許你聽說過我的好表親拉達加斯特？他住在黑森林南部邊界附近。」

「聽說過；就巫師而言，我相信他是個不錯的傢伙。我以前時常見到他。」貝奧恩說，「好吧，現在我知道你是誰了，或者你說你是誰了。你想幹什麼？」

「跟你說實話吧，我們丟了行李，還差點迷了路，現在很需要幫助，或者至少給些指點。我這麼說吧，我們跟山裡的半獸人鬧得很不愉快。」

「半獸人？」大漢沒那麼粗聲粗氣了，「啊哈，這麼說是你們跟**他們**發生了衝突，是嗎？你們為什麼要去招惹**他們**？」

「我們不是故意的。我們穿過一處必須要走的隘口，他們在夜裡突然襲擊了我們。我們是從西邊的地區來到這裡的——說來話長。」

「那你最好進屋來給我講講，如果不會講上一整天的話。」說著，那人在前面領路，穿過院子裡一扇黑色的門進入屋內。

他們跟著他來到一間寬闊的大廳裡，大廳中央有個火堆。雖然是夏天，卻仍有一堆柴火在燃燒，煙升到被燻黑的椽子上，搜尋著屋頂上開的一個出氣口。他們穿過這個只有火堆和上方開口照亮的昏暗大廳，穿過另一扇較小的門，來到一個類似於遊廊的地方，支撐的木柱都是一整根一整根的樹幹。遊廊朝南，仍很暖和，西沉的陽光斜照進來，盈滿了遊廊，給花朵一直長到台階邊

貝奧恩的大廳

的花園染上了一層金暉。

他們在木製長凳上坐下，甘道夫開始講他的故事。比爾博一邊晃蕩著兩條懸空的腿，一邊觀看著花園裡的花朵，想知道它們叫什麼名字，因為其中有一半他以前見都沒見過。

「我帶著一兩個朋友翻越山嶺……」巫師說。

「一兩個？我只看到一個，而且是很小的一個。」貝奧恩說。

「好吧，說實話，我沒想帶很多人來打擾你，我得先弄清楚你是不是很忙。如果可以的話，我去喊他們一聲。」

「行，你去喊吧！」

於是，甘道夫吹了一聲又長又尖的口哨。不久，梭林和多瑞就沿著花園小徑來到房前，站在他們面前，深深地鞠了一躬。

「我明白了，你指的是一到三個！」貝奧恩說，「但這兩個不是霍比特人，他們是矮人！」

「『橡木盾』梭林，願為您效勞！多瑞願為您效勞！」兩個矮人又鞠了一躬。

「我不需要你們效勞，謝謝。」貝奧恩說，「但我看你們倒需要我效勞。我不太喜歡矮人；不過如果你真的是梭林（我相信你是瑟羅爾的孫子，瑟萊因的兒子），你們一行人都值得尊敬，而且你們是半獸人的敵人，不會在我的地盤上搞破壞——順便問一聲，你們打算幹什麼？」

「他們要去探訪父輩的領地，過了黑森林還要往東走，」甘道夫插嘴說，「我們來到你的地盤上純屬意外。我們打算穿過高隘口，本來應該把我們帶到你這片地方南邊的那條路上，可就在那時候我們遭到了邪惡的半獸人襲擊——

我正要告訴你。」

「那就繼續說吧！」貝奧恩從來都不是很講究禮貌。

「我們遇上了一場可怕的暴風雨；岩石巨人出來扔石頭，我們在隘口附近找到了一個山洞躲避，霍比特人和我，以及幾個同伴……」

「你把兩個叫做幾個？」

「噢，不，事實上不止兩個。」

「他們在哪兒？被殺了，被吃了，還是回家了？」

「噢，不，我吹口哨的時候他們好像沒有全來。我看，大概是不好意思。你瞧，我們很怕人太多了你招待不過來。」

「繼續，再吹一次口哨！看來我得開一場聚會了，再多來一兩個也沒什麼區別。」貝奧恩咆哮道。

甘道夫又吹了口哨；哨音未落，諾瑞和歐瑞就到了，因為，你要是還記得，甘道夫之前交代他們，每隔五分鐘來兩個人。

「哈羅！」貝奧恩說，「你們來得相當快啊——你們躲在哪裡？怎麼一下子就蹦出來了！」

「諾瑞為您效勞，歐瑞為您……」他們才開口，貝奧恩就打斷了他們。

「謝謝你們！我需要幫忙時我會開口。坐下，讓我們繼續聽這個故事，不然還沒講完就到吃晚飯的時間了。」

甘道夫接著說：「我們才剛睡著，山洞後面就裂開一道口子，半獸人出來抓住了霍比特人、矮人和我們的一大隊小馬……」

「一大隊小馬？你們是幹什麼的，一個巡迴演出的馬戲團？還是你們帶了很多貨物？還是你們向來把六個叫做一大隊？」

「噢不！事實上，不止有六匹小馬，因為我們也不止六個人——唉，這不又來了兩個！」就在這時，巴林和杜瓦林出現了，他們深深地鞠了一躬，鬍子都掃到石板地上了。大漢一開始緊皺眉頭，但他們竭盡全力，表現得極其禮貌，不斷點頭、哈腰、鞠躬，在膝蓋前揮舞兜帽（以得體的矮人方式），直到他眉頭舒展，爆發出一陣咯咯的笑聲：他們看起來真滑稽。

「一大隊，是吧，」他說，「挺滑稽的一支隊伍。進來吧，我快樂的夥伴們，你們叫什麼名字？我現在不需要你們效勞，只要你們的名字；說完過來坐下，別在那兒搖擺了！」

「巴林和杜瓦林。」他們說，不敢生氣，然後撲通一聲坐在地上，顯得一臉驚訝的樣子。

「現在繼續講吧！」貝奧恩對巫師說。

「我講到哪兒了？噢，對——講到我沒被抓。我用一道閃電宰了一兩個半獸人——」

「好！」貝奧恩咆哮道，「這麼說，當個巫師還是不錯的。」

「——然後趁那道裂口合攏之前溜了進去。我跟著下到了主廳，裡面擠滿了半獸人。半獸人頭領在那裡，身邊有三四十名武裝衛士。我心裡想：『即使他們沒被鐵鍊拴在一起，一打人怎麼對付得了這麼多半獸人呢？』」

「一打！這是我第一次聽到有人把八個叫做一打。還是你還有夥伴沒從藏身的地方蹦出來啊？」

甘道夫說：「嗯，是，看樣子這會兒又來了兩個——我想來的是菲力和奇力。」這兩人適時出現了，站在那裡微笑著鞠躬。

「夠了！」貝奧恩說，「坐下，安靜點！快接著說吧，甘道夫！」

於是甘道夫繼續講他的故事，一直講到黑暗中的戰鬥、發現下層的大門，以及發覺巴金斯先生下落不明時他們的驚慌。「我們數了數自己的人數，發現霍比特人不見了。只剩下十四個人了！」

「十四！這是我頭一回聽說十個人少一個是剩下十四個。你是說九個人吧，要不就是你還沒把你那一夥人的名字全都告訴我。」

「噢，當然你還沒見過歐因和格羅因。哎呀！他們來了。我希望你能原諒他們的打擾。」

「讓他們全都來吧！快點！過來，你們兩個，坐下！不過你瞧，甘道夫，現在我們只有你和十個矮人，還有那個丟了的霍比特人，加起來總共就十一個人（不算那個丟了的），不是十四個，除非巫師計數跟其他人不同。不過現在你繼續講故事吧。」貝奧恩把自己的表現控制得很好，但他確實對甘道夫講的故事產生了濃厚的興趣。要知道，在過去的日子裡，他對甘道夫描述的那片山嶺瞭若指掌。當他聽到霍比特人又出現了，他們從山崩的斜坡滑下來，以及樹林裡有狼群圍成圈時，他又是點頭又是低吼。

當甘道夫講到他們爬到樹上，狼群在底下將他們團團圍住時，貝奧恩起身大步走來走去，嘴裡嘟囔著：「我要是當時也在那裡就好了！我會給他們來點比焰火更厲害的！」

「嗯，」甘道夫說，很高興看到自己的故事給對方留下了好印象，「我使出了渾身解數。當時我們在樹上，狼群在我們下方發狂，森林裡有些地方開始著火燃燒，這時，半獸人從山上下來，發現了我們。他們高興得大喊大叫，唱歌取笑我們。**五棵杉樹上有十五隻小鳥。**」

「老天啊！」貝奧恩吼道，「別假裝說半獸人不會數數。他們會。十二不

等於十五，他們很清楚。」

「我也清楚。還有比弗和波弗。剛才我不敢冒昧介紹他們，不過他們來了。」

比弗和波弗走了進來。「還有我！」邦伯氣喘吁吁地跟在後面。他很胖，還很生氣被留到最後。他不肯等五分鐘，前面兩個剛走，他馬上就跟上了。

「好吧，這下你們有十五個人了。既然半獸人會數數，我想樹上的人都在這裡了。現在我們也許可以聽完這個故事不被打岔了。」巴金斯先生這才看出甘道夫有多聰明。不斷打岔確實讓貝奧恩對故事更感興趣，而這個故事也讓他沒有把矮人當作可疑的乞丐一樣立刻趕走。只要辦得到，他從不邀請別人進屋。他的朋友很少，又都住在很遠的地方；而且他從不同時邀請兩個以上的朋友來他家。現在，他竟讓十五個陌生人坐在他的遊廊上！

等巫師講完整個故事，講完大鷹的救援經過以及他們一行人如何被帶到卡爾岩時，太陽已經落到迷霧山脈的群峰背後，貝奧恩花園裡的影子已經拉得很長。

「很棒的故事！」他說，「我很久沒有聽到這麼精采的故事了。如果所有的乞丐都能講這麼好的故事，他們就會發現我這人更好心。當然，這一切也可能都是你編的，不過不管怎麼說，為了這故事也值得給你們一頓晚飯吃。讓我們吃點東西吧！」

「好的，承蒙款待！」他們異口同聲說道，「萬分感謝！」

大廳裡這時已經相當暗了。貝奧恩拍了拍手，四匹漂亮的白色小馬和幾條身子狹長的灰狗就小跑進來。貝奧恩用一種古怪的語言對牠們說了些什麼，聽

著就像把動物的叫聲變成了語言。牠們又出去了，不久又回來，嘴裡啣著火把。牠們將火把在火堆上點燃，插在圍繞大廳中央火堆的柱子上，那上面有一些低矮的托架。那些狗能隨心所欲地用後腿站立，用前腳搬東西。牠們很快就從牆邊上取出木板和支架，在火堆旁搭成桌子。

只聽一陣「咩—咩—咩」的叫聲，就見一隻大黑公羊領著幾隻雪白的綿羊進了屋。一隻帶著一條邊緣繡著動物圖案的白桌布，其他幾隻寬寬的背上馱著托盤，裡面擺著碗、盤子、刀子和木杓，那些狗接過東西，很快就在擱板桌上鋪好桌布，擺上餐具。這些桌子非常低矮，矮得連比爾博都能舒舒服服地坐在桌前。在他們旁邊，一匹小馬推來兩張低座長凳給甘道夫和梭林坐，凳子上有寬大的燈芯草座墊，凳子腿又短又粗。在擱板桌的另一頭，牠把貝奧恩的黑色大椅子也推過來，也是同樣的樣式（他坐在椅子上時，兩條粗壯的腿在桌下伸得遠遠的）。貝奧恩的大廳裡就只有這些椅子，他把它們做得像桌子一樣矮，大概是為了那些神奇的動物伺候他時方便。其他人坐在什麼東西上頭呢？他們可沒被忘記。其他的小馬滾來了一些圓圓的木墩子，形狀像鼓，都磨得光滑鋥亮，矮得連比爾博都能坐。眾人很快就在貝奧恩的餐桌邊坐好，這個大廳裡已經好多年沒有這麼熱鬧的聚會了。

他們在這裡吃了一頓晚飯，或者說正餐。自從告別埃爾隆德，離開西邊的「最後家園」之後，他們就沒吃過像樣的晚餐。火把和火堆的亮光在他們周圍閃爍，桌上還點著兩支高高的、蜂蠟做的紅蠟燭。用餐期間，貝奧恩一直用他抑揚頓挫的低沉嗓音講述迷霧山脈這一側荒野的故事，尤其是那片黑暗又危險的森林，它向南北兩面綿延至遠方，離這裡約有騎馬一天的路程，擋在他們東去的路上——那就是可怕的黑森林。

矮人們一邊聽，一邊搖晃鬍鬚，因為他們知道自己很快就必須冒險進入那座森林。在越過迷霧山脈之後，那是他們去到惡龍的老巢之前所要經過的最危險的區域。晚餐結束後，他們開始講述自己的故事，但貝奧恩似乎越來越睏了，不大理會他們。他們談的最多的是金銀珠寶以及用鐵匠的手藝打造的器物，而貝奧恩顯然對這些東西不感興趣：他的大廳裡沒有金器或銀器，除了刀子，幾乎就沒有金屬製品。

他們在桌前坐了很久，喝著木製酒碗裡盛滿的蜂蜜酒。外面黑夜降臨了。大廳中央的火堆又添了新柴，火把已經被熄滅了。他們仍坐在躍動的火光中，大廳的柱子高高地聳立在他們背後，柱子頂端黑乎乎的，就像森林中的樹木。不知是魔法還是什麼，比爾博覺得椽子間有風吹過樹枝的聲音，還有貓頭鷹的叫聲。很快地他也打起了瞌睡，所有的聲音似乎越來越遠，直到他突然一下子驚醒。

那扇巨大的門嘎吱作響，猛然關上了。貝奧恩走了。矮人們盤腿坐在火堆周圍的地板上，不一會兒就唱起歌來。有些歌詞記載如下，但實際上歌詞比這多得多。他們唱了很久很久：

陣風吹掠凋萎的石楠，
林中片葉卻紋絲不動：
那裡日夜籠罩著暗影，
黑暗的物事悄悄潛行。

陣風從冷山上吹襲，

猶如潮水咆哮起伏；

樹枝呻吟，森林悲泣，

落葉滿滿鋪上了大地。

陣風從西到東不稍停，

森林裡沒有一點動靜，

但沼澤響遍刺耳銳聲

那就是風裡陣陣嘯鳴。

吹折野草花穗，

嘶嘶吁噓，蘆葦輕響，

風兒過搖盪的池塘，

撕碎了寒天裡飛馳的朵朵絮雲。

陣風吹過那荒涼的孤山

在惡龍的巢穴上盤旋：

焦黑荒涼的岩石鋪滿一地

到處飄散著滾滾飛煙。

它翱翔遠離了這個世界

越過夜晚的浩瀚洋面。

月亮乘風揚帆啟航，

吹拂著星辰如光芒跳躍。

比爾博又開始打瞌睡。甘道夫突然站了起來。

「我們該睡覺了。」他說,「我是說我們,不是說貝奧恩。在這個大廳裡,我們可以安安穩穩地休息,但我警告大家別忘了貝奧恩離開我們之前說的話:日出之前你們絕不能到外面遊蕩,否則會有生命危險。」

比爾博發現在大廳的一側已經鋪好了床,就在柱子和外牆之間一處高出地面的平台上。給他準備的是一個小小的草墊和羊毛毯。儘管現在是夏天,他還是很高興地鑽進被窩裡。火漸漸熄了,他也睡著了。可是到了半夜他醒了過來,火堆只剩餘燼。從呼吸聲可以判斷,矮人和甘道夫都在熟睡。高掛在天上的月亮正透過屋頂的煙孔往下窺看,在地板上灑下一片銀光。

外面傳來一聲咆哮,還有一種像是什麼大動物在門口蹭來蹭去的噪音。比爾博很想知道那是什麼,想知道是不是在魔法中變身的貝奧恩,還有變成熊的貝奧恩會不會進來殺了他們。他一頭鑽到毯子底下把腦袋蒙上,儘管心裡很害怕,最後還是睡著了。

他早晨醒來時已經是天光大亮。他躺的地方在陰影裡,有個矮人被他絆倒,撲通一聲從平台上滾到地板上。原來是波弗,比爾博睜開眼睛時他正嘟嘟囔囔地抱怨著。

「快起來,懶骨頭,」他說,「要不然早餐就沒你的份了。」

比爾博跳起來,喊道:「早餐!早餐在哪兒?」

「多半都在我們的肚子裡。」其他在大廳裡走來走去的矮人回答,「但剩

下的都在外面的遊廊上。打從太陽出來，我們就一直在找貝奧恩；可是到處都不見他的蹤影，不過我們一出去就發現早餐已經擺好了。」

「甘道夫在哪裡？」比爾博一邊問一邊朝外走，以最快的速度去找吃的。

「噢！出去了，去什麼地方了吧。」他們告訴他。但是他一整天都沒看到巫師的影子。直到傍晚，就在日落之前，巫師才走進大廳，霍比特人和矮人們正在大廳裡吃晚飯，貝奧恩手下那些神奇的動物們已經伺候了他們一整天，這時也仍在旁邊伺候著。至於貝奧恩，他們從昨天晚上起就沒見到或聽到他，對此他們都感到困惑。

「招待我們的主人哪兒去了？你這一整天又在哪兒？」他們全都大聲問道。

「一次問一個問題——吃過晚飯後再問！我從早餐起一口東西都沒吃過。」

終於，甘道夫推開了盤子和酒壺，掏出菸斗來——他吃了整整兩個大麵包（上面塗滿大量的黃油、蜂蜜和凝脂奶油），還喝了至少一夸脫的蜂蜜酒。「我先回答第二個問題，」他說，「—— 但是天啊！這真是個吐煙圈的好地方！」事實上，有老長一段時間，他們沒從他嘴裡掏出一句話來，他只是忙著吐出一個又一個煙圈，讓它們繞著大廳的柱子轉，變幻出各種不同的形狀和顏色，最後還讓它們一個個追逐著從屋頂上那個洞飄出去。要是從屋外看，它們一定顯得非常古怪，一個接一個地冒到空中，有綠的、藍的、紅的、銀灰的、黃的、白的；大的，小的；小的穿入大的，一起連成8字的形狀，再像一群小鳥一樣飛向遠方。

「我去探查熊跡了。」他終於說，「昨晚這外面一定有過一場熊的定期聚會。我很快就明白，痕跡不可能全是貝奧恩弄出來的，因為太多了，而且大小

不一。我應該說，有小熊、大熊、平常的熊，還有巨大的熊，全都在外面跳舞，從夜裡一直跳到快要天亮。他們幾乎來自四面八方，只是沒有河對岸西邊從迷霧山脈來的。那個方向只有一組腳印——不是過來的，而是從這裡離開的。我跟著這組腳印一直走到了卡爾岩。腳印在那裡下了河，消失在河裡，但是過了卡爾岩之後的水太深太急，我蹚不過去。你們記得吧，從這邊河岸涉過淺灘去到卡爾岩很容易，但另一側是懸崖，矗立在漩渦滾滾的河道裡。我不得不走了好幾哩，才找到一個河寬水淺的地方，足以讓我涉水游過去，然後再往回走好幾哩，重新找到蹤跡。到那時候，我要跟上已經太遲了。它們徑直朝迷霧山脈東側的松樹林去了，就是前天晚上我們和座狼舉行過一場愉快的小聚會的地方。現在，我想我連你們的第一個問題也回答了。」甘道夫說完，坐在那裡久久不發一語。

比爾博覺得自己明白了巫師的意思。「要是他把座狼和半獸人全引到這裡來，我們該怎麼辦？」他喊道，「我們全都會被抓住殺掉的！我記得你說過，他不是他們的朋友啊。」

「我是說過。所以別傻了！你還是趕緊去睡覺吧，你的腦袋都發懵了。」

霍比特人被說得十分沮喪，而且看來他也無事可做，只好上床睡覺了。矮人們還在唱歌，他就睡著了，可是那個小腦袋裡還在疑惑著貝奧恩的事，直到他做了個夢，夢見成百上千隻黑熊在院子裡跳舞，牠們踏著緩慢而沉重的步伐在月光下轉了一圈又一圈。然後，在大家都睡著以後他又醒了，並且聽見和前一晚上一模一樣的刮擦聲、拖著腳走路聲、鼻息聲和咆哮聲。

第二天早晨，他們全被貝奧恩親自叫醒。「你們都還在這兒啊！」他說。他拎起霍比特人，笑道：「看來你還沒被座狼、半獸人或惡熊給吃掉。」他極

其無禮地戳了戳巴金斯先生的背心，「小兔子吃了麵包和蜂蜜，又長胖長精神了。」他咯咯笑著，「來，再多吃點！」

於是他們全都跟著他去吃早餐了。貝奧恩變了，他興高采烈，看起來心情好得出奇，他講了一些有趣的故事，把大家全逗得哈哈大笑。他們也沒必要再花時間去猜他去了哪裡，為什麼他對他們這麼好，因為他自己都講出來了。他過了河，直接進到山裡——從這一點，你可以猜到他能走得非常快，至少在變成熊的時候可以。看到那片燒焦的狼群聚集的林間空地，他很快查明他們說的這部分故事是真實的；他所查明的還不僅如此，他抓到了在樹林裡遊蕩的一隻座狼和一個半獸人。他從他們那裡得到了消息：半獸人巡邏隊仍和座狼一起在搜索那群矮人，因為半獸人頭領的死，以及狼王燒傷的鼻子，還有巫師的火焰燒死了許多狼王得力的衛士，讓他們氣得半死。他們在他的威逼之下就說了這麼多，但他猜還有比這更邪惡的陰謀在進行，半獸人全軍和他們的座狼盟友恐怕很快就會大舉進襲，侵入群山陰影籠罩的地界搜捕矮人，或對生活在那裡的人類和動物進行報復，他們認為就是他們庇護了矮人。

「你們的故事很精采，」貝奧恩說，「而現在我核實過了，就更喜歡它了。你們得原諒我沒有輕信你們的說法。你們如果住在黑森林邊緣附近，也不會相信任何人的話，除非你跟他熟得像親兄弟，或勝似親兄弟。實際上，我只能說我已經盡快趕回家來看看你們是否安全，並且會盡量幫助你們。從今以後，我會更欣賞矮人一些。殺了半獸人頭領，殺了半獸人頭領！」他一個勁兒地自言自語，咯咯笑著。

「你把那個半獸人和那隻座狼怎麼樣了？」比爾博突然問道。

「都來看看吧！」貝奧恩說，他們跟著他繞到房子前面。一個半獸人的腦

袋插在大門外，緊挨著稍遠一點的樹上釘著一張座狼皮。貝奧恩是個凶猛的敵人。但現在他是他們的朋友了，而甘道夫認為把整個故事和他們旅行的原因告訴他，是明智之舉，這樣他們才能爭取到他所能提供的最大幫助。

貝奧恩答應給他們的幫助是這樣的。為了幫他們走到那座森林，他將為每個人提供小馬，為甘道夫提供一匹馬，還將給他們裝載食物。只要他們不浪費，這些食物夠他們吃上幾個星期，而且盡可能打包得便於攜帶——堅果、麵粉、一罐罐密封的乾果，紅陶罐裝的蜂蜜，還有烘烤過兩次、可以長時間保存的餅，這種餅他們只要吃一點就能走很遠的路。餅的作法是他的不傳祕技之一；不過，就像他的大多數食物一樣，餅裡也有蜂蜜，非常好吃，就是吃了讓人口渴。至於水，他說在森林的這一邊他們不用帶，因為沿路有溪流和泉水。「但是，你們穿過黑森林的路又黑暗、又危險，而且很艱難。」他說，「森林裡很難找到水，也很難找到食物。這時候還不是堅果成熟的季節（不過在到達森林另一頭的時候，季節可能已經過去了），而堅果差不多就是那裡長的唯一能吃的東西。那裡的野獸黑暗、古怪並且凶惡。我會給你們裝水用的皮囊，還會給你們一些弓和箭。不過我相當懷疑你們在黑森林裡找到的東西真的沒有害處，能吃能喝。我知道那裡有一條小溪，水黑而且湍急，就橫在你們的必經之路上。你們千萬不能喝那水，也不能用它洗漱；因為我聽說它具有魔力，能使人昏昏欲睡，忘掉一切。在那暗影幢幢之地，我認為你們射不到任何無害或有害的東西，如果你們不離開正路——而你們**絕對不要**離開正路，不管什麼原因。

「我能給你們的忠告就這些了。一過森林邊界，我就幫不上你們的忙了；你們只能全靠運氣和勇氣，以及我送給你們的食物。我得要求你們在森林的入

口處將我的馬和小馬打發回來。但我祝你們一路順風,如果你們回程又走這條路的話,我家的門隨時為你們敞開。」

當然,他們對他表示了一番感謝,不停脫下兜帽連連鞠躬,並多次說道:「木頭大廳的主人啊,願意為您效勞!」但是,他那些鄭重告誡的話讓他們的心情都低落了下去,覺得這趟冒險比他們想像的要危險得多,而且,即使他們闖過了路上的重重危險,還有惡龍在終點等著呢。

那天一整個上午,他們都在忙著準備東西。中午過後不久,他們和貝奧恩一起吃了最後一頓飯,飯後他們便騎上貝奧恩借給他們的坐騎,紛紛跟他道別,然後出了大門快速離去。

他們一離開貝奧恩領地東邊高高的樹籬,便轉向北,然後朝西北方前進。他們遵照他的建議,不再往那條位於他地盤南邊的森林大道去了。倘若當初他們沿著隘口下來,他們就會順著一條來自山中的小河走,那條小河在卡爾岩以南幾哩處匯入大河。在匯合的地方有一處水比較深的渡口,他們的馬要是還在,就可以騎馬涉水過去。過河之後有一條小路通向森林的邊緣和老森林路的入口。但貝奧恩警告過他們,如今半獸人常走那條路,至於森林路本身,他聽說它的東邊開口已經被叢生的草木堵住,遭到廢棄,並且是通向無法通行的沼澤地,過沼澤的小徑也早就湮沒了。而且,它的東邊開口一直都在孤山南邊很遠,所以他們即使到了森林另一邊,仍然需要向北行進,路途艱難又漫長。卡爾岩的北邊,黑森林的邊緣離大河的邊界更近,雖然那裡離迷霧山脈也很近,但貝奧恩建議他們走這條路。因為從卡爾岩往正北方向騎馬走幾天,就會到達一個地方,從那裡可以走上一條鮮為人知的、穿過黑森林的小路,幾乎直達孤

山。

貝奧恩說：「半獸人不敢在卡爾岩以北一百哩的範圍內越過大河，更不敢靠近我家——這裡在夜間戒備森嚴！——不過是我的話，就會快馬加鞭；因為如果他們迅速發動襲擊，就會在南邊渡河，掃蕩整個森林邊緣，截住你們的去路，而座狼跑得比小馬快。但是，你們朝北走還是比較安全的，儘管你們好像在走回頭路，往他們的大本營接近——這會是他們最意想不到的，他們要抓你們也得騎更長的路。現在快走吧，盡快趕路！」

這就是為什麼他們這時不聲不響地騎馬前進，只要遇到平坦的草地就縱馬奔馳。左邊是黑黝黝的群山，遠處的一線河流與夾岸的樹木越來越近。他們出發時太陽剛剛過午，到了傍晚，周圍的大地灑滿了夕陽金色的光輝。這情景讓人很難想像後面有半獸人在追趕，所以在離開貝奧恩家很多哩後，他們又開始有說有唱，把前方那漆黑的林中小路忘到了腦後。但是到了晚上，暮靄四合，群峰映襯著夕照顯得崢嶸，他們停下來紮營，輪流放哨。大多數人睡得都不安穩，夢中老是聽見搜獵的狼嚎和半獸人的吼叫。

第二天黎明依然晴和明朗。地面上籠罩著一層秋天般的白霧，空中寒意瀰漫，不過不一會兒紅彤彤的太陽就從東方升起，薄霧消散了。陰影還長，他們就再次上馬出發。就這樣，他們又騎了兩天，期間見到的只有草、花、鳥和零星的樹木，偶爾還能看到小群的赤鹿中午時分在樹蔭下吃草或歇息。有時候，比爾博看到鹿角從長草叢中伸出來，他起初還以為那是枯樹枝。由於貝奧恩說過，他們應該在第四天一早到達森林的入口，所以第三天晚上，他們急於趕路，即便在黃昏甚至入夜之後仍繼續在月光下往前騎行。天色漸漸變暗，比爾博覺得自己向左右兩邊張望的時候，看到了一頭巨熊朦朧的身影，也在朝同一

個方向潛行。然而他若壯起膽子向甘道夫提起，巫師只說：「噓！別管它！」

次日他們在黎明前就出發了，儘管夜裡沒睡多久。天剛放亮他們就看見森林好似迎上前來，或者說活像一堵陰森的黑牆橫在面前，等待著他們。地勢開始爬升，越來越高，霍比特人感到有一股寂靜逐漸向他們逼近。鳥兒唱得少了，鹿也沒影了，就連兔子都看不見了。到了下午，他們已經來到黑森林的簷下，差不多就在周邊樹木向外舒展的粗大樹枝下休息。這些樹的樹幹巨大，長著樹瘤，枝條扭曲，葉子又黑又長。樹上長著藤蔓，垂落到地面上。

「啊，黑森林到啦！」甘道夫說，「北方世界最大的一座森林。我希望你們喜歡它的模樣。現在，你們必須把借來的這些棒極了的小馬打發回去。」

矮人們聽見這話想發牢騷，但巫師卻說他們都是蠢貨。「你們大概以為貝奧恩離得很遠；才不是那麼回事。而且，無論如何你們最好都遵守承諾，因為他非常不好惹。巴金斯先生的眼睛可比你們尖多了，你們難道沒看見每天天黑以後都有一隻大熊跟著我們一起前進，或者坐在月光下遠遠地看著我們的營地。這可不光是為了保護你們，給你們帶路，同時也是為了看顧那群小馬。貝奧恩也許是把你們當朋友，但他可是把他那些動物當成自己的孩子一樣疼愛。你們根本猜不到，他允許矮人騎著這些小馬跑這麼遠又跑這麼快，是對你們多大的恩惠；你們同樣也猜不到，如果你們想把小馬帶進森林裡，會有什麼下場。」

「那你那匹馬怎麼辦？」梭林說，「你可沒提到要把牠送回去。」

「我是沒提，因為我不會把牠送回去。」

「那**你的**承諾怎麼兌現？」

「這歸我操心。我不會把馬打發回去，我還要騎牠呢！」

聽了這話，他們才知道甘道夫要在黑森林的邊緣跟他們分手，都大失所望。可是無論他們說什麼，都改不了他的主意。

「這事在我們之前給放在卡爾岩上的時候就講好了。」他說，「爭論是沒有用的。我告訴你們了，我在南邊有急事要辦；因為操心你們這群人的狀況，我已經耽擱了。在一切結束之前我們可能會再見面，當然，也可能不會。這取決於你們的運氣，以及你們的勇氣和判斷力；我派巴金斯先生跟你們一起去。我早就告訴過你們，他的能耐比你們猜想的要大，你們不久就會明白的。比爾博，打起精神來，別愁眉苦臉的。梭林一行人都振作起來！這畢竟是你們的探險。想想最終能獲得的寶藏吧，至少在明天早上之前，別去想森林和惡龍！」

到了隔天早上，他還是說一樣的話。所以，現在他們無計可施了，只得在靠近森林入口處找到的一泓清泉那裡把水囊灌滿，然後把行李從小馬的背上卸下來。他們盡量公平地分擔了這些行李，儘管比爾博覺得自己那份重得累死人，而且他一點也不樂意背著這些東西一哩又一哩地跋涉向前。

「你不用擔心！」梭林說，「行李很快就會變輕的。要不了多久，到食物開始短缺的時候，我想我們都會巴不得自己的背包更重一點才好。」

隨後，他們終於跟小馬們告別，讓牠們掉頭回家了。牠們歡快地小跑離去，似乎很高興能把黑森林的陰影拋在尾巴後面。隨著牠們離開，比爾博發誓自己看到一個像熊一樣的東西也離開了樹林的陰影，跟在牠們後面搖搖晃晃地離去。

現在，甘道夫也跟眾人告別了。比爾博坐在地上，心裡非常難過，真希望自己能跟在巫師身邊坐上他的高頭大馬。他剛剛在吃完一頓（非常簡陋的）早飯之後進了森林，雖是早晨，林子裡卻暗得像黑夜一樣，而且十分神祕。「有

種監視和等待的感覺。」他自言自語道。

「再見！」甘道夫對梭林說，「再見，各位，再見！現在，你們的路是筆直穿過森林。不要偏離這條小路！——如果偏離，你們千分之九百九十九再也找不到它，再也出不了黑森林了。如此一來，我想，我，或者任何別的人，就都再也見不到你們了。」

「我們真的一定要穿過去嗎？」霍比特人呻吟道。

「是的，你們得穿過去！」巫師說，「如果你們想到達森林另一邊的話。你們要麼穿過去，要麼放棄。而我是不會允許你現在退出的，巴金斯先生。我為你有這種念頭感到丟臉。你可得替我照顧這些矮人。」他哈哈大笑。

「不！不！」比爾博說，「我不是那個意思。我的意思是，難道沒有別的路可以繞過去嗎？」

「有的，如果你願意繞路向北走大約兩百哩，再往南走雙倍那麼遠。但即使那麼走，你也找不到一條安全的路。世間這部分區域，已經沒有安全的路了。記住，你現在已經越過了大荒野的邊緣，無論走到哪裡，都可能遇到各種各樣的樂事。從北邊你還沒繞過黑森林，就會先到灰色山脈的山坡上，那裡可是毫不誇張，到處都是半獸人、大半獸人，還有其他不堪言狀的可怕奧克。從南邊你還沒繞過它，就會進入死靈法師的地盤；即使是你，比爾博，也不需要我來告訴你那個黑暗妖術師的故事。我可不推薦你們靠近任何他的黑塔能遠眺看見的地方！緊緊跟著這條森林小路走，打起精神，冀望最好的結果，你們要是命大福大，就會有走出來的一天，看到長沼澤位在下方，過了沼澤就是高聳在東方的孤山，親愛的老斯毛格就住在那兒，不過我希望他沒有在等你們。」

「你可真會安慰人啊。」梭林低聲吼道，「再見！你要是不跟我們一起

去，就別再囉唆，趕緊走吧！」

「那就再見啦，這回真的再見啦！」甘道夫說著調轉馬頭，朝西騎去。但他怎麼也忍不住要再說最後一句話。在他還沒徹底走出聽力所及範圍的時候，他轉身把手合在嘴邊向他們喊話。他們隱約聽到他的聲音傳來：「再見！要乖啊，照顧好自己——**不要離開小路！**」

然後他才策馬疾馳而去，很快就不見了蹤影。「噢，再見，快走吧！」矮人們嘟嘟囔囔，更加生氣了，因為失去他著實讓他們滿心沮喪。現在，整個旅程中最危險的部分開始了。他們各自肩負分配好的沉重背包和皮水囊，轉身離開照耀外面大地的陽光，一頭扎進了黑暗的森林。

CHAPTER
8

蒼蠅與蜘蛛
Flies and Spiders

他們魚貫而行。小路的入口就像那種通向一條幽暗隧道的拱門，由兩棵傾靠在一起的大樹構成，它們太老，樹上纏繞的藤蔓和懸掛的地衣也太多，只剩下寥寥幾片發黑的葉子。小路本身很窄，在樹幹之間蜿蜒穿繞。不一會兒，森林入口的光亮就變得像個背後遠處的明亮小洞，林子裡靜得出奇，以至於他們的腳步像在砰然作響，而所有的樹都朝他們俯下身來傾聽。

等到眼睛適應了林子裡的幽暗，他們可以在暗綠的微光中依稀看出兩側一小段距離開外的景象。偶爾，會有一縷細細的陽光從高處樹葉的縫隙裡僥倖地漏下來，且更走運地沒被樹葉下方糾結在一起的大樹枝和枯細枝擋住，又細又亮地直射在他們面前。但這很少見，並且很快就完全見不到了。

樹林裡有黑松鼠。隨著比爾博那雙敏銳又好奇的眼睛適應暗中視物，他能不時瞥見牠們飛奔離開小路，閃避到樹幹背後。林子裡還有各種怪異的聲音：呼嚕聲、拖澀行走聲和灌木叢中的匆促移動聲，以及森林地面上經年累月厚厚堆積著的樹葉裡發出的聲音；但是他看不到是什麼東西發出了這些聲音。他們所見最噁心的東西是蜘蛛網：又黑又密的蜘蛛網，上面的蛛絲粗得出奇，常常從這棵樹牽到那棵樹，或者纏繞在兩旁較低的樹枝上。但是沒有蛛絲橫在小路上，至於這是因為某種魔法使小路保持通暢，還是另有其他原因，他們就不得而知了。

沒過多久，他們就打心眼裡討厭起這片森林，就像他們痛恨半獸人的坑道一樣，而且，這片森林似乎更讓人看不到一點走到盡頭的希望。但是他們不得不繼續走啊走，即便他們早已無比渴望看到太陽和天空，無比渴望風吹在臉上的感覺。在這座森林的屋頂下沒有空氣流動，只有無盡的靜止、黑暗和悶熱。就連習慣了開山鑿礦，常常長期生活在沒有陽光的地底的矮人，也有所感覺。

而比爾博這個喜歡在洞裡安家，但不喜歡夏天待在洞裡的霍比特人，只覺得自己正在慢慢地窒息。

夜晚是最糟糕的。森林裡變得一片漆黑——不是你隨口說的「漆黑」，而是真正的漆黑：黑得你真正什麼也看不見。比爾博試著在自己鼻子前面揮了揮手，卻壓根兒看不見它。好吧，也許說他們什麼都看不見也不對，他們能看見許多眼睛。他們全緊緊地擠在一起睡覺，輪流放哨。輪到比爾博的時候，他看到周圍的黑暗中有閃爍的微光，有時一對黃眼睛，有時一對紅的或綠的眼睛在不遠處盯著他，然後慢慢變暗、消失，隨後又在另一個地方慢慢亮起來。有時候它們就在他頭頂的樹枝上，向下一閃一閃的，那時候最可怕。但他最不喜歡的是那種蒼白嚇人、鼓突出來的眼睛。「是昆蟲的眼睛，不是動物的眼睛，」他想，「只是牠們這也太大了。」

雖然天氣還不算太冷，他們還是嘗試在夜裡點燃警戒的篝火，不過很快就放棄了。火光招來了成百上千隻眼睛把他們團團包圍，然而這些生物，不管牠們究竟是什麼，都非常小心，始終不讓自己的身形暴露在微弱的火光中。更糟糕的是，火光還招來了成千上萬隻深灰和黑色的飛蛾，有些差不多有你的手掌那麼大，就在他們的耳朵旁邊拍打著翅膀，呼呼作響。他們受不了這些蛾子，也受不了那些黑得像大禮帽的巨大蝙蝠。於是他們熄掉了火堆，夜裡就坐著在這無邊無際的怪誕黑暗中打瞌睡。

在霍比特人看來，這一切似乎沒完沒了，堪稱度日如年。他老是覺得肚子餓，因為他們極其審慎地分配帶來的食物。儘管如此，隨著日子一天天過去，森林卻似乎還是一成不變，他們不禁焦慮起來。食物不是永遠都吃不完，事實上已經開始短缺了。他們試圖射些松鼠來做補給，結果在浪費了很多箭之後才

在小路上射到一隻。但是當他們把牠烤了以後，發現牠難吃得很，於是他們不再射殺松鼠了。

他們還很渴，因為剩下的水也不多了，這一路上他們既沒見到泉水，也沒看到小溪。這種情況一直持續到有一天，他們發現所走的小路被一條奔流的河攔住了。水流湍急又強勁，但橫斷小路的水面算不上很寬，水色烏黑，或者說，在幽暗中看起來是烏黑的。幸虧貝奧恩警告過他們要提防這條河，不然他們恐怕不管它是什麼顏色的都會喝了，還會在河邊把空掉的皮水囊裝滿。不過這時他們只想著怎麼過河而不把自己弄濕。這裡本來有一座跨河的木橋，但橋已經爛塌了，只剩下河岸附近的幾根折斷的橋樁。

比爾博跪在河邊朝前張望，喊道：「對岸有條船！但為什麼不在這一邊？」

「你認為它有多遠？」梭林問。如今他們都知道了，比爾博的眼睛是他們當中最尖的。

「一點也不遠。我看不超過十二碼。」

「十二碼！我看至少有三十碼，不過我的眼睛已經不像一百年前那麼好使了。再說十二碼跟一哩地沒多大差別。我們跳不過去，也不敢淌過去或游過去。」

「你們誰會拋繩子？」

「那有什麼用？船肯定是拴著的，就算我們能鉤住它也沒用，何況鉤不鉤得中還難說。」

「我不認為它是拴著的，」比爾博說，「當然了，在這種光線下我也沒十足把握。但在我看來，它只是被拉到岸上了，那裡地勢低，就是小路往下通到水裡的地方。」

「多瑞的力氣最大，但菲力最年輕，而且眼力最好。」梭林說，「過來，菲力，看你能不能看見巴金斯先生說的那條船。」

菲力認為他看得見。於是，當他久久盯著對岸，在心裡估計方向的時候，其他人給他拿來了一根繩子。他們帶了好幾根繩子，這會兒在最長那根的繩頭上綁了一個大鐵鉤，這些鐵鉤原本是用來把背包固定在肩頭背帶上的。菲力把它拿在手裡，掂量了一會兒，然後用力甩向河對岸。

撲通一聲，鐵鉤掉進了水裡！「不夠遠！」比爾博盯著前方說，「再遠個一兩呎你就能拋上船了。再試一次。我想，河水的魔力還沒強到你只是碰一下打濕的繩子就能傷害你。」

菲力把繩子拉回來，撿起鐵鉤，不過心裡還是怕有事。這次他用了更大的力氣把鉤子甩出去。

「穩住！」比爾博說，「這次你把它甩到對岸的樹林裡了。把它輕輕地拉回來。」菲力慢慢地收繩子，過了一會兒，比爾博說：「小心！鐵鉤落到船上了，希望能鉤住。」

它確實鉤住了。繩子繃緊，菲力拉不動了。奇力來幫他，然後又來了歐因和格羅因。他們使勁拉啊拉，突然一下子全都仰面摔倒在地。還好，一直張望著的比爾博抓住了繩子，並用棍子擋開了衝過河來的小黑船。「快救船！」他喊道，巴林及時趕來抓住了小船，沒讓它順著湍急的水流漂走。

「它到底是拴著的，」他說，看著還垂在船頭已經扯斷的船索。「拉得好，夥計們；幸好我們的繩子更結實。」

「誰先過河？」比爾博問。

「我先吧，」梭林說，「你跟我一起走，還有菲力和巴林。小船一次只能

裝這麼多人。之後是奇力、歐因、格羅因和多瑞；再是歐瑞和諾瑞，比弗和波弗；最後是杜瓦林和邦伯。」

「我老是最後一個，我不樂意。」邦伯說，「今天該輪到別人了。」

「誰叫你這麼胖。你既然這麼胖，就必須在最後等船的載重最輕時過。別發牢騷違抗命令，不然你就要倒楣了。」

「船上一根槳也沒有。你們要怎麼把船弄到對岸去？」霍比特人問。

「再給我一根繩子和一個鐵鉤。」菲力說。等他們把東西準備好，他盡力把鐵鉤朝前方的黑暗中高高拋去。繩子沒有掉下來，所以他們知道它一定是鉤在樹枝上了。「上船吧，」菲力說，「一個人用力拉鉤在對岸樹上的繩子，另一個人拿好我們第一次鉤船的鉤子，等我們安全到達對岸後，重新把鉤子鉤上，你們就可以把船拉回來。」

依靠這樣的方法，他們很快就安全地渡過了這條有魔法的小河，到了對岸。然而，杜瓦林把收成圈的繩子套上胳膊，剛爬出小船，（還在嘀嘀咕咕的）邦伯正準備跟上，倒楣的事就真的發生了。前面的小路上傳來一陣急促的蹄聲。幽暗中突然閃現了一頭飛奔的鹿的身影。牠徑直衝進矮人群裡，把他們撞翻在地，接著縱身一躍。牠高高躍起，那強有力的一躍竟越過了水面。但牠並沒有在對岸安全落地。梭林是唯一一個還穩穩站著，並且頭腦清醒的人。他們一上岸，他就彎弓搭箭，以防任何暗中看守小船的人出現。此時他又快又準地一箭射向這躍起的野鹿。牠在對岸落地時踉蹌了一下。重重陰影將它吞沒，不過他們聽到牠的蹄聲很快凌亂起來，隨即歸於寂靜。

然而，他們還沒來得及為這一箭喝采，比爾博就發出一聲哀號，頓時將他們想吃鹿肉的念頭全部打消。「邦伯掉進河裡了！邦伯要淹死了！」他喊道。

事情果真如此。方才邦伯剛一隻腳踏上地面，那頭雄鹿就朝他衝來，並從他頭上躍了過去。他一個踉蹌，把船推離了岸邊，自己也翻跌進了漆黑的水裡，他雙手抓不住岸邊滑溜的樹根，同時小船也慢慢打著轉漂開，消失不見了。

眾人奔到岸邊時，還能看見他的兜帽浮在水面上。他們趕緊朝他拋去一根帶鉤的繩子。他的手總算抓住了繩子，大家馬上把他拉上岸來。當然，他從頭髮到靴子都濕透了，但這還不是最糟糕的。當大家把他平放在岸上時，他已經沉睡過去了，而且一隻手死命抓著繩子，他們怎麼拉扯也無法把它從他手裡弄出來。他們使盡一切辦法，都沒法把熟睡的他叫醒。

他們呆立在他身邊，詛咒自己的楣運和邦伯的笨手笨腳，悲嘆失去了小船，沒了船他們就無法回去尋找那頭雄鹿。這時，他們才察覺樹林裡隱隱傳來號角聲，以及遠處狗的吠叫聲。於是他們全都不出聲了；他們坐下來，似乎能聽到小路北邊有一場大狩獵的聲音，儘管他們什麼也看不見。

他們在那裡坐了很久，不敢稍動。邦伯繼續呼呼大睡，胖胖的臉上掛著微笑，似乎不再掛懷所有折磨他們的煩惱了。突然，前面的小路上出現了幾頭白鹿，是一頭母鹿和幾頭小鹿，毛皮雪白，而先前那頭雄鹿是一身黑。牠們在陰影中微微發光。不等梭林叫喊出聲，三個矮人已經跳起來，射出了箭。似乎沒人射中目標。鹿群掉過頭，像來時一樣靜悄悄地消失在樹林間，而矮人們白白地朝牠們背後射了許多箭。

「住手！住手！」梭林喊道，但為時已晚，亢奮的矮人已經浪費掉了最後的幾支箭，這下貝奧恩送給他們的弓也沒用了。

那天晚上，一群人全都悶悶不樂，接下來的幾天裡，這種悶悶不樂的情緒越演越烈。他們已經渡過了那條有魔法的小河，但在河這一邊，小路依然就像

之前一樣蜿蜒向前，森林裡看起來毫無變化。然而，他們要是多了解一點這座森林，並且多想想聽見狩獵的響聲，看見小路上出現白鹿意味著什麼，他們就會明白自己終於接近了森林東部的邊緣。如果他們能保持勇氣和希望，他們很快就會走到樹木稀疏，能重見陽光的地方。

但他們不知道這一點，並且邦伯沉重的身軀成了大家的負擔，他們竭盡全力抬著他前進，四人一組輪流承擔這個累人的活計，其餘的人則分擔那四人的背包。要不是這些行李在最後幾天變得越來越輕，他們根本沒法這麼做。但是，不管裝滿食物的背包有多麼沉重，與掛著微笑陷入沉睡的邦伯相比，都不算什麼。幾天後，水盡糧絕的時刻終於到來了。他們在樹林裡看不到任何能吃的東西，只有真菌和葉子蒼白、氣味難聞的草藥。

離開那條有魔法的小河大約四天後，他們來到一個大多數樹木都是山毛櫸的地方。這個變化最初讓他們高興了一陣子，因為這裡沒有灌木叢，陰影也不那麼深濃了。他們周圍有一種發綠的光，讓他們在一些地方可以看見小路兩邊一段距離外的情況。然而，這光只讓他們看見一排排筆直的灰樹幹，無窮無盡，就像昏暗的巨大殿堂裡的柱子。這裡有空氣流動，有風的聲音，只是聽起來很悲傷。幾片樹葉簌簌地飄落下來，提醒他們外面已經入秋了。他們的腳在無數個過往秋天累積下的枯葉中沙沙踩過，這些枯葉給森林鋪上了一層深紅色的地毯，還飄過小路邊緣，積在路面上。

邦伯還在昏睡，他們都變得疲憊不堪。有時他們會聽到令人不安的笑聲。有時遠處還會傳來歌聲。那笑聲發自動聽的嗓音，不是半獸人的聲音，歌聲也很美，但聽起來怪異又陌生，沒讓他們感到舒心，反而讓他們趁著還有力氣，加緊離開這個地方。

兩天後，他們發現這條小路正在向下傾斜，沒過多久，他們就進了一座幾乎長滿巨大橡樹的山谷。

　　「這該死的森林沒有盡頭嗎？」梭林說，「總得有人爬上樹去，看看能不能把頭伸到樹冠上頭，看一看四周。唯一的辦法是在小路邊選一棵最高的樹。」

　　當然，那個「有人」指的就是比爾博。他們挑他，是因為爬上去的人必須把頭探出最頂上的葉子，所以這人必須夠輕，讓最高最細的樹枝也能承受他的重量。可憐的巴金斯先生從來沒怎麼爬過樹，但是他們把他托上一棵正好長在小路邊上的巨大橡樹最低的枝幹，他不得不盡最大的努力往上爬。他在糾結纏繞的樹枝中奮力前進，那些細枝多次彈到他的眼睛上；他被大樹枝上的老樹皮搞得渾身青苔和污垢；他不止一次打滑，幸好每次都及時穩住了自己；最後，他在一個似乎根本沒有順手樹枝的麻煩之處經過一番可怕的掙扎，終於接近了樹頂。在這過程中他一直在想，樹上會不會有蜘蛛，還有，回頭他（除了跌落）要怎麼下去。

　　終於，他把頭探出了樹冠頂，然後發現果然有蜘蛛。不過牠們只是普通大小的蜘蛛，而且牠們是在追捕蝴蝶。比爾博幾乎被光線閃瞎了雙眼。他能聽見矮人在底下很遠的地方衝著他大喊，但他無法回答，只能抓緊樹枝，拚命眨動眼睛。陽光十分燦爛，過了好一陣子他才適應。等他適應之後，他看見四周是一片深綠色的海洋，樹葉在微風中如浪起伏沙沙作響。到處都是蝴蝶，成百上千的蝴蝶。我想牠們應該是一種「紫蛺蝶」，一種喜歡在橡樹樹梢上飛舞的蝴蝶，只不過這些蝴蝶根本不是紫色的，牠們黑得就像黑絲絨，看不到任何斑紋。

　　他注視了這些「黑蛺蝶」很久，享受著微風吹拂在頭髮和臉上的感覺；但

最終矮人們的呼喊——現在他們乾脆就在底下不耐煩地跺腳了——提醒了他真正的任務。情況可不妙。他極目望去，無論是朝哪個方向，都看不到樹木和樹葉的盡頭。他那顆因為看見陽光、感受微風而變得輕鬆起來的心，現在又一直沉到了腳尖：回到底下沒東西可吃了。

實際上，我跟你們說過，他們離森林的邊緣不遠了。比爾博要是見多識廣，就會意識到他爬的那棵樹儘管本身很高，卻長在一座寬闊山谷靠近谷底的地方，所以從樹頂上望出去，周圍的樹就像一個大碗的邊緣一樣向四周膨脹上去，他根本不能指望看出森林究竟延伸了多遠。但是他不明白這一點，只能滿懷絕望地爬下了樹。等他終於回到地面，他身上到處擦傷，熱汗直淌，苦不堪言，而且回到底下的陰暗中，又什麼也看不見了。而他的報告很快使其他人和他一樣苦不堪言。

「這座森林向四面八方沒完沒了地延伸下去！我們該怎麼辦？派個霍比特人給我們又有什麼用！」他們叫道，彷彿這都是比爾博的錯。他們根本不想聽什麼蝴蝶，而他告訴他們微風有多美好時，他們就更生氣了，因為他們身體太重，無法爬上去感受。

那天晚上，他們吃完了最後一點食物的殘渣碎屑；第二天早晨，他們醒來時注意到的第一件事是他們依舊餓得抓心撓肝咬牙切齒，第二件事是下雨了，到處都有雨水滴下來，重重滴落在森林的地面上。這只提醒了他們，每個人還都渴得火燒火燎，卻絲毫沒有緩解的辦法：站在巨大的橡樹下張嘴等雨滴碰巧落到舌頭上是沒法解渴的。沒想到，這時唯一給他們帶來一絲安慰的竟是邦伯。

他突然醒了，坐起來撓著頭。他根本不知道自己身在何處，也不知道為什麼會這麼餓，因為他已經把自打那個五月的早晨他們出發以來所發生的一切都忘了。他所記得的最後一件事是在霍比特人家裡的聚會，他們費了好大勁才讓他相信在那之後他們所經歷的諸多冒險。

當他聽說沒有東西可吃的時候，當場坐在地上哭了起來，因為他覺得非常虛弱，兩腿站不穩。「我幹嘛要醒過來！」他叫道，「我正在做著美夢，夢見自己走在一座森林裡，跟這座森林很像，只是那裡燈火通明，樹上掛著火把，燈盞在樹枝上搖晃，地面上燃著篝火。那裡正在舉行一場盛大的宴會，一場永遠不散的宴會。出席的森林之王頭戴樹葉編成的王冠，還有歡樂的歌聲，我數不過來也形容不出有多少東西可吃，有多少東西可喝。」

「你不用試著形容了。」梭林說，「老實說，你要是講不出別的，那就最好別開口。就這樣我們也已經覺得你夠煩的了。要是你再不醒來，我們就要把你留在森林裡，讓你繼續做那個愚蠢的夢；即使你好幾個星期缺吃少喝，抬著你走依舊不是鬧著玩的。」

現在，他們別無選擇，只能把空空的肚子上的腰帶勒緊，拎起空空的行囊和背包，沿著小路向前跋涉，對於在倒下和餓死之前走出森林不抱多大的希望。那一整天，他們就這樣緩慢、疲憊地往前走；而邦伯一直在哀號，說他的腿撐不住了，他想躺下來睡覺。

「不行，你不能睡！」他們說，「讓你的兩條腿派上用場，我們已經抬著你走得夠遠了。」

豈知他突然一屁股坐倒在地，一步也不肯再往前走了。「你們要走就走吧，」他說，「我只想躺在這裡睡覺，夢見吃的，要是我沒有別的辦法弄到吃

的。我希望我再也別醒過來。」

就在這時，走在前面不遠的巴林喊道：「那是什麼？我想我看見森林裡有光在閃爍。」

他們全往前望去，只見在很遠的地方，黑暗中似乎有一團紅色的光在閃爍。接著，在它旁邊又冒出一團接一團的紅光。就連邦伯也站了起來，眾人隨即朝著光亮往前奔，顧不上那是不是食人妖或半獸人。光亮在他們前方，在小路的左側，當他們終於來到與光平行的地方，他們才看清楚那是在樹下燃燒的火把和篝火，但離他們走的小路頗有一段距離。

「看來我的美夢要成真了，」邦伯氣喘吁吁地在後面說。他想一頭衝進樹林到火光那兒去，但其他人都清楚記得巫師和貝奧恩的警告。

「要是我們把命賠在那兒回不來，再好吃的宴席也不成。」梭林說。

「可是沒有宴席，我們也快要沒命了啊。」邦伯說，比爾博打心眼裡贊同他的看法。他們為此反反覆覆爭論了很久，最終同意派兩個探子先潛行到火光附近去摸清情況。但接著他們又在派誰去的問題上意見不一，似乎誰也不急於冒著迷路並再也找不到朋友的風險去碰運氣。最後，飢餓征服了他們，警告被拋到腦後，因為邦伯一直在描述他夢中的森林盛宴上所有好吃的東西。於是，他們全都離開了小路，一起一頭扎進了森林。

經過好一番緩慢潛行與匍匐前進，他們繞過樹幹，偷偷看向一片砍伐掉一些樹，整平了地面的林間空地。那裡有許多人，看起來像精靈，都穿著綠色和棕色的衣服，坐在砍伐留下的樹樁上，圍成一個大圈。他們中間生著一堆篝火，周圍有些樹上也紮著火把；但最令人眼紅的景象是，他們全在大吃大喝，開心大笑。

烤肉的香味是那麼誘人，以至於他們沒等彼此商量一下，就都站起來，爭先恐後地衝進圍成一圈的人裡，一心只想討點吃的。跑在第一的人剛踏進空地，所有的火光就像中了魔法一樣滅掉了。有人踢了篝火，只見閃爍的火星四射迸濺開來，然後消失。他們迷失在一片徹頭徹尾的漆黑當中，連彼此都找不到，至少一時半會兒沒找到。他們在黑暗中像沒頭蒼蠅一樣瞎闖，絆倒在圓木樁上，撞到樹上，大喊大叫，肯定把森林方圓幾哩內的一切都吵醒了。最後，他們總算成功聚在了一起，摸索著清點了人數。當然，到這時他們已經完全忘了小路是在哪個方向。他們徹底迷了路，至少在天亮之前毫無指望。

　　他們沒有辦法，只能在原地安頓過夜；他們甚至不敢在地上尋找食物殘渣，生怕再次走散。但他們躺下沒多久，比爾博剛開始昏昏欲睡，第一個輪值放哨的多瑞就壓低嗓門叫道：

　　「火光在那邊又亮起來了，比剛才還多。」

　　大家都跳了起來。果然，不遠處有數十團閃爍的火光，他們還清楚地聽到了說話聲和笑聲。於是，大家排成單行縱隊，每人搭著前一人的後背，躡手躡腳地往光亮處挪去。當他們走近時，梭林說：「這次不要急著衝上去！我不說話，誰也不許離開藏身的地方。我會派巴金斯先生一個人先去跟他們談談。他不會嚇著他們的——（比爾博心裡想：「那他們嚇著我怎麼辦？」）——不管怎麼說，我希望他們不會對他做什麼惡劣的事。」

　　眾人走到光圈邊緣時，他們突然從背後推了比爾博一把。他還沒來得及戴上戒指，就跌跌撞撞地闖進了一片耀眼的火焰和火把中。這很糟糕。所有的火光再次熄滅，頓時又是一片漆黑。

　　如果說上一次把大家聚集起來已經十分費力，這次就更糟了。他們乾脆就

找不到那個霍比特人了。他們每次清點人數，都只有十三個。眾人大喊大叫：「比爾博‧巴金斯！霍比特人！你這該死的霍比特人！喂！霍比特人，你這可惡的傢伙，你在哪裡？」他們吼了一堆諸如此類的話，可是沒人回答。

　　就在他們覺得無望，打算作罷的時候，純屬運氣，多瑞絆到了他。黑暗中他以為自己是被一根木頭絆倒在地，然後才發現那是蜷縮成一團睡得死沉的霍比特人。大家費了好大的勁才把他搖醒，醒來以後，他一點也不高興。

　　「我做了多美妙的夢啊，」他嘟嘟囔囔說，「夢到了一頓最豪華的晚餐。」

　　「天啊！他變得跟邦伯一個樣了。」他們說，「別跟我們講夢裡的事。夢裡的大餐都是畫餅充飢，我們又吃不到。」

　　「在這個鬼地方，我要美食怕是也只能靠夢見了。」他喃喃說道，一邊在矮人身邊躺下，想著再度入睡，重回他剛才做的美夢中。

　　但森林裡先前出現的火光並不是最後一次。之後夜晚將盡，輪到守哨的奇力又跑來叫醒大家，說：

　　「離這裡不遠的地方開始齊齊冒出耀眼的火光——肯定是有什麼魔法讓成百上千支火把和很多火堆一下子點燃起來。你們聽，還有歌聲和豎琴的聲音！」

　　眾人躺著聽了一會兒，發現自己還是按捺不住想靠近，再看看能不能求得幫助。他們又上前去了，這次探尋的結果卻是一場災難。他們這時看見的宴會比前兩次更盛大、更豪華；在長長一列宴飲者的上首坐著一位森林之王，金髮上戴著樹葉編成的王冠，跟邦伯描述過的夢中人物十分相像。那群精靈互相傳遞著碗，有的還越過火堆傳遞，有些人在彈豎琴，還有很多人在唱歌。他們閃亮的頭髮上插著鮮花；綠色和白色的寶石在他們的衣領和腰帶上閃閃發光；他

們的面容上和歌聲中都洋溢著歡樂，歌聲嘹亮、清朗又動聽。梭林走了過去，站到他們中間。

歌聲驟停，一片死寂當頭罩下。所有的火光全滅了。篝火朝上一竄，化成一股股黑煙。騰起的灰燼飛進眾矮人的眼裡，樹林裡再次充滿了他們的喧鬧叫嚷。

比爾博發現自己在繞著圈跑（他自己這麼認為），並且不停地喊著：「多瑞、諾瑞、歐瑞、歐因、格羅因、菲力、奇力、邦伯、比弗、波弗、杜瓦林、巴林、『橡木盾』梭林！」而他看不見也摸不到的其他人同樣在他周圍繞著圈跑（偶爾還會喊一句「比爾博！」）。但其他人的叫聲變得越來越遠，越來越微弱，過了一會兒，他覺得他們的叫喊聲從遠處傳來，似乎變成了呼救聲，但最後所有的響聲都消失了，只剩下他孤零零一個人被遺落在死寂和黑暗中。

那是他最悲慘的時刻之一。不過，他很快就下定決心，認定在天亮之前做什麼都是瞎折騰，而且他也沒希望吃到任何早餐來恢復體力，把自己搞得筋疲力盡實在無濟於事。於是，他背靠著一棵樹坐了下來，絕非最後一次想起他那遙遠的霍比特洞府裡那些美好的食品儲藏室。就在他沉浸在培根、雞蛋、烤麵包和黃油的臆想裡時，忽然感覺有什麼東西碰到了他。有個就像一根黏乎乎的結實繩子的東西挨上了他的左手，他想挪開時才發現自己的雙腿已經被同樣的東西纏住了，以至於他一要起身就跌在了地上。

這時，在他打瞌睡時一直忙著把他綁起來的大蜘蛛從他背後朝他撲上來。他只能看到那東西的眼睛，但他能感覺到牠毛茸茸的腿正在揮舞，把那令人噁心的蛛絲一圈圈纏繞在他身上。幸虧他及時回過神來，不然他很快就會完全動彈不得了。即便如此，他也經過了一番拚死掙扎，才掙脫了那些蛛絲。他用雙

手拚命打開那個怪物——牠想用毒針把他螫暈，就像小蜘蛛對付蒼蠅一樣——直到他想起他的劍，把它拔了出來。蜘蛛見狀朝後跳開，他抓緊時間割斷了纏住雙腿的蛛絲。之後就輪到他進攻了。蜘蛛顯然不熟悉身邊帶著這種「螫刺」的生物，否則牠就會逃得更快。比爾博趁牠還沒不見蹤影，及時撲了上去，一劍正中牠的眼睛。牠立刻發狂了，又蹦又跳，每條腿都可怕地抽搐揮舞著，直到比爾博再給了牠一下，把牠砍死。然後他就倒下了，好一陣子腦中一片空白，什麼都想不起來。

當他回過神來，周圍還是日常森林裡白天那種昏暗光線。那隻死掉的蜘蛛就在他身邊，他的劍刃上沾染著黑色的污血。沒有巫師、矮人或任何人的幫助，巴金斯先生獨自一人在黑暗中殺死了這隻巨大的蜘蛛，這不知為何對他產生了巨大的影響。他感覺自己變了一個人。當他在草上擦乾淨劍刃，把劍插回劍鞘時，儘管肚子空空如也，他卻覺得自己更凶猛、更大膽了。

「我要給你起個名字，」他對自己的劍說，「就叫你**刺叮**吧。」

說完之後，他開始動身去探索。這片森林陰森又寂靜，不過顯然他首先得去找他的朋友們，他們多半離得不太遠，除非他們被精靈（或更糟糕的東西）俘虜了。比爾博覺得大聲喊叫並不安全，他在原地站了好一陣子，琢磨著小路是在哪個方向，以及他應該先朝哪個方向去尋找矮人。

「唉！為什麼我們沒謹記貝奧恩和甘道夫的忠告！」他哀嘆，「瞧瞧我們遇上了多大的麻煩！我們！要真是『我們』就好了，孤零零一個人真可怕。」

最後，他盡可能猜了昨天夜裡那些呼救聲所傳來的方向——憑著運氣好（他天生運氣就不錯），他多多少少猜對了，往後你就會知道的。決定之後，他盡量手腳輕巧地悄悄往前走。我之前已經告訴過你們，霍比特人都很擅長安靜

移動，尤其是在樹林裡；而且，比爾博在出發前還戴上了戒指。因此，那些蜘蛛既沒看見也沒聽見他來了。

　　他躡手躡腳地走了一段路，接著注意到前面有個地方黑影特別濃重，哪怕放在這片森林裡也顯得更黑，就像一片從未逝去的午夜。走近之後，他看出那是蜘蛛網造成的，前前後後上上下下重疊交纏在一起的蜘蛛網。冷不防，他看見還有一些巨大可怕的蜘蛛盤踞在他頭頂的樹枝上，儘管戴著戒指，他也嚇得渾身發抖，生怕被牠們發現。他站在一棵樹背後，盯著那群蜘蛛觀察了一會兒，接著，在樹林的一片寂靜中，他意識到這些令人厭惡的生物正在交頭接耳地說話。牠們的聲音很輕，是一種吱吱和嘶嘶聲響，但他能聽出牠們所說的很多詞句。牠們在談論矮人！

　　「真是一場激烈的搏鬥，但很值得。」其中一隻說，「他們的皮肯定厚得要命，但是我敢打賭，裡面的汁液一定很鮮美。」

　　「沒錯，把他們吊上一陣子，咱們就能好好吃上一頓。」另一隻說。

　　「別吊太久，」第三隻說，「他們比往常來得瘦。我猜他們最近沒怎麼吃東西。」

　　「我說，宰了他們吧。」第四隻說，「現在就宰，死了以後再吊上一陣子。」

　　「我保證，他們這會兒都死了。」第一隻說。

　　「他們才沒死。我剛才還看見有一個在掙扎。我看他是美美睡了一覺剛醒過來。我讓你們瞧瞧。」

　　說著，一隻肥大的蜘蛛沿著一根蛛繩跑去，一直跑到一根高枝上，那裡掛著一排十二個捆包。比爾博直到這時才頭一次注意到它們在陰影裡晃蕩，他驚

恐地看到有隻矮人的腳從捆包的底部戳出來，此外還能看到這裡戳出一個鼻尖，那裡戳出一撮鬍子或一頂兜帽。

那隻蜘蛛朝最胖的一個捆包爬過去——「我敢打賭，那一定是可憐的老邦伯，」比爾博想——然後狠狠地咬了一口戳在外頭的鼻子。裡頭傳來一聲被悶住的吼叫，接著一隻腳趾頭戳出來朝蜘蛛狠狠踢去。邦伯還活著。只聽噗的一聲，像踢在沒了氣的足球上，那隻惱羞成怒的蜘蛛從樹枝上掉了下去，全靠吐出來的絲才及時把自己吊在半空沒墜地。

其他蜘蛛哈哈大笑。「你說得很對，」牠們說，「這些肉還活著會踢腳呢！」

「我很快就會結束他的性命。」氣急敗壞的蜘蛛嘶嘶地說，又爬回了樹枝上。

比爾博明白，是他該行動起來的時候了。他搆不著那些在樹上的畜生，也沒有弓箭可以射牠們。他環顧四周，只見這地方有一條似乎已經乾涸的小河道，裡面有許多石頭。比爾博可是個扔石頭好手，沒一會兒工夫他就找到一塊十分光滑又稱手的鵝卵石。在他還是個孩子的時候，他曾經練過用石頭打東西，直到兔子、松鼠，甚至鳥兒，一看到他彎腰都會閃電般逃之夭夭；即使長大以後，他仍然花許多時間玩擲環套樁、扔飛鏢、射杆子、滾木球、九柱戲這類需要瞄準目標投擲的安靜遊戲——事實上，除了吐煙圈、猜謎和烹飪，他還會做好多事，只是我還沒來得及告訴你，而現在也沒時間多說了。就在他挑撿石頭的時候，那隻蜘蛛已經爬到了邦伯身邊，眼看邦伯就要沒命。在這千鈞一髮之際，比爾博投出了石頭。石頭啪的一聲打在蜘蛛頭上，牠頓時失去知覺從

樹上跌落，噗的一聲掉在地上，所有的腿都蜷成一團。

　　第二塊石頭呼嘯著穿過一張大蜘蛛網，扯斷了網上的粗絲，打落了盤踞在網中央的蜘蛛，牠也啪的一聲跌落，死了。隨後蜘蛛的領地裡一片大亂，我可以告訴你，牠們暫時把那些矮人拋在了腦後。牠們看不見比爾博，但可以從石頭飛來的方向大致估計他的位置。牠們以閃電般的速度向霍比特人奔來，又向四面八方拋出長長的蛛絲，空中似乎布滿了飄動的羅網。

　　然而比爾博早就溜到別的地方去了。他突然想到一個主意，如果可能的話，把這群怒氣沖沖的蜘蛛引得離矮人越遠越好；讓牠們變得多疑、激動和憤怒。等到有大約五十隻蜘蛛聚到他之前所站的地方，他又向牠們以及停在牠們後面的蜘蛛扔了更多石頭。然後，他在樹林中跳起舞唱起歌來，想激怒牠們，讓牠們都來追他，同時也讓矮人們聽到他的聲音。

　　他唱道：

　　老又肥的蜘蛛在樹上把網結！

　　老又肥的蜘蛛看我呀看不見！

　　癲癲蛛呀癲癲蛛[12]！

　　你要不要停下來，

　　停下結網來把我找見？

---

12. 原文是attercop，古語的 "蜘蛛"，也用來比喻心思惡毒的人。"癲癲蛛" 是蜘蛛的方言別名，具有一定侮辱性。——譯者註

老笨蛋枉自肥又大，

老笨蛋沒法找我呀！

癲癲蛛呀癲癲蛛！

你快撲通掉下去！

在樹上你永遠抓不住我！

　　歌詞也許談不上太好，但你別忘了，這是他緊急關頭自己亂編的。不管怎麼說，他達到了目的。他一邊唱一邊又扔了幾塊石頭，並且重重跺腳。差不多林子裡所有的蜘蛛都來追他了：有些落到地上，有些在樹枝上爬得飛快，從這棵樹盪到那棵樹，在黑暗的空中拋出新的蛛絲。牠們循著他的聲音飛奔而來的速度比他預料的要快得多。牠們氣炸了。就算沒有他扔石頭這回事，也沒有哪隻蜘蛛樂意被人叫做「癲癲蛛」，而「笨蛋」當然對任何人來說都是侮辱。

　　比爾博趕緊又轉移到一個新的地方，但有幾隻蜘蛛已經跑開了，分頭奔向牠們居住的那片林間空地的不同地方，把樹幹之間有空隙的地方全都織上網。很快，霍比特人就會被包圍在牠們織出來的厚厚的蛛網中——至少蜘蛛們是這麼打算的。這時，站在圍獵他的織網昆蟲中央的比爾博，鼓起勇氣又唱起了新的歌：

懶羅伯，瘋科伯[13]

正在織網要把我捉。

比起別的肉我鮮美得多，

可牠們還是找不見我！

調皮的小蒼蠅我就在這；

你真是又肥又懶惰。

用你那些瘋蛛網，

使盡力氣也抓不到我。

他邊唱邊轉過身，只見兩棵大樹之間最後的空隙也被蜘蛛網封住了——幸好那張網織得不太像樣，只是幾股比平常粗兩倍的大蛛絲在樹幹之間匆匆來回繞了幾圈而已。他拔出小劍，把蛛絲斬成幾段，唱著歌走了。

蜘蛛們看到了那把劍，但我想牠們並不知道那是什麼東西，因此一整群蜘蛛立刻沿著地面和樹枝朝著霍比特人緊追過去，揮舞著毛茸茸的腿，嘴裡劈啪作響吐著絲，眼睛鼓凸，憤怒得直吐白沫。牠們跟著比爾博進了森林，而比爾博走到他敢走的最遠的地方，就掉頭偷偷往回跑，聲音比耗子還輕。

他明白，自己只有一點點寶貴的時間，蜘蛛們追膩了，就會回到牠們吊掛矮人的樹上來。他得在這段空檔裡把大夥兒救出來。拯救行動中最糟糕的一步是爬到那根長長的、吊掛著捆包的樹枝上。如果不是有隻蜘蛛湊巧留下一根蛛絲從樹上垂掛下來，我想他是辦不到的。儘管蛛絲老是黏住他的手，弄得他手很疼，他還是靠著它的幫助爬了上去，只是沒料到撞上一隻身體臃腫、行動遲緩，還很邪惡的老蜘蛛，牠是留下來看守這些俘虜的，一直忙著東戳戳西捏捏，要看他們哪個最多汁最好吃。牠本想趁別的蜘蛛都不在的時候就開始大快

---

13. 羅伯（lob）和科伯（cob）都是蜘蛛的別名。——譯者註

朵頤，但是巴金斯先生眼明手快，那隻蜘蛛還沒反應過來怎麼回事，就挨了他一劍，從樹枝上滾下去，死了。

比爾博的下一步是釋放一個矮人。他該怎麼做才好？如果他割斷吊著矮人的蛛絲，那個倒楣的矮人就會從高處重重摔落到地面上。他沿著樹枝蠕動前進（這讓所有可憐的矮人像熟透的水果一樣掛在枝頭晃蕩），到了第一個捆包前。

他看看從頂端戳出來的藍色帽尖，心裡想：「不是菲力就是奇力。」接著又靠著從纏繞的蛛絲裡戳出來的長鼻子尖判斷，「多半是菲力。」他探出身子設法割斷了纏住矮人的那些又韌又黏的蛛絲，果不其然，隨著一陣踢打和掙扎，大半個菲力露了出來。菲力的胳肢窩底下還黏著蛛絲，他甩動僵硬的四肢的模樣，就像那些滑稽的扯線木偶隨著鋼絲的拉扯上上下下擺動──我恐怕得說，比爾博真的看笑了。

經過一番折騰，菲力爬上了樹枝。他在樹上被吊了大半個晚上外加一整天，整個人被蛛絲一圈圈捆得密密麻麻只露出鼻子能喘氣，又中了蜘蛛的毒，這些都讓他難受得不得了，但他還是竭盡全力去幫霍比特人解救同伴。他花了好長時間才把那些討厭的蜘蛛絲從眼睛和眉毛上扯下來，至於鬍子，他不得不把大部分鬍子給割了。於是，他倆齊心協力，開始把矮人一個又一個拉上來，砍斷蛛絲，將人解救出來。他們的情況都不比菲力好，有些甚至更糟。有的幾乎沒法呼吸（你瞧，長鼻子有時候還是很有用的），有的中毒更深。

就這樣，他們救出了奇力、比弗、波弗、多瑞和諾瑞。可憐的老邦伯真是筋疲力盡了──他最胖，所以老是不停地被掐啊捏啊戳啊的──他直接從樹枝上滾下去，砰的一聲掉到地上，幸好是落到了厚厚的落葉上，他乾脆就躺那兒了。但是，眼看還有五個矮人掛在樹稍上，蜘蛛們卻開始返回了，牠們比先前

更加怒火滿滿。

比爾博立刻衝到樹枝離樹幹最近的地方，打退那些爬上來的蜘蛛。他救菲力的時候把戒指摘了下來，忘記戴回去，所以這會兒蜘蛛們開始唾沫飛濺，嘶嘶說道：

「我們可算看到你了，你這可惡的小傢伙！我們會吃了你，把你的皮囊和骨頭吊在樹上。呃！他有根刺是吧？哼，我們還是會抓到他的，然後把他大頭朝下吊上一兩天。」

與此同時，其他矮人也在解救剩下的俘虜，用刀割斷蛛絲。很快所有的矮人都自由了，只是還不清楚接下來會怎麼樣。昨天夜裡蜘蛛輕而易舉地抓住了他們，但那是因為他們毫無防備，又是在黑暗中。這次看來免不了一場惡鬥了。

突然，比爾博注意到有些蜘蛛已經圍住了躺在地上的老邦伯，又把他捆上了，正在把他拖走。他大喊一聲，砍向面前的蜘蛛。牠們飛快閃開，他手忙腳亂地從樹上下去，正好落在地上那些蜘蛛中間。他的小劍對牠們來說可是一種新式的螫刺。它東戳西刺的好厲害！當他刺向牠們時，劍鋒閃耀著喜悅的光芒。眼看已經有六隻蜘蛛被刺死，其餘的紛紛四散逃開，把邦伯留給了比爾博。

「下來！下來！」他對著樹枝上的矮人喊道，「別待在上頭又被網住！」因為他看到那些蜘蛛又蜂擁爬上附近所有的樹，正沿著一根根大樹枝爬到矮人的頭頂上。

矮人們要麼爬，要麼跳，要麼乾脆往下掉，十一個人跌成一堆，大多數都搖搖晃晃站不穩，腿腳不聽使喚。終於，算上可憐的老邦伯，他們十二個人總

算聚齊了。邦伯由他的表親比弗和兄弟波弗一人一邊攙扶起來；比爾博還在東竄西跳，揮舞著他的刺叮；數百隻憤怒的蜘蛛正從四面八方以及頭頂上方瞪著他們。看起來真是凶多吉少。

於是，戰鬥開始了。矮人有的用刀，有的用棍，人人都能扔石頭；比爾博用的則是他的精靈匕首。蜘蛛一次又一次被擊退，被殺死了很多。但他們不可能堅持很久。比爾博幾乎累垮了；矮人當中只有四個還能穩穩站著。很快，他們所有的人就會像筋疲力竭的蒼蠅一樣被制服。蜘蛛已經開始在他們周圍的樹木之間織起網來。

最後，比爾博沒有辦法，只能把戒指的祕密告訴矮人。對此他深感懊惱，但別無選擇。

「我要消失了，」他說，「我會盡量把蜘蛛引開；你們必須一起行動，朝相反的方向走。往左走，那邊差不多就是通向我們最後看見精靈篝火的地方。」

要讓他們明白他的意思絕非易事，他們頭暈目眩，大喊大叫，又是揮舞棍棒又是投擲石頭；但比爾博覺得他不能再拖下去了——蜘蛛們正在不斷縮小包圍圈。他突然戴上戒指消失了，驚得矮人們目瞪口呆。

不一會兒，從右邊遠處的樹林裡就傳來了「懶羅伯」和「癲癲蛛」的喊聲。那讓蜘蛛們大為光火。牠們停止進攻，有的朝著聲音傳來的方向跑去。「癲癲蛛」這話讓牠們氣到失去了理智。接著，比其他人更深領會到比爾博用意的巴林帶頭發起了進攻。矮人們緊聚成一團，向左邊的蜘蛛扔出一波密集如雨的石頭，奮力衝出了包圍圈。這時，他們背後的喊聲和歌聲突然停了。

矮人們一邊殷切盼望著比爾博不要出事，一邊繼續突圍。不過他們的行動還不夠快。他們身上餘毒未消，又都疲累不堪，儘管後面許多蜘蛛緊追不捨，

也只能一瘸一拐，蹣跚前行。他們時不時地必須轉身和追上來的蜘蛛搏鬥；有的蜘蛛已經爬到了他們頭頂的樹上，向下拋出黏黏的長蛛絲。

情況看來又變得非常糟糕，這時比爾博突然出現了，從側面出其不意地攻向大驚失色的蜘蛛。

「繼續走！繼續走！」他喊道，「我來對付牠們！」

他做到了。他來回奔跑，斬斷蛛絲，砍斷蛛腿，如果牠們逼近，他就刺向牠們肥碩的身體。蜘蛛們火冒三丈，口吐白沫，嘶嘶響著發出可怕的咒罵；但是牠們已經對刺叮怕得要命，現在它重新出現了，牠們不敢靠得太近。因此，儘管牠們恨得咬牙切齒，牠們的獵物還是緩慢但篤定地離去。這真是可怕到了極點的經歷，感覺上花了好幾個鐘頭。但最後，就在比爾博覺得自己的手再也舉不起來刺上一劍的時候，蜘蛛們突然放棄了，不再追趕他們，而是失望地返回了牠們黑暗的巢穴。

矮人們這才注意到，他們已經來到了一處圓形空地的邊緣，這裡曾經有精靈的火堆。他們不確定這是不是前一天晚上看到的那些火堆之一。但這類地方似乎遺留了某種良善的魔法，所以那些蜘蛛不喜歡。不管怎麼說，這裡的光線更綠，樹枝也不那麼濃密，不那麼陰森嚇人，他們有機會休息一下，緩一口氣。

大家在那裡躺了一陣子，呼哧呼哧地喘著粗氣。不過他們很快就開始七嘴八舌地發問，要比爾博仔細解釋他突然消失一事的來龍去脈，而找到那枚戒指的過程讓他們大感興趣，一時之間竟忘記了自己的煩惱。巴林尤其堅持要比爾博把咕嚕的故事、謎語之類，包括戒指的部分，都詳細講了一遍。但過了一段時間，光線開始變暗，眾人又開始提出別的問題。他們在哪裡？他們的小路在

哪裡？哪裡有食物？他們下一步該怎麼辦？這些問題他們問了又問，似乎都在期待從小比爾博那裡得到答案。你由此可以看出，他們對巴金斯先生的看法已經大為改觀，開始對他尊敬有加（正如甘道夫說過的那樣）。事實上，他們不是單純在發牢騷，而是真的期望他能想出一些幫助他們的妙計。他們心知肚明，要不是霍比特人，他們很快就都完蛋了；因此他們對他謝了又謝。有些人甚至起身來到他面前一躬到底，儘管往往因此栽倒在地，好半天都站不起來。即使知道了他消失的真相，他們也絲毫沒有因此就減少對比爾博的尊敬；因為他們看出他有頭腦，還有運氣和一枚魔法戒指──這三樣都是非常有用的財富。他們對他讚不絕口，都讓比爾博開始覺得自己在某種程度上真的是個大膽的冒險家。不過，要是能有點兒東西吃的話，他會覺得自己大膽得多。

可是，這裡什麼都沒有，一點點吃的都沒有；而且誰也沒有力氣去找吃的，或者去找那條沒了影的小路。那條沒了影的小路！比爾博疲憊的腦袋裡再也想不出別的主意了。他只是呆坐在那裡，盯著面前茫茫無盡的樹林；過了一會兒，大家又都不出聲了，除了巴林。別人都住了嘴、闔上眼好一陣子之後，他還在自言自語，咯咯地笑著。

「咕嚕！哎喲，我的天吶！原來他就是這樣從我身邊溜過去的，是吧？現在我明白了！巴金斯先生，你就是悄悄爬過來的對吧？你的鈕釦在門階上迸得到處都是！好個老比爾博──比爾博──比爾博──博──博──」接著他就睡著了，很長一段時間周遭都是徹底的寂靜。

突然，杜瓦林睜開了一隻眼睛，環顧眾人。「梭林在哪兒？」他問道。

這可是晴天霹靂。顯然，眼前他們只有十三個人，十二個矮人加一個霍比特人。梭林究竟到哪去了？他們胡思亂想著他究竟遇到什麼厄運，是魔法還是

黑暗的怪物；再想到自己迷了路躺在森林裡，都不禁瑟瑟發抖。隨著夜色越來越深，終至一片漆黑，他們也一個接一個睡著了，只是睡得很不安穩，不斷做著噩夢。他們又病又累，沒有安排守衛，也沒有辦法輪流放哨，而我們必須暫時按下他們不談。

梭林被抓要比他們早得多。你還記得比爾博踏進那圈火光，立刻像根木頭一樣倒地睡著了吧？第二次率先踏進去的是梭林，火光一滅，他就像塊被施了魔法的石頭一樣倒下了。矮人在夜裡迷路的叫嚷，他們被蜘蛛抓住並捆綁時的呼喊，以及第二天戰鬥的種種喧鬧，這些他一概沒有聽見。隨後，森林精靈來到他身邊，把他綁起來帶走了。

舉行盛宴的當然就是森林精靈。他們不是壞人。如果說他們有什麼缺點，那就是不信任陌生人。儘管他們的魔法很強大，但就連在那個年代他們也十分警惕。他們與西方的高等精靈不同，他們更危險，不那麼有智慧。因為他們當中大多數（連同他們散居在丘陵和群山中的親族），都是從未去過西方仙境的古老精靈部族的後裔。光明精靈、淵博精靈和海洋精靈都去了西方，在那裡生活了很長時間，因而變得更美麗、更有智慧、也更博學。他們發明了自己的魔法和絕妙的工藝，造出各種美麗又奇妙的事物，後來，他們當中有一些回到了這個廣闊的世界上。在這個廣闊的世界裡，森林精靈在我們的日月微光中徘徊，但他們最喜愛群星；他們在如今已消失的那片土地上，在生長著參天樹木的巨大森林中遊蕩。他們通常住在森林的邊緣，從那兒他們有時會溜出來打獵，或者藉著月光或星光在開闊的大地上騎馬奔馳；後來，在人類來了以後，他們就越來越傾向在薄暮和黃昏時分行動。他們仍然是精靈，是善良的種族。

在黑森林東部邊緣內幾哩處的一個巨大山洞裡，住著當時他們最偉大的國

王。在他巨大的石門前，有一條河從森林高處流下來，穿行奔流，一直流到森林高地腳下的沼澤地裡。這個巨大的山洞每一側都開出無數的小山洞，蜿蜒深入地下，有許多通道和寬闊的大廳；但它比任何半獸人的住處都更明亮、更潔淨通風，既不那麼深暗，也不那麼危險。事實上，國王的臣民大多在開闊的森林裡生活和狩獵，他們在地上和樹上建有房屋或小屋。山毛櫸是他們最喜愛的樹木。國王的山洞就是他的宮殿，是他堅固的寶庫，也是他的子民抵禦敵人的堡壘。

它也是他關押俘虜的地牢。因此他們把梭林拖進了山洞——不怎麼客氣，因為他們不喜歡矮人，並認為梭林是敵人。在古老的時代，他們曾與一些矮人發生過戰爭，他們指責那些矮人偷了他們的寶藏。公平地說，矮人這邊給出的說法很不一樣，他們說自己只是拿了應得的東西，因為精靈王曾和他們做過交易，要他們把黃金和白銀打造成實物，後來又拒絕給他們報酬。如果說精靈王有什麼弱點的話，那就是喜歡財寶，尤其喜歡白銀和白色的寶石。雖然他庫藏的寶物很豐富，但他總是渴望得到更多，因為他的珍寶還沒有其他古代精靈王那麼多。他的人民既不採礦，又不會加工金銀珠寶，既不費神從事貿易，又不耕種土地。所有這一切，每個矮人都知之甚詳，不過梭林的家族與我剛才提到的那場古老的紛爭沒有絲毫關係。因此，當他們解除了梭林的魔咒，他清醒過來以後，他對自己遭受的對待非常惱火；同時他也決定，旁人休想從他嘴裡套出有關黃金或寶石的半個字來。

梭林被帶到國王面前，國王嚴厲地看著他，問了他許多問題。但梭林只肯說他餓壞了。

「你和你的人為什麼三次試圖襲擊我正舉杯歡慶的子民？」國王問。

「我們沒有襲擊他們。」梭林回答，「我們是來討點吃的東西，因為我們餓壞了。」

「你的朋友們現在在哪裡？他們在幹什麼？」

「我不知道，但我估計他們還在森林裡挨餓。」

「你在森林裡幹什麼？」

「找些吃的和喝的，因為我們餓壞了。」

「但究竟是什麼事把你們引到森林裡來的？」國王生氣地問。

聽到這話，梭林閉上了嘴，一個字也不肯說了。

「很好！」國王說，「把他帶下去，好好看住，等到他願意說出實話再說，就算他要等上一百年也行。」

於是，精靈們用皮帶捆住他，把他關進最深處一個有堅固木門的牢洞裡，然後離去。他們給了他吃的和喝的，雖然不算精緻，但份量很足；因為森林精靈不是半獸人，即使是他們最痛恨的敵人，一旦俘虜了，他們也會合理對待。他們只對巨型蜘蛛這一種活物毫不留情。

可憐的梭林就這樣待在了國王的地牢裡。等他對獲得麵包、肉和水的欣慰心情一過，他就開始想他那些不幸的朋友這會兒怎麼樣了。其實用不了多久他就會知道了；不過那是下一章的故事，而且是另一場冒險的開始，霍比特人再次展示出他是個有用的人才。

CHAPTER
9

乘桶出逃

Barrels out of Bond

跟蜘蛛戰鬥之後的第二天，比爾博和矮人做了最後一次絕望的努力，想在餓死和渴死之前找到一條出路。他們硬撐著起身，朝著十三個人中有八個認為是通往小路的方向跟跟蹌蹌地前進；但他們沒機會弄清楚自己走得對不對了。這天就跟往常一樣，森林又逐漸黯淡下去，被夜晚的黑暗籠罩。就在這時，他們周圍突然冒出許多火把的光，就像成百上千紅色的星星。一群手拿弓箭和長矛的森林精靈跳了出來，喝令矮人停步。

根本沒人打算戰鬥。即便矮人的狀況沒那麼糟糕，他們實際上也會很高興被俘虜。他們唯一的武器是小刀，這對能在黑暗中用弓箭射中鳥眼睛的精靈而言，一點用也沒有。於是，他們乾脆停步，坐下來等候發落——只有比爾博例外，他戴上戒指迅速溜到一邊去了。這就是為什麼當精靈把矮人一個挨一個綁成一長串，清點俘虜人數時，始終沒發現，或者說沒數到霍比特人。

他們領著俘虜向森林裡走時，也沒聽見或察覺他綴在火把光亮後面，一路小跑跟著。每個矮人都被蒙上雙眼，但蒙與不蒙沒多大區別，因為即使是睜著眼睛看的比爾博也看不出他們正在走向何處，而不管是他還是矮人都不知道他們剛才是從哪裡來的。比爾博竭盡全力才能跟上火把，因為儘管矮人又難受又疲乏，精靈還是逼著他們以最快的速度前進。國王下過命令要他們抓緊時間。突然間，火把停住了，霍比特人剛好有時間在他們開始過橋前趕了上來。這就是那座跨越河流，通向王宮大門的橋。橋下的河水黑黝黝的，水流又猛又急；橋的另一頭有大門坐落在巨大的山洞入口處，洞口往內開在長滿樹木的陡峭山坡上。坡上高大的山毛櫸一路生長到了河岸邊，樹根甚至長到了河裡。

精靈們使勁推著俘虜過了橋，但跟在後面的比爾博猶豫了。他一點也不喜歡那個洞口的模樣，等他下了決心不拋棄朋友，時間剛夠他急急跟著最後幾個

精靈的後腳竄進去，接著王宮的大門就哐噹一聲在他們背後關上了。

　　洞裡的通道被閃著紅光的火把照得通明，精靈衛士們一邊唱著歌，一邊沿著蜿蜒曲折、縱橫交錯、回聲不絕的小路走去。這些小路不像半獸人城裡的，它們小一些，不那麼深入地下，而且空氣也更清新。在一座柱子以天然岩石鑿就的大廳裡，精靈王坐在一張木雕椅子上。他頭上戴著一頂漿果和紅葉編成的王冠，因為又是秋天了；春天的時候他會戴一頂由林中百花編成的王冠。他手裡拿著一根橡木雕刻的權杖。

　　一眾俘虜被帶到他面前；雖然他目光嚴厲地看著他們，但他還是吩咐手下

精靈王的大門

給他們鬆綁，因為他們個個衣衫襤褸，疲憊不堪。「再說，他們在此地不需上綁。」他說，「凡是被帶進來的人，都逃不出我那有魔法的大門。」

他花了很長的時間仔細詢問矮人在森林裡幹什麼，要去哪裡，又是從哪裡來。但他從他們嘴裡得到的消息並不比從梭林那兒得到的多。他們脾氣暴躁，滿肚子火氣，甚至都沒費心裝出禮貌的樣子。

「王啊，我們做了什麼嗎？」眾人中年紀最大的巴林說，「在森林裡迷了路，又飢又渴，還被蜘蛛困住，這也算是罪過嗎？難不成那些蜘蛛是你們馴養的畜牲或寵物，殺了牠們讓你們很生氣？」

這樣的問題當然使精靈王益發生氣，他回答說：「不經許可擅自在我的領域裡遊蕩，就是罪過。你們難道忘了你們是在我的王國裡，走的是我的子民開闢的路？你們難道沒有三次在森林裡追趕、騷擾我的子民，又吵鬧喧嘩才驚動了蜘蛛？在你們製造了這麼多麻煩之後，我有權知道究竟是什麼事把你們引到這裡來的。如果你們現在不告訴我，我就把你們全關進牢裡，直到你們明白道理，學會禮貌為止！」

然後，他下令將矮人分別關進單人牢房，給他們吃喝，但不准邁出他們的小牢房一步，直到至少有一人願意說出他想知道的一切。不過，他沒有告訴他們，梭林也是他的俘虜。這是比爾博發現的。

可憐的巴金斯先生——他一個人孤零零地在那個地方挨過了好長一段乏味的時日，總是躲躲藏藏，從來不敢摘下戒指，哪怕是縮在他能找到的最黑暗、最偏僻的角落裡，也幾乎不敢闔眼。為了找點事情做，他開始在精靈王的宮殿裡四處遊蕩。魔法關閉了大門，但他只要動作快，有時候還是能出去的。森林精靈不時會結隊騎馬外出打獵，或到森林裡和東邊的地界去辦事，有時候領隊

的正是精靈王本人。這種時候，如果比爾博身手敏捷的話，他就可以緊跟在他們後面溜出去，不過這樣做很危險就是了。不止一次，他跟著最後一個精靈進出時，差點被轟然關上的門夾住；但他又不敢走在他們中間，唯恐自己的影子被看見（雖然它在火把的光下很單薄，而且搖搖晃晃的），也害怕被他們撞到和發現。他真的出去了之後（不是很經常），也沒做成什麼事。他不想拋棄矮人；說實在的，沒有他們的話，他也不知道到底能去哪裡。在精靈外出狩獵時，他沒法一直跟上他們，所以他從未找到走出森林的路，只能在有機會返回之前悲慘地在森林裡徘徊，生怕迷路。而且，他到了外面還會挨餓，因為他不會打獵；但在山洞裡，他可以趁身邊沒人的時候，從儲藏室或餐桌上偷點吃的來維生。

「我就像個無法逃脫的飛賊，只能日復一日悲慘地偷同一間房子。」他想，「這一整場萬分不幸、令人厭煩、很不舒服的冒險中，數這一段最最沉悶乏味！我真希望回到我的霍比特洞府裡，燈火通明，窩在自家溫暖的火爐邊！」他還常常希望能給巫師送個求援的消息，但這當然是完全不可能的；他很快就明白過來，如果真有什麼事要辦，那也只能由巴金斯先生一個人孤立無援地去辦成。

在過了一兩個星期這種偷偷摸摸的生活之後，他通過觀察和跟蹤守衛，外加抓住一切可能的機會，終於找到了每個矮人的關押地點。他發現這十二間單人牢房分布在宮殿中不同的地方，又過了一段時間，他成功摸清了那裡的路。有一天，他無意中聽到幾個守衛的談話，得知還有另一個矮人被關在牢裡，在一個特別深、特別黑的地方，這讓他吃了一驚。當然，他馬上就猜到那是梭林；而且聽了一會兒之後，他就發現自己猜對了。最後，他費了好大勁才在周

圍無人的時候找到了那個地方，並和矮人首領說上了話。

梭林太慘了，慘到沒心思為自己的不幸惱火，慘到甚至動了向精靈王和盤托出寶藏和探險一事的念頭（由此可見他已經變得多麼消沉），就在這時，他聽見比爾博小小的聲音從鎖孔裡傳來。他簡直不敢相信自己的耳朵。但他很快就斷定自己不可能聽錯，於是走到門邊，隔著門和霍比特人低聲聊了很久。

就這樣，比爾博祕密地把梭林的口信傳給了每一個被囚禁的矮人，並告訴他們，他們的首領梭林也被關在附近，以及，任何人都不能──至少現在還不能，梭林不同意就不能──向精靈王透露他們的使命。這是因為，梭林聽了霍比特人如何從蜘蛛手中救出他的同伴，就又恢復了信心，再度決心不靠跟精靈王分享所尋的財寶來給自己贖身，除非所有逃脫的希望都落空，就連了不起的隱身人巴金斯先生（他確實開始對比爾博刮目相看了）也完全想不出聰明的辦法。

其他矮人聽說這個口信後也衷心贊同。他們都認為，如果森林精靈索走了一部分寶藏，他們自己的那份就會大大縮水（儘管他們身處困境，惡龍也尚未征服，他們卻儼然將那筆寶藏視為己有了），並且他們都信任比爾博。你瞧，正像甘道夫說過的那樣。也許甘道夫撇下他們離去，部分原因就在這裡。

然而，比爾博卻不像他們那樣充滿希望。他不喜歡人人都指望他，他還指望巫師就在身邊呢。但那麼想無濟於事，他們和巫師之間很可能隔著整座黑森林的距離。他枯坐苦思，想了又想，直到腦袋快要炸裂開來，卻還是想不出任何妙計。一枚隱身戒指固然十分有用，但對十四個人來講就幫不上多大的忙了。不過，當然啦，就像你猜的那樣，他最後確實救出了他的朋友，以下就是事情發生的經過。

有一天，比爾博在四處遊蕩探察時，發現了一件非常有趣的事：大門並不是山洞的唯一入口。有一條地下河從宮殿最低處的底下流過，主要的出水口就開在陡峭的山坡上，之後在更靠東的某個地方匯入密林河。在地下河從山側流出來的地方，有一道水閘。閘門上方的岩石洞頂幾乎貼近水面，且有一道可以落下直抵河床的鐵閘，防止任何人從這裡進出。但是閘門經常是開著的，因為大量的貨物都是通過閘門運進運出的。如果有人從這裡進來，他會發現自己進了一條黑暗粗糙的隧道，通往山腹深處；但在隧道經過山洞下方的某處，頂上的岩石被鑿開，裝上了巨大的橡木活板門。這門向上通到精靈王的酒窖。酒窖裡立著一排排的木桶，除了木桶還是木桶；因為森林精靈，尤其是他們的國王，特別喜歡葡萄酒，儘管這一帶不長葡萄樹。這些酒和其他貨物都是從遙遠的地方運來的，來自他們南方的親戚，或遠方人類的葡萄園。

　　比爾博躲在一個最大的木桶後面，發現了活板門和它的用途。他潛藏在那兒，聽到了精靈王手下的談話，知道了這些葡萄酒和其他貨物是如何經由河流或經由陸路運到長湖的。聽起來那裡仍有一座十分繁榮的人類小鎮，建在深入水中的橋上，這是為了抵禦各種敵人，尤其是孤山裡的惡龍。木桶從長湖鎮沿著密林河運上來。它們通常被綁在一起，像大木筏一樣，靠篙撐或槳划逆流而上；有時它們被裝在平底船上運來。

　　當木桶裡的酒喝完，精靈便通過活板門把空桶扔下去，打開閘門，讓木桶順流漂走，一路浮浮沉沉，被水流帶到河的下游遠處，靠近黑森林最東邊邊緣一處河岸凸出的地方。有人會在那裡將木桶集中起來，拴在一起，漂回長湖鎮，那鎮離密林河流入長湖的地方很近。

比爾博花了好些時間思索那道閘門，琢磨著是否能利用它來幫他的朋友們逃出去。最後，他開始制訂一個孤注一擲的計畫。

晚飯已經送到了俘虜手中。守衛們持著火把踏著重重的步子沿著通道離去，將一切都留在黑暗中。接著，比爾博聽見精靈王的總管向守衛隊長問安。

「現在跟我來，」他說，「去嘗嘗剛送來的新酒。今天晚上我得清理地窖裡的空酒桶，累人的事兒，所以讓我們先喝一杯，做事也更有勁。」

「太好了，」守衛隊長大笑道，「我跟你去嚐嚐，看適不適合送上國王的餐桌。今天晚上有宴會，送次等的酒去可不行！」

比爾博聽到這話，頓時心花怒放，因為他看到自己的運氣來了，他馬上就有機會試試那個孤注一擲的計畫了。他跟著那兩個精靈，直到他們走進一個小地窖，在一張桌前坐下，桌上放著兩個大酒壺。他們很快就喝起來，有說有笑十分開心。比爾博的運氣這下真是好得不能再好了。要讓森林精靈喝醉，必須得是烈性酒才行；這次送來的新酒，似乎是多溫尼安大葡萄園出產的佳釀，很容易醉人。這種酒不是給衛士和僕人喝的，而是專門為國王的宴會準備的，只能用小碗喝，不能像總管這樣一大壺一大壺地上。

才一會兒工夫，守衛隊長的腦袋就垂下來，接著就撲在桌上睡熟了。總管似乎沒有注意到，繼續自說自笑了一會兒，但很快他的頭也垂到桌上，睡著了，在他的朋友旁邊打起呼嚕來。隨後，霍比特人悄悄走了進來。很快，守衛隊長就沒了鑰匙，而比爾博則沿著通道以最快的速度向牢房一溜小跑而去。這一大串鑰匙對他的胳膊來說是太沉了，他的心也不時蹦到了喉頭，因為他雖然戴著戒指，卻無法防止鑰匙時不時碰撞發出叮噹嘩啦的響聲，每次鑰匙一響，

他就渾身一哆嗦。

他第一個打開巴林的門，等矮人一出來，他又小心翼翼地把門鎖上。你可以想像，巴林驚訝萬分；儘管他很高興能走出那間令人厭煩的小石室，他還是想停下來問幾個問題，想知道比爾博接下來的打算，以及整個來龍去脈。

「現在沒時間說！」霍比特人說，「你只管跟著我就是！我們必須待在一起，不能冒走散的風險。我們要麼全逃出去，要麼誰也逃不了，這是我們最後的機會了。要是這件事情敗露了，天知道國王接下來會把你們關在哪裡，而且我估計，還會給你們戴上手銬腳鐐。別跟我吵，這才是好夥伴！」

接下來，他一間接一間打開牢門，直到跟著他的人增加到十二個——由於遭到長期監禁，又身處黑暗之中，他們的行動都不太靈活。每當他們當中有誰撞到了誰，或在黑暗中嘟嘟囔囔，竊竊私語時，比爾博的心就怦怦直跳。「矮人的吵鬧聲真該死！」他自言自語道。但一切都很順利，他們沒有遇到守衛。事實上，那天晚上在樹林裡和上面的大廳裡，都在舉行盛大的秋季宴會。國王的臣民幾乎全在歡慶。

一行人跌跌撞撞地走了好一陣子，終於來到了梭林的地牢，它在地下很深的地方，幸運的是離酒窖不遠。

當比爾博低聲叫梭林出來和同伴們會合時，梭林說道：「果然！甘道夫一如既往，所言不虛！看來，時候一到，你果然是個出色的飛賊。我很確定，從此以後，我們全都永遠樂意為你效勞。不過，接下來要怎麼辦？」

比爾博意識到，盡量解釋清楚他的想法的時候到了；但這些矮人會不會接受，他可一點把握也沒有。他的擔心果然不無道理，因為他們一點也不喜歡那個計畫，甚至不顧危險，開始大聲抱怨。

「我們一定會撞得鼻青臉腫，肯定還會淹死！」他們咕咕噥噥道，「你設法拿到了鑰匙，我們還以為你有什麼錦囊妙計呢。這就是個餿主意！」

「好吧！」比爾博說，他很沮喪，也很惱火，「那就趕緊回你們那舒適的小牢房去，我會把你們重新鎖在裡面，你們可以舒舒服服地坐在裡面，想個更好的計畫——不過我不保證我能再拿到鑰匙了，就算我願意試試大概也沒辦法。」

回牢房去他們可受不了，於是他們冷靜下來。當然，他們最終只能照著比爾博的建議去做，因為他們顯然不可能嘗試去找通往上層大廳的路，也不可能殺出一條路逃出魔法封閉的大門；而且在通道裡發牢騷直到再被抓住為止，也絕對不妙。於是，他們跟著霍比特人，躡手躡腳下到了最底層的酒窖。他們經過一扇門，可以看見門裡的守衛隊長和總管還在快樂地打鼾，臉上掛著微笑。多溫尼安的葡萄酒讓他們深深陷入了愉快的夢境。不過，到第二天守衛隊長臉上的表情怕是就要變了，即便比爾博出於好心，在隨大家前進之前先偷偷溜進去把鑰匙掛回了他的腰帶上。

「這可以幫他免去一些麻煩。」巴金斯先生自言自語道，「他不是個壞人，對俘虜還是挺好的。而且這會讓他們全都摸不著頭腦。他們會以為我們有非常強大的魔法，能穿過那些鎖住的牢門消失。消失！真要做到這點，我們就得趕緊行動！」

巴林被派去監視守衛隊長和總管，如果他們有動靜，就發出警訊。其餘的人則進了隔壁有活板門的酒窖。時間緊迫，比爾博知道，要不了多久，就會有一些精靈奉命下來幫助總管把空木桶丟到活板門底下的河裡。事實上，酒窖中央的地板上已經豎擺著一排排的木桶，等著被推下去。其中有些是酒桶，它們

沒什麼用，因為很難把它們從一端打開又不弄出大動靜，而且也同樣很難把它們重新蓋上。但是，木桶當中還有一些是用來裝載其他東西的，像黃油、蘋果還有各種各樣的東西，送到國王的宮殿裡。

他們很快就找到了十三個寬敞到能裝下整個矮人的桶子。事實上，有些桶還太寬大，矮人們爬進去以後很擔心在裡面會搖晃和碰撞得很厲害，雖然比爾博盡力在這麼短的時間裡找來一些乾草和其他東西給他們填塞進去，讓他們盡可能感到舒適。好不容易，十二個矮人都裝桶藏好了。只有梭林最麻煩，他在木桶裡又是轉身又是扭動，像隻大狗給塞在一個小狗窩裡，嘟囔個沒完。而最後一個進桶的巴林，對通氣孔大驚小怪地嚷嚷，還沒蓋上蓋子就說他快悶死了。比爾博已經盡可能把木桶邊上的洞堵上，把所有的蓋子都蓋牢。現在，又只剩他一個了，他跑前跑後完成打包的最後工作，心裡抱著一線希望，期盼自己的計畫能成功。

他完成得再及時不過。巴林的蓋子蓋上還沒兩分鐘，外邊就傳來了說話聲和閃爍的火光。幾個精靈有說有笑，唱著不成曲的歌走進了地窖。他們剛才在一間大廳裡參加愉快的宴會，一心只想盡快忙完事情趕回去。

「總管老加理安在哪兒？」有個精靈說，「我今晚沒在宴會桌旁見到他。他現在應該在這裡告訴我們該幹什麼。」

「那個慢吞吞的老傢伙要是遲到了，我會生氣的。」另一個說，「都開始唱歌了，我可不想在這底下浪費時間！」

「哈，哈！」外邊傳來一聲大叫，「這老壞蛋竟然枕著酒壺呼呼大睡呢！他跟他那位守衛隊長朋友私下在這兒辦了個小宴會。」

「搖醒他！叫醒他！」其他人不耐煩地喊道。

被人搖醒叫醒，加理安一點也不高興，被人嘲笑他就更不高興了。「你們都遲到了。」他抱怨道，「我在這底下等啊等的，你們這些傢伙卻光顧著飲酒作樂，忘了你們該辦的事。我等累了打個盹兒，有什麼好大驚小怪的！」

「是沒什麼好大驚小怪的，」他們說，「因為旁邊這個酒壺裡的東西就解釋了一切！來吧，讓我們勞動之前也先嘗嘗你這安眠的飲料！不用叫醒那邊的醉鬼啦。看那樣子就知道他也沒少喝。」

於是他們喝了一輪酒，個個突然變得異常快活。不過他們沒有喝到完全失去理智。「天啊，加理安！」有幾個喊道，「你老早就開始喝，怕是喝糊塗了吧！你把裝滿的桶子也當做空桶堆在這裡，這分量不對啊。」

「好好做你的事！」總管咆哮道，「酒鬼幹啥都想偷懶，明明是空桶也要說有分量。要送走的就是這些，沒有其他的。照我說的做！」

「好吧，好吧。」他們邊說邊把木桶滾向活板門，「要是國王的滿桶黃油和他最好的酒被推到河裡，讓長湖人白吃白喝，那可全賴你！」

滾啊滾，滾啊滾，
滾啊滾啊滾下洞！
用力拉啊，水花撲通！
往下滾哪，往下蹦！

就這樣，他們邊唱著歌，邊一個接一個把木桶轟隆轟隆地滾到黑暗的開口，推落到幾呎下冰冷的水中。有些桶真的是空的，有些則一桶一個，妥妥地裝著矮人；但它們全都一個接一個被滾下去了，伴隨著一大通乒乒乓乓的撞擊

聲，有的砰一聲砸在下面的桶上，有的噗通撞進水裡，擠著隧道的牆壁，彼此碰撞，順著水流浮浮沉沉地漂了出去。

　　就在這時，比爾博突然發現了計畫裡的大漏洞。你多半早就意識到這個漏洞，笑話他一陣子了；但我想，如果你處在他的境地，恐怕連他的一半都做不到。沒錯，他自己不在桶裡，而且就算有機會進桶，也沒人來幫他蓋上蓋子！看來他這次肯定要失去他的朋友（他們幾乎全都已經穿過黑洞洞的活板門消失了），徹底被拋下，不得不永遠潛藏在精靈的山洞裡當飛賊了。因為，即使他能馬上從上層的大門逃出去，再次找到矮人的機會也非常渺茫。他不知道該怎麼走陸路到收集木桶的地方去。他不清楚如果沒有他矮人到底會怎麼樣；因為他還沒來得及告訴矮人他所了解到的一切，也沒告訴他們一旦走出森林後，他打算做什麼。

　　這一大堆念頭從他腦中閃過時，興高采烈的精靈們開始圍在通向河流的門邊唱起歌來。有人已經走過去拉控制閘門的繩子，一等木桶全都漂浮起來，就把鐵閘拉起來，讓木桶漂出去。

　　從湍急的黑河順流而下
　　回到你曾經熟悉的土地！
　　離開深邃的殿堂石窟，
　　離開北方的崇山峻嶺，
　　那裡的森林廣大幽暗
　　佇傯在陰森的灰影裡！
　　漂流到森林世界之外

漂進呢喃低語的風中，
漂過燈芯草與蘆葦杆，
漂過搖曳的沼澤草叢，
穿過夜晚沼澤水塘上
嬝嬝升起的白色薄霧！
追啊，追隨跳躍的群星
跳上寒冷高絕的天空；
黎明降臨大地時回轉，
越過急流，越過沙洲，
往南去吧，往南去！
尋找陽光與白晝，
回到草地與牧場，
公牛與母牛覓食的地方！
回到山坡上的花園
莓果成熟飽滿的地方
在陽光下，在白晝裡！
往南去吧，往南去！
從湍急的黑河順流而下
回到你曾經熟悉的土地！

　　這時，最後一個木桶被滾到了活板門前！可憐的小比爾博在絕望中想不出還有什麼辦法，只能一把抓住木桶，隨著桶子一起被推過邊緣落了下去。撲

通！他掉進了冰冷黑暗的水中，木桶壓在他身上。

他撲騰著冒出水面，像老鼠一樣緊緊扒住木桶，但不管怎麼努力都爬不上去。每當他嘗試爬上木桶，木桶就骨碌一轉，又把他按進了水裡。木桶空空如也，像軟木塞一樣輕盈地漂浮著。雖然他的耳朵裡灌滿了水，但他仍然能聽到上面酒窖裡的精靈還在唱歌。接著，活板門突然砰地一聲關上了，他們的歌聲漸漸消失了。他在黑暗的隧道裡，漂浮在冰冷的水中，孤零零的一個人——因為你不能把他的朋友算上，他們都裝在桶子裡。

很快，前方的黑暗中出現了一小片灰濛濛的光。他聽見閘門嘎吱嘎吱響著被拉起來，發現自己正處在一堆上上下下、碰來撞去，擠作一團的木桶中間，準備從拱門下穿過，進入外面開闊的河流。他竭盡所能不讓自己被擠撞成碎片；不過這堆擁擠的木桶最後還是分散開了，一個接一個地打著旋兒從岩石拱門底下穿過，漂了出去。這時他才看明白，即使他能設法騎到木桶上也沒用，因為木桶頂和突然下探的門頂之間根本沒有多餘的空隙，連一個小霍比特人都容不下。

他們漂出去，漂到了兩岸都有樹枝懸垂的河面上。比爾博不知道矮人們是什麼感覺，也不知道他們的木桶裡進水多不多。黑暗中一些從他身邊漂過去的木桶吃水相當深，他猜裡面一定藏著矮人。

「但願我把蓋子蓋得夠緊！」他想，不過沒多久他就自顧不暇，顧不上為矮人操心了。他成功地讓自己的頭伸出了水面，但他凍得直打哆嗦，不知道自己在運氣轉好之前會不會先凍死，不知道自己還能堅持多久，不知道是不是應該冒險放開木桶，嘗試游到岸邊去。

沒過多久，運氣果然好轉了：打著漩渦的水流把幾個木桶帶到了岸邊，它們卡在隱藏在水下的樹根上，暫停了片刻。比爾博於是趁自己的木桶被另一個桶頂得穩穩的時候，趕緊從桶子邊緣爬上去。他像隻溺水的老鼠一樣爬到了桶子上，攤開四肢躺在上面，盡量保持平衡。微風吹來冷颼颼的，但比在水裡好多了，他希望木桶再一次漂出去時，自己不會突然又滾下去。

　　沒過多久，木桶又掙脫了束縛，順著水流打著轉兒漂出去，流入了主河道。這時，他發現就像他先前擔心的那樣，要待在木桶頂上非常困難；不過他不知怎地還是設法做到了，儘管搞得他十分狼狽，很不舒服。幸好他身體很輕，木桶又夠大，而且有點漏水，這會兒已經進了少量的水，重心還算穩。儘管如此，這就像沒有韁繩，沒有馬鐙，偏要試著騎在一匹肚子溜圓，還總是想在草地上打滾的小馬背上。

　　就這樣，巴金斯先生終於漂到了一個兩岸樹木變得比較稀疏的地方。他可以透過樹梢的間隙看見灰白的天空。黑暗的河流在此突然變得開闊，與從精靈王的大門前匆匆流過的密林河主流匯合，形成一大片黯淡但不再被樹蔭遮蔽的水域，流動的水面上有雲朵和星星細碎的倒影在跳舞。接著，密林河湍急的水流把大大小小的木桶盡數沖到了北岸，那裡有個水流沖蝕出來的寬闊河灣。高懸的河岸下方有一片遍布卵石的河灘，河灘東端盡頭有一小片突出的堅硬岩石岬角，像一堵牆壁。大多數木桶都被沖上了淺灘，擱淺在那兒，只有幾隻繼續漂下去撞在石壁上。

　　河岸上有人照看。他們迅速用長篙把所有的木桶撥攏到淺灘上，清點之後，用繩子把它們拴在一起，留待天亮再處理。可憐的矮人！比爾博現在的情況並不壞。他從木桶上溜下來，涉水上岸，**躡手躡腳**地走到河邊他能看見的幾

間小屋前。只要有機會，他會毫不猶豫地進去吃一頓不請自來的晚餐，因為他已經被迫這麼做了很長時間了。如今的他非常清楚真正的飢餓是什麼滋味，而絕不只是禮節性地對食品儲藏室裡滿滿的美食感興趣而已。此外，他還透過樹林瞥見了火光，那很吸引他，因為他那身破爛的衣服濕漉漉地緊貼在身上，又冷又潮。

他那天晚上的冒險就不多說了，因為我們已經接近往東旅程的終點，就要說到最後也是最大的一次冒險，所以必須長話短說。當然，一開始他借著魔法戒指的幫助，十分順利，但他無論走到哪裡、坐到哪裡都會留下濕腳印和滴水的痕跡，因此最後暴露了；而且他開始打噴嚏，每當他想藏起來，他憋不住爆發出的噴嚏響聲都會讓人發現他。很快，河邊的村子裡發生了一場不大不小的騷動；但比爾博帶著本來不屬於他的一條麵包、一皮袋葡萄酒和一個餡餅逃進了樹林裡。那天夜裡餘下的時間，他只能遠離火堆，渾身濕漉漉地將就著度過，但那袋酒幫了他的大忙，他居然還在一堆乾樹葉上打了個盹，儘管季節已經進入深秋，寒氣襲人。

他被一個特別響亮的噴嚏驚醒了。天已經濛濛亮，河邊傳來一片歡快的喧鬧聲。他們正把木桶綁成木筏，精靈筏夫很快就會駕著它順流而下，前往長湖鎮。比爾博又打了個噴嚏。他身上不再滴水了，但他感到全身發冷。他挪動僵硬的雙腿盡快爬下去，在一片忙亂中剛好及時爬到了木桶堆上，沒有被人注意到。幸虧那時沒太陽，不會投下令人尷尬的影子，並且更走運的是，他好一陣子沒再打噴嚏。

撐篙的精靈用力一撐。站在淺水裡的精靈有的拉有的推。捆在一起的木桶

磨擦碰撞，吱嘎作響。

「這些木桶可真重！」有幾個精靈嘀咕著，「它們吃水太深了——有些木桶肯定沒有倒空。這些桶子如果是在白天靠岸，我們恐怕得看看裡面有什麼。」他們說。

「現在沒時間了！」筏夫喊道，「使勁推！」

他們終於出發了，一開始很慢，直到經過那片突出的岩石岬角，站在那裡的精靈們用長篙把木筏頂開，免得撞上，然後他們就越漂越快，駛進了河的主流，向長湖漂去。

他們總算逃出了精靈王的地牢，穿過了森林，但眾人究竟生死如何，還有待下文分曉。

CHAPTER
10

熱烈歡迎

A Warm Welcome

他們一路漂去，天越來越亮，也越來越暖和。不久之後，河水繞過了左邊一道突出如肩的陡峭陸岬。陸岬的腳下都是岩石，形狀就像內陸的峭壁一樣，那裡水最深，河水拍打在石壁上，濺起無數水沫。突然，峭壁消失，河岸沉降，樹林到了盡頭。然後，比爾博看到這樣一幅景象：

周圍的地勢豁然開朗，河水漫開，在上百條彎彎曲曲的水道中徘徊，或在一片片洲渚星羅棋布的沼澤和水塘中駐足；不過仍有一股強勁的主流在河中央奔流不止。而在很遠的地方，隱約聳立著那座大山！它那黑沉沉的山頂直插進碎雲裡，但它東北方的近鄰之地，以及中間的崎嶇山坡，都不見蹤影。它孤零零地矗立在那裡，遠眺著沼澤地對面的森林。好一座孤山！比爾博千里迢迢歷盡艱險，終於看到了它，然而他現在一點也不喜歡它的模樣。

他一邊聽著精靈筏夫談話，一邊將他們透露出來的零碎資訊拼湊在一起，於是很快就明白，能從這麼遠的地方看見孤山，他可說是非常幸運了。儘管他被困在山洞裡的經歷很沉悶沮喪，此時的處境也很糟糕（更不用說在他底下桶子裡的那些可憐的矮人了），但這比他原來所想的要幸運得多。筏夫們談論的都是通過水路往來的貿易，以及隨著從東部通往黑森林的道路消失或廢棄，河道上航運的增長；還有就是長湖人類和森林精靈關於密林河的養護與河岸的維護發生的種種口角。自從矮人離開所住的孤山以後，這片土地已經發生了很大的變化，如今大多數人都已經淡忘了那段歲月，都只把它當作非常模糊的傳說。而就在近幾年，在甘道夫最後一次得知這片土地的消息以來，它又發生了變化。大洪水和大雨使所有向東的河流都漲了水，還發生過一兩次地震（有些人傾向於把這歸咎於惡龍——提到時主要就是咒罵一聲，並對著孤山的方向神色不祥地點個頭）。沼澤和泥塘朝兩邊擴了又擴。許多道路都消失了，騎馬和

步行的人如果想找到那些消失的路，很多也跟著消失了。矮人聽從貝奧恩的建議所走的穿過森林的精靈路，它如今在森林東部邊緣的出口也不可靠了，而且很少有人走。從北方的黑森林外緣到遠處孤山蔭蔽的平原，只有這條河提供了一條安全的路線，而這條河由森林精靈的國王守衛著。

所以，你瞧，比爾博最終走的路，其實是唯一一條能走的路。正坐在木桶上冷得直打哆嗦的巴金斯先生如果知道遠方的甘道夫剛剛得知了這個情況，正為此憂心忡忡，他可能會得到些許安慰。事實上，甘道夫已經辦妥了他要辦的事（與這個故事無關），正準備過來尋找梭林一行人。可惜比爾博並不知道。

他只知道這條河一個勁兒往前流，似乎永遠流不到頭。他很餓，鼻子又因為著涼堵塞得厲害，而且孤山越來越近，似乎在對他皺眉頭，威脅他，他可不喜歡這種感覺。不過，過了一陣，河流轉去了更偏南的方向，孤山又向後退了。最後，到了傍晚時分，兩岸變成了岩石，河流把所有散漫的支流彙集起來，成了一股深而急的洪流，他們乘著這股洪流以極高的速度奔騰而去。

當密林河又向東一拐，沖入長湖時，太陽已經落山了。注入湖中的河口很寬，兩邊的石崖彷彿兩扇大門，門腳邊堆滿了卵石。長湖！比爾博做夢也想不到，除了大海還有這麼大的水域。它是如此遼闊，使得對岸看起來遙遠又渺小，但它又那麼長，以至於它那指向孤山的北端盡頭根本看不見。比爾博只是從地圖上知道，在北端那邊，在馬車星座已經在閃爍的地方，奔流河從河谷城流入湖裡，加上密林河的匯入，讓這個過去想必曾是巨大又深邃的岩石山谷的地方變成了水量豐沛的大湖。在長湖的南端，來自兩條河的雙倍水量再次越過高高的瀑布傾瀉而下，匆匆奔向未知之地。在無風的傍晚，可以聽到瀑布的聲音，就像遠方的怒吼。

離密林河河口不遠的地方，坐落著他在國王的酒窖裡聽到精靈們談論的那個陌生城鎮。雖然岸上也有幾座小屋和建築，但城鎮不是建在岸上，而是建在湖面上，被一道岩石岬角形成平靜的水灣庇護著，免受入湖的河水的渦流衝擊。有一座巨大的木橋通向那座木頭建成的繁忙小鎮，小鎮建造在由森林原木堆架而成的巨大樁子上。這不是一座精靈的城鎮，而是還敢在遠處惡龍盤踞的大山陰影下居住的人類的城鎮。他們仍然依靠貿易而興旺發達，貨物從南方沿著大河而上，再用馬車運載，經過瀑布送到鎮上；但在往昔輝煌的年日裡，當北方的河谷城富裕昌盛的時候，他們曾經非常富有、強大，水面上有諸多船隊，有些載滿了金子，有些載滿了全副武裝的戰士，曾經有過的戰爭和豐功偉績，如今只剩了傳說。在乾旱時節水面下降的時候，岸邊仍可看到那座規模更大的城鎮的朽爛遺蹟。

　　但人們大多遺忘了這一切，儘管有些人還在唱著古老的歌謠，講述孤山的矮人之王、都林一族的瑟羅爾和瑟萊因、惡龍的到來和河谷城領主們的隕落。有些人還唱到瑟羅爾和瑟萊因終有一天會歸返，金子會在河中流淌，穿過山門，全地將充滿新的歡歌笑語。但這種愉快的傳說對日常的事務並沒有多大影響。

　　一見到木桶筏子出現，便有一艘艘小船離開鎮子的木樁划了出來，招呼筏夫的聲音響成一片。接著他們拋出繩索，使勁划槳，很快，木桶筏子就被拉出密林河的水流，繞過高聳的岩石岬角，拖進長湖鎮的小水灣，然後固定在離大橋靠岸那邊的橋頭不遠的地方。不久，從南方來的人就會過來，帶走一些木桶，另一些木桶則會裝滿他們帶來的貨物，然後沿著河流逆流而上，返回森林

長湖鎮

精靈的家。在此期間，他們讓木桶漂在水上，而木筏上的精靈和船夫則去長湖鎮上大吃一頓。

　　要是他們看到自己走後，夜幕降臨時岸邊發生的事情，他們一定會驚得目瞪口呆。首先，比爾博割斷綁住一個木桶的繩索，把它推到岸邊打開。桶裡傳出一陣呻吟，然後爬出來一個臉臭無比的矮人。他髒亂的鬍鬚裡插著濕稻草，渾身僵硬痠痛，遍體青腫，受盡折磨，勉強站起來，跌跌撞撞地蹚過淺水，就躺倒在岸上呻吟。他臉上有種飢餓的凶相，就像一條被鎖在窩裡無人理會一星期的狗。這正是梭林，但你只能靠他的金項鍊，以及現在又髒又破的天藍色兜帽與失去光澤的銀流蘇來辨認他了。要他能彬彬有禮地和霍比特人打聲招呼，

還得等上好一會兒。

「嘿，你到底是死是活？」比爾博相當惱火地問。也許他忘了，自己至少比矮人多吃了一頓美餐，能自由活動手腳，更不用說還有多得多的新鮮空氣。「你這是還在牢裡，還是自由了？你要是想吃東西，要是想繼續這愚蠢的冒險──畢竟這是你們的冒險，不是我的──最好拍拍你的胳膊，揉揉你的腿，趁現在還有機會，趕緊幫我把其他人弄出來！」

梭林當然明白他說的有理，於是又呻吟了幾聲後，他就站起來盡力去幫助霍比特人。在黑暗中，他們在冰冷的湖水裡撲騰著摸索，要找到哪些木桶裡有人，這可是件艱難又非常麻煩的事。他們在桶外敲敲打打，叫喚著，只發現差不多六個矮人還能回應。這些人的木桶被打開，人在扶助下上了岸，或坐或躺，哼哼唧唧；他們渾身濕透，傷痕累累，筋疲力盡，幾乎都沒有意識到自己被放出來了，更談不上為此妥當地表達感激之情。

杜瓦林和巴林是怨氣最大的兩個，叫他們倆幫忙還不如不叫。比弗和波弗受到的撞擊比較少，身上也比較乾，但他們還是躺著，什麼也不肯幹。不過，菲力和奇力還年輕（對矮人而言），容身的木桶也比較小，加上好好填塞了足量的乾草，弄得十分穩當，所以從桶子裡出來時臉上多少還帶著點笑容，他們只有一兩處瘀青，手腳的僵硬也很快就恢復了。

「我希望這輩子別再聞到蘋果味了！」菲力說，「我的桶子裡盡是那股味道。當你幾乎不能動彈，又冷又餓得難受還沒完沒了地聞著蘋果味，真是令人發瘋。我現在可以吃這廣大世界裡的任何東西，可以連續吃幾個鐘頭──但是一個蘋果也別給我！」

在菲力和奇力的熱心幫助下，梭林和比爾博終於找到其餘的同伴，把他們

救了出來。可憐的胖邦伯不知道是睡著了還是失去了知覺；多瑞、諾瑞、歐瑞、歐因和格羅因被水泡得只剩半條命；他們只能被一一抬上岸，無助地躺在岸上。

「好了！我們到了！」梭林說，「我想我們應該感謝大家的運氣以及巴金斯先生。我確信他有權期望得到我們的感謝，儘管我希望他能把旅程安排得更舒適一點。不過——巴金斯先生，再一次萬分樂意為您效勞。毫無疑問，等我們吃飽喝足恢復體力之後，我們會更得體地感謝你。至於現在，接下來該怎麼辦？」

「我建議去長湖鎮。」比爾博說，「要不還能去哪兒？」

當然，除此還能建議什麼？於是，梭林、菲力、奇力和霍比特人將其他人留在原地，沿著湖岸走向大橋。橋頭有衛兵，但他們看守得不嚴，因為已經很久都沒這個必要了。除了偶爾為河上的過路費爭吵之外，他們和森林精靈一向友好往來。其他人群都住得很遠；鎮上有些年輕人甚至公開質疑山中是否真有惡龍存在，還嘲笑那些說自己年輕時曾見過惡龍在空中飛翔的老頭子和老太婆。正因為如此，橋頭守衛在他們的小屋裡圍著火爐喝酒說笑，既沒聽見打開木桶放出矮人的聲音，也沒聽見四個探子的腳步聲，就毫不奇怪了。當「橡木盾」梭林從門外走進來時，他們全大吃一驚。

「你是誰，想幹什麼？」他們喊著跳起來，去摸武器。

「我乃梭林，瑟萊因之子，山下之王瑟羅爾之孫！」矮人大聲說。儘管他衣衫襤褸，兜帽邋遢，但他看上去確如所言。他頸上和腰間的金子閃閃發亮，雙眼又黑又深。「我回來了。我想見你們的鎮長！」

接下來爆發了巨大的騷動。有幾個比較蠢的人跑出了小屋，就好像他們以

為孤山會在黑夜裡變得金光閃爍，整座湖的水都立刻變得黃澄澄一片。衛兵隊長走上前來。

「他們是誰？」他指著菲力、奇力和比爾博問。

「這兩位是我的外甥，」梭林回答說，「都林一族的菲力和奇力，這位則是跟我們一起從西方旅行來此的巴金斯先生。」

「如果你們是為了和平而來，請放下武器！」隊長說。

「我們沒帶武器。」梭林說。此言不虛：他們的刀劍被森林精靈收繳了，包括那把偉大的奧克銳斯特劍。比爾博倒是帶著他的短劍，像往常一樣藏著，但他一個字也沒提。「我們不需要武器，就像舊日傳說，我們終於回到了自己的家園。我們也無法對抗你們這麼多人。帶我們去見你的鎮長吧！」

「他在宴會上。」隊長說。

「那就更有理由帶我們去見他了。」菲力脫口說道，他對這些一本正經的盤問早就不耐煩了，「我們經過長途跋涉，又累又餓，而且我們還有生病的同伴。別再囉唆了，趕緊走吧，不然你們的鎮長恐怕會對你不滿的。」

「那就跟我來。」隊長說，然後帶著六個守衛護送他們走過橋，穿過大門，來到鎮上的市場。這是一圈寬闊平靜的水域，周圍都是高大的木樁，上面建著更大的房屋，還有長長的木製碼頭，有許多台階和梯子可以一直下到湖面去。有一間大廳裡燈火通明，人聲嘈雜。他們走進大廳的門站定，眨著被燈光照花的眼睛，只見一張張長桌前坐滿了賓客。

隊長還沒來得及開口，梭林就在門口高聲宣布道：「我乃梭林，瑟萊因之子，山下之王瑟羅爾之孫！我回來了！」

所有的人都跳了起來。鎮長從他那把大椅子上蹦起了身。但誰也不如那些

坐在大廳下首的精靈筏夫驚訝。他們推開人群擠到鎮長的桌前，喊道：

「他們是從我們國王那裡逃出來的囚犯，是一幫說不出正當理由、四處遊蕩的矮人流浪漢，鬼鬼祟祟地穿過森林不說，還騷擾我們的族人！」

「這是真的嗎？」鎮長問。事實上，他認為這比什麼山下之王的歸來要可靠多了，如果真有山下之王這麼個人的話。

「我們在返回故土的路上，確實遭到了精靈王的非法攔截，並且無緣無故地遭到了囚禁。」梭林回答，「但是，正如老話所言，無論是枷鎖還是鐵柵，都攔不住返鄉的人。這座城鎮也不在森林精靈的領地之內。我是對長湖人類的鎮長說話，不是對精靈王的筏夫說話。」

於是鎮長猶豫了，先看看這個，再看看那個。精靈王在這一帶勢力十分強大，鎮長不想與他為敵。他也沒把那些古老的歌謠當真，腦袋裡想的都是貿易和通行費，貨物和黃金，他的地位正是靠這種習慣得來的。但是，其他人的想法卻不一樣，這件事的結果很快就由不得他了。消息猶如燎原大火一般從大廳門口傳遍了全鎮。不論大廳內外，人們都在歡呼叫喊。碼頭上擠滿了匆匆趕來的人。有些人開始唱起山下之王歸來的古老歌謠；至於回來的是瑟羅爾的孫子，不是瑟羅爾本人，他們一點也不在意。其他人跟著唱起來，歌聲響徹了整個湖面。

那高山下的國王，
開鑿石窟的國王，
銀色泉水的主人
將回到他的廳堂！

他的王冠將會重現，

他的豎琴將會撥響，

他金色的廳堂將會

再度迴盪往昔的歌唱！

山巔的林木招展

陽光下青草搖擺；

他的寶藏將如泉湧

金色的河水將流淌。

清溪將歡快奔流，

湖水將閃耀如火，

不再悲嘆，不再哀傷

山下的國王如今歸鄉！

　　他們這麼唱著，或者差不多就是這個意思，但歌詞比這多得多，其中還夾雜著諸多歡呼叫喊，以及豎琴和提琴的樂聲。說實在的，如此激動人心的場面，就連鎮上年紀最大的老爺爺也不曾見過。森林精靈們自己也開始深感納悶，甚至害怕起來。他們當然不知道梭林是怎麼逃出來的，並且開始想他們的國王說不定犯了個嚴重的錯誤。至於鎮長，他看明白此時此刻除了遵從眾人的呼聲，假裝相信梭林就是他自稱的人物，別無他法，至少暫時只能這樣。於是

他把自己的大椅子讓給了梭林，並讓菲力和奇力坐在他左右兩邊的貴賓座上。就連比爾博也被安排在主餐桌旁坐下，在一片忙亂喧鬧中，沒有人要求他解釋來歷——那些歌謠可沒提到他，哪怕最含糊的片言隻字也沒有。

不久之後，其他矮人也被帶到了鎮上，場面熱烈得令人吃驚。他們都以最令人愉快和滿意的方式獲得了診治、吃飽了飯，被安排了住宿，並得到了無微不至的款待。鎮民為梭林和他的同伴們騰出了一幢大房子，安排了小船和槳手為他們服務；人群整天坐在外面唱歌，只要有矮人探頭露臉就發出歡呼。

他們唱的有些是老歌，但還有一些是全新的，歌裡信心滿滿地講述惡龍突然暴斃，大量的貨財厚禮順河而下運到長湖鎮。這些歌大多是鎮長鼓動唱的，矮人們聽了都不怎麼開心。不過，與此同時，他們吃飽穿暖樣樣滿足，很快又變得胖壯起來。事實上，不到一個星期，他們就完全康復了，穿上了質料上等、顏色合宜的合身衣裝，鬍子修剪梳理整齊，走起路來又很神氣了。梭林的外表和走路的模樣就好像他的王國已經收復，斯毛格也被碎屍萬段了一樣。

於是，正如梭林說過的，矮人對小霍比特人的好感與日俱增。再也沒人嘟囔抱怨了。他們舉杯祝他健康，拍他的背，對他各種大驚小怪地關懷；這倒正是時候，因為比爾博的感覺可不怎麼太好。他沒有忘記孤山的模樣，也沒有忘記惡龍，此外他還得了嚴重的感冒。整整三天時間，他不停地打噴嚏、咳嗽，出不了門，甚至之後他在宴會上說話也僅限於甕聲甕氣的一句「灰常感黑你們」。

這期間，森林精靈們已經帶著他們的貨物上溯密林河回去了，國王的宮殿裡也隨之起了很大的騷動。我從來沒聽說守衛隊長和總管怎麼樣了。當然，矮

人在長湖鎮停留期間也沒提過鑰匙或木桶的事，而比爾博也很小心，從來沒隱身過。不過，我敢說，真相還是被猜到了不少，儘管巴金斯先生毫無疑問依舊保留著一抹神祕的色彩。不管怎麼說，精靈王現在終於知道矮人的使命了，或者說他自以為知道了，於是他對自己說：

「很好！我們走著瞧！這件事要是不容我置喙，任何財寶都休想通過黑森林運走。不過我看他們都不會有好下場，這是他們自作自受！」他無論如何都不相信矮人能和斯毛格這樣的惡龍搏鬥並殺死它，而且他強烈懷疑他們會嘗試盜竊或類似的手段——這說明，他是個有智慧的精靈，比鎮上的人類更有智慧，不過他並不完全正確，這點我們最後會看到的。他往長湖岸邊派出了探子，在北去孤山的路上也盡可能遠地派了人監視，然後靜觀其變。

兩個星期過去了，梭林開始考慮離開。趁著鎮上的熱情還沒消減，正好尋求幫助。等拖到一切都冷下去就不行了。於是他對鎮長和議員們說，他和同伴們很快就要動身前往孤山了。

這下鎮長頭一次感到吃驚，並且有點害怕；他好奇梭林究竟是不是真的是古代國王的後裔。他之前從沒想過這群矮人真敢去接近斯毛格，相反篤信他們是一群騙子，遲早會被人揭穿並趕走。他錯了。梭林當然真的是山下之王的孫子，而矮人為了復仇或奪回自己的東西，沒有什麼不敢做的。

但是對於讓他們上路，鎮長是一點也不遺憾的。招待他們的開支實在太大，而且他們的到來給鎮上放了個漫長的假，所有的生意都停頓下來。「讓他們去打擾斯毛格吧，看看他會怎麼歡迎他們！」他心裡想，不過嘴上卻說：「當然，瑟萊因之子梭林，山下之王瑟羅爾之孫！你必須收回自己的東西。老話說的，時候到啦。我們會竭盡所能給你們提供幫助，我們相信，等你收復了

王國，你會酬謝我們的。」

於是，深秋裡的一天，寒風凜冽，樹葉紛紛飄落，有三條大船離開了長湖鎮，船上載滿了槳手、矮人、巴金斯先生和許多補給物資。大小馬匹已經經由迂迴的路徑送到預定登岸的地點跟他們會合。鎮長和議員們都站在從市政廳一直下到湖邊的大台階上向他們告別。人們在碼頭上、窗戶邊唱歌。白色的船槳划入水中，激起水花，他們朝著湖的北邊划去，走上了長途跋涉的最後一段征程。只有比爾博一個人完全高興不起來。

CHAPTER
11

到了門口
On the Doorstep

他們在長湖上向北走了兩天以後，離湖划進了奔流河。現在他們都能看見孤山高高聳立在面前，令人生畏。河水湍急，他們走得很慢。第三天傍晚，他們往上游走了幾哩遠，便在左岸也就是西岸停靠，下了船。他們在這裡與陸路過來的馬隊會合，大馬運來了其他補給食物和必需品，小馬則是供他們自己騎的。他們盡可能把物資讓小馬馱上，剩下的儲存在帳篷裡，但是長湖鎮的人誰也不願意留下來過夜，因為這裡離孤山的陰影太近了。

他們說：「總之不行，除非那些歌謠成真！」在這片荒涼的地方，相信惡龍的存在比相信梭林的說法來得容易。事實上，他們儲存的物資也不需要人看守，因為整片地區都是荒涼空曠、杳無人煙。就這樣，儘管夜幕已經開始降下，護送他們的人還是迅速離開了，有的乘船順流而下，有的沿著通往岸邊的小路離去。

他們度過了寒冷而孤獨的一夜，情緒低落下來。第二天他們又出發了。巴林和比爾博騎馬押後，兩人各自還領著一匹馱著沉重物資的小馬。其他人走在前面，因為沒有路，得邊走邊找，走得十分緩慢。他們斜著離開奔流河，向西北方進發，越來越接近孤山向南朝他們伸出的一道巨大支脈。

旅程十分乏味，並且安靜又隱密。沒有笑聲，沒有歌聲，更沒有豎琴聲，湖邊所唱的那些古老歌謠在他們心中激起的驕傲與希望，都已蕩然無存，化成了沉重的陰霾。他們知道自己正在接近旅途的終點，而且可能是個非常可怕的終點。周圍的土地變得越來越荒涼貧瘠，雖然梭林告訴他們，這裡曾經青翠美麗。地上幾乎不長草，走不了多久連灌木叢和樹都沒了，只剩下一些碎裂、焦黑的樹樁，表明很久以前曾經有樹木存在。他們來到了惡龍荒地，此時已是萬物蕭索的時節。

儘管如此，他們還是來到了孤山腳下，沒有遇到任何危險；除了惡龍在他巢穴周圍造成的一片荒涼，也沒有見到任何惡龍的跡象。黑沉沉的孤山無聲地矗立在面前，越接近就顯得越高。他們在南邊那道巨大支脈的西側紮了第一處營，支脈的盡頭是一處名叫渡鴉嶺的高地。高地上方有個古老的觀察哨；但他們還不敢爬上去，因為那裡太顯眼了。

前大門

在出發去孤山西邊的支脈，尋找那道寄託著他們全部希望的暗門之前，梭林先派了一支偵察隊去探查南面前門所在的地方。為此，他選擇了巴林、菲力和奇力，比爾博也跟著他們一起去了。他們走在灰暗沉寂的山崖下，一路走到渡鴉嶺腳下。奔流河在河谷繞了一個大圈後，在那裡拐彎離開孤山流向長湖，該處的水流湍急又喧鬧。河岸光禿禿的，岩石嶙峋，高聳陡立在激流上；從河岸高處往下望去，越過在大片礫石間濺起水花白沫的狹窄河流，可以看見在孤山兩條支嶺陰影籠罩下的寬闊山谷裡，有很多古老的房屋、塔樓和城牆的灰暗廢墟。

「那就是河谷城僅存的廢墟。」巴林說，「當年城裡鐘聲悠揚，山坡上樹木蓊蓊鬱鬱，整座受到庇護的山谷富足宜人。」他說這話的時候，神情悲傷而嚴肅：惡龍來襲的那天，他是梭林的同伴之一。

他們不敢沿著河流往大門方向走太遠，但是他們繼續往前走，過了南邊支脈的盡頭，直到躲在一塊岩石後面，往外看去，可以看到孤山兩道支嶺之間的一堵大崖壁上，有一個黑暗的洞口。奔流河的水從洞口湧出，伴隨的還有一股蒸氣和黑煙。在這一片荒蕪裡，除了蒸氣和水，沒有任何東西移動，只偶爾會出現一隻不祥的黑烏鴉。唯一的聲音就是水流過石頭的嘩嘩聲和不時傳來的刺耳呱呱鳥叫。巴林打了個寒顫。

「我們回去吧！」他說，「待在這裡也做不了什麼！我不喜歡這些黑鳥，牠們看起來像邪惡的探子。」

「看來惡龍還活著，就在山底下的大廳裡——我是根據那些煙霧推斷的。」霍比特人說。

「單憑這點不能證明什麼，」巴林說，「儘管我不懷疑你是對的。不過，

他有時候會離開一段時間，也可能躺在山腰上放哨，那樣的話我認為同樣會有煙和蒸氣從大門裡冒出來，因為裡面所有的大廳一定都充滿了他的濃煙臭氣。」

懷著這類悲觀的念頭，他們疲憊地回到了營地，呱呱叫的烏鴉一直在上空跟著他們。六月時他們還在埃爾隆德美好的家裡做客，儘管現在也才到秋冬之交，但那段愉快的時光感覺上已經是多年以前的事了。他們孤零零地待在這片危險的荒原上，指望不上更多的援助。他們已經到了旅程的終點，但是離任務的終點似乎還很遙遠。他們原先的精氣神都不剩多少了。

說來奇怪，巴金斯先生的精氣神倒是比其他人足。他經常借用梭林的地圖，盯著圖反覆琢磨那些如尼文和埃爾隆德讀出的月亮字母的內容。是他讓矮人開始在西邊山坡上冒著危險尋找那扇祕密的門。於是，他們把營地移到一座狹長的山谷裡，這個山谷比南邊河流前門那裡的大河谷要窄，山谷兩旁聳立著孤山較低的支脈，其中有兩道從主峰向西突出，每道都形成側面陡峭的綿長山脊，一直向下延伸到平原上。在西側這一帶，惡龍肆虐的足跡少得多，還長有一些草可以餵小馬。這處西邊營地一整天都籠罩在懸崖和石壁的陰影中，直到太陽開始向森林的方向西沉。日復一日，他們三五成群從營地出去，辛苦地尋找上山的路。如果地圖是真的，那麼那扇祕密之門一定就在山谷盡頭的懸崖高處。日復一日，他們一無所獲地返回營地。

不過，最後他們在無意中找到了要找的東西。有一天，菲力、奇力和霍比特人沿著山谷往回走，在山谷南邊角上那些從山上滾落的岩石間艱難地爬著。大約在中午時分，比爾博在一塊像柱子一樣獨自兀立的大石頭後面攀爬時，看到了一段似乎是往上走的粗糙台階。他和兩個矮人興奮地沿著這些痕跡找到了

一條狹窄的小路，這條路時隱時現，一直延伸到南邊山脊的頂端，最後將他們帶到一處更狹窄的岩架上，岩架向北橫過大山的表面。他們往下看，發現自己正站在山谷頂端的懸崖上，俯視著下方的營地。他們貼緊右邊的岩壁，排成一列縱隊不出聲地沿著岩架往前走，一直走到岩壁開口處，拐進去是一個陡壁圍繞的小山坳，裡面綠草如茵，寂然無聲。由於突出的懸崖的遮擋，他們找到的這個入口從底下是看不到的，從遠處也看不見，因為它太小了，看起來就像是一條黑色的裂縫而已。它不是山洞，上方是露天敞開的；但它內部盡頭處有一堵平坦的牆，牆的下半截靠近地面的地方，平滑、筆直得就像出自石匠的手工，卻又看不見接縫或罅隙。沒有門柱、門楣、門檻，也沒有門樞、門栓或鑰匙孔的痕跡；然而他們毫不懷疑自己終於找到了那扇門。

他們對著它又是拍打，又是使勁推，懇求它移動，說了一些零零碎碎、斷斷續續的開門咒語，但是什麼動靜也沒有。最後，他們累得筋疲力盡，頹坐在石壁腳下的草地上休息，到了傍晚才動身走上了下山的長路。

那天晚上，營地裡一片歡騰。第二天早晨，他們準備再次轉移營地。只有波弗和邦伯留下來看守小馬和從河上運過來的物資。其他人順著山谷走，再沿著新發現的小路往上攀爬，如此來到了狹窄的岩架上。走這段路他們無法攜帶任何包袱或背包，因為它十分狹窄，驚險得令人屏息，旁邊就是一百五十呎深的懸崖，底下是尖利的岩石；但他們每個人都在腰間緊緊纏了一大卷繩索帶過去，就這樣平安順利地來到了長滿青草的小山坳。

他們在那裡建立了第三個營地，用繩索把需要的東西從底下吊上來。他們用同樣的方法，偶爾會把比較活躍的矮人——比如奇力——放下去交換消息，

或者分擔底下的守衛工作，而波弗這時就被吊到高處的營地去。邦伯既不願用繩子吊上去，也不願走小路上去。

「我太胖了，不適合搞這種空中雜技。」他說，「我會暈頭轉向，踩到自己的鬍子，然後你們就又變成十三個人了。還有，那些打結的繩子太細了，吃不住我的體重。」幸虧他沒說對，繼續看下去你就知道了。

在這期間，他們當中有些人勘探了岩壁開口另一邊的岩架，發現了一條通往山上越爬越高的小路；但是他們不敢往那邊走得太遠，而且那條小路也沒有多大用處。在這裡萬籟俱寂，除了風吹過石縫的呼嘯聲外，沒有任何鳥叫或響動。他們低聲說話，從不呼喊或唱歌，因為每一塊岩石都蘊藏著危險。其他忙著解開那扇門的祕密的人，也無一成功。他們太急於求成，沒有費心去思考那些如尼文或月亮字母，而是不厭其煩地想在那片光滑的壁面上找出門究竟開在哪裡。他們從長湖鎮帶來了鐵鎬和各種各樣的工具，一開始他們試著運用這些工具，但是當他們揮鎬鑿向石壁時，不但手柄震得碎裂，他們的手臂更被震得劇痛，鋼鐵的鎬頭不是崩出缺口，就是像鉛一樣蜷了口。他們這才明白過來，採礦的本事對付不了這扇用魔法關上的門；而且他們也對敲擊發出的噪音與回聲感到害怕。

比爾博坐在門階上，既孤獨又疲憊——當然，這地方並沒有真正的門前台階，但他們習慣把石壁和開口之間的那一小片草地戲稱為「門階」，因為這讓他們想起很久以前，比爾博在自己的霍比特洞府裡那場意外聚會上說過的話，當時他說他們可以坐在門階上，直到想出辦法來。如今他們就坐在那裡冥思苦想，或者漫無目的地走來走去，一個個變得越來越悶悶不樂。

發現那條小路的時候，他們的情緒高漲了一陣子，但是現在又沉落到底了；可是他們不願放棄，也不願離開。霍比特人的心情也沒比矮人好。他什麼也不肯幹，只是背對岩壁坐著，透過開口向西望去，越過懸崖，越過廣闊的大地，望向像堵黑牆似的黑森林，以及更遠的地方，那邊他有時覺得可以瞥見迷霧山脈那渺小而遙遠的影子。如果矮人問他在幹什麼，他就回答說：

　　「你們說過，坐在門階上想辦法是我的活兒，更別提還有進去裡面的事，所以我就是坐在這裡想辦法。」不過我說，恐怕他的心思沒放在想辦法上，而是早就跑到藍色遠方之外那寧靜的西部大地和小丘，以及小丘下他的霍比特洞府去了。

　　草地中央有塊灰色的大石頭，他悶悶不樂地盯著它，或者看著那些大蝸牛。牠們似乎很喜歡這個有冰涼石牆的封閉小山坳，有許多個頭很大的蝸牛沿著山坳兩側緩緩爬動，留下黏黏的軌跡。

　　一天，梭林說：「明天就是秋天的最後一個星期了。」

　　「秋天過後就是冬天。」比弗說。

　　「然後冬天過了就是明年。」杜瓦林說，「我們的鬍子會一直長，長到順著懸崖垂到山谷裡，都還一事無成。我們的飛賊在為我們做什麼？既然他有一枚可以隱身的戒指，這會兒應該好好露一手才對，我開始想啊，他或許可以從前門進去探探虛實！」

　　這些話比爾博都聽在耳裡 —— 那些矮人就在他所坐的山坳上方的岩石上 ——「天哪！」他想，「原來他們開始打這種主意了！每次出事都是可憐的我來幫助他們脫離困境，至少自從巫師離開以後都是這樣。我到底該怎麼辦？

我就知道，最終會有可怕的事落到我頭上。我想我可受不了再看到河谷的慘狀，更別提那道冒著蒸氣的大門！」

那天晚上他非常難受，幾乎一夜沒睡。第二天，矮人都分頭朝不同的方向走；有些人在下方的營地遛小馬，有些人在山腰上閒逛。比爾博一整天都悶悶不樂地坐在長滿青草的山坳裡，要麼盯著石頭，要麼從狹窄的開口向西張望。他有一種奇怪的感覺，就是自己在等待什麼。「也許今天巫師會突然回來。」他想。

如果他抬起頭，就能瞥見遠處的森林。隨著太陽西沉，遠處的森林樹頂罩上了一層金黃色的光芒，彷彿陽光捕捉到了最後一批淺色的樹葉。不久，他便看到像個橘紅火球的太陽就要落到與他的視線平齊。他走到開口處，看到一鉤光芒淺淡朦朧的新月掛在大地的邊緣上。

就在這時，他聽到背後傳來一聲尖銳的碎裂聲。草地中央的灰石上多了一隻碩大的鶇鳥，通體近似炭黑，淡黃色的胸羽上綴著暗色的斑點。啪嚓！牠抓住了一隻蝸牛，正把蝸牛砸在石頭上。啪嚓！啪嚓！

比爾博突然明白過來。他忘記了一切危險，站在岩架上呼叫矮人，一邊叫喊一邊揮手。那些離他最近的矮人翻過岩石，沿著岩架以最快的速度趕到他身邊，納悶究竟發生了什麼事；其他人在底下喊著要人用繩子把他們拉上去（當然，邦伯除外，他在睡覺）。

比爾博很快向大家做了解釋。眾人陷入了沉默：霍比特人站在灰石旁邊，矮人們則搖晃著鬍子不耐煩地觀看。太陽越沉越低，他們的希望也隨之低落下去。太陽沉入了一片帶狀的彤雲，消失了。矮人們發出了呻吟，但比爾博仍然站在那裡，幾乎文風不動。一鉤新月正在沉入地平線下。夜幕正在降臨。就在

眾人的希望跌到谷底的時候，突然，一縷紅色的陽光像手指一樣從雲縫裡鑽了出來。一道光芒正好穿過開口，射進山坳，照在光滑的石壁上。那只老鶇鳥一直睜著圓圓的眼睛，歪著頭，棲在高處觀察著，這時突然鳴叫一聲。接著，只聽響亮的啪啦一聲，一小片岩石剝離了石壁，掉了下來。在離地面大約三呎的地方突然出現了一個洞。

矮人們渾身發抖，唯恐機會消失，飛快地奔向石壁，用力猛推——卻都是白費力氣。

「鑰匙！鑰匙！」比爾博喊道，「梭林在哪？」

梭林急忙上前。

「鑰匙！」比爾博吼道，「那把和地圖配套的鑰匙！趁現在還有時間，趕緊試試！」

於是梭林走上前，從脖子上的項鍊上取下鑰匙，將它插進洞裡。剛剛好！一轉鑰匙，喀嗒！那縷陽光消失了，太陽落山了，月亮也不見了，夜色眨眼間布滿了天空。

這下，他們齊心協力推動，慢慢地，石壁的一部分往後退開，又長又直的裂縫出現了，逐漸加寬。一扇五呎高、三呎寬的門露出了輪廓，並緩緩地、無聲無息地向內盪開。黑暗彷彿蒸氣一般從山坡上的洞口往外湧出，在他們眼前是一片深沉的黑暗，裡面什麼也看不見，就像一張打著呵欠的大嘴，通往大山的內部深處。

內部消息
Inside Information

黑暗中矮人們站在門前爭論了很久，最後梭林開口說：
「現在是我們尊敬的巴金斯先生露一手的時候了，他已經證明自己是我們漫長旅途上的好夥伴，是個勇氣十足、足智多謀，本領遠遠超過個頭大小的霍比特人，而且容我說一句，他的運氣實在好得異乎尋常——現在是他做出貢獻的時候了，他就是為此加入我們這夥人的；現在是他出力贏得自己那份報酬的時候了。」

你很熟悉梭林每到重要關頭的致辭風格，所以我就不囉嗦了，雖然他講的遠遠不止這些。這當然是重要關頭，但比爾博感到不耐煩了。現在他跟梭林也混熟了，他知道梭林的意圖是什麼。

「如果你的意思是，你認為率先進入這個祕密通道是我的職責，瑟萊因的兒子『橡木盾』梭林啊——願你的鬍子長個不休——那你就有話直說！」他憤慨地說，「我可以拒絕。我已經兩次幫你們脫離困境了，那都是原先講好的協議裡沒有的，所以我想，我已經被拖欠了一些報酬了。不過，就像家父常說的，『好事三次才圓滿』，而且，不知道為什麼，我想我不會拒絕。也許是我比過去更相信自己的運氣了」——「過去」他指的就是離家之前剛過的那個春天，不過那好像是幾百年前的事了——「總之，我想我會立刻進去看一看，把這件事了結。誰要跟我一起去？」

他沒指望會有一大群人自告奮勇，因此他也沒失望。菲力和奇力看上去很不自在，來回換著腳，但其他人根本沒掩飾自己不想去——除了放哨人老巴林，他很喜歡霍比特人。他說他至少會跟進洞裡，也許還會走上一段路，隨時準備在必要的時候呼救。

要說矮人們怎麼想的，至多能這麼說：他們打算為比爾博的服務付給他一

大筆酬金；他們帶他來就是讓他為他們幹一件凶險的事，如果他願意，他們不介意這個可憐的小傢伙去做；不過，萬一他遇到了麻煩，他們也都會竭盡全力救他出來，就像這趟遠征一開始他們遇到食人妖的時候一樣，那時他們還沒有什麼特別的理由要感激他。事實就是：矮人不是英雄，而是把錢看得很重，凡事精打細算的一群人；有些矮人奸詐狡猾，是非常糟糕的壞人；有些矮人不是那樣，而是相當正派的人，就像梭林一行人一樣，如果你的期望值不太高的話。

當霍比特人躡手躡腳地穿過那扇施了魔法的門，偷偷溜進孤山內部時，群星正出現在他背後黑暗框出的一方灰白天空中。洞裡的通道比他想像的好走得多。這不是半獸人的入口，也不是森林精靈的粗糙洞穴，而是矮人在財富與技能達到巔峰的時期開闢的一條通道：筆直如尺，地面平整，壁面光滑，沿著不變的和緩角度一直下行──通向下方黑暗中某個遙遠的終點。

過了一會兒，巴林對比爾博說：「祝你好運！」並停下腳步，從那裡他還能看見那扇石門的模糊輪廓，並藉由隧道回聲的效果聽見門外其他人的竊竊私語。於是，霍比特人戴上了戒指。通道的回聲提醒了他，必須格外小心，不能弄出任何聲音，接著他無聲無息地往下走，走啊走，一直走入黑暗中。出於恐懼，他渾身發抖，但他小臉上的表情堅定而嚴肅。他已經跟很久以前忘了帶手帕就從袋底洞跑出來的那個霍比特人完全不同了。他已經好久好久不用手帕了。他把小劍在劍鞘裡弄鬆，勒緊腰帶，繼續往前走。

「比爾博‧巴金斯，現在你終於騎虎難下了。」他心裡想，「那天夜裡的聚會，是你一腳踏上賊船的，現在你得把腳拔出來並付出代價！天哪，我真是

個傻瓜，過去是，現在還是！」他身上最不像圖克家族的部分說，「惡龍守著的寶藏，對我來說哪有一點用處啊，要是我能一覺醒來發現這條討厭的隧道就是自家的前廳，那我寧願所有的寶藏都永遠留在這裡！」

當然了，他沒一覺醒來，而是繼續往前走啊走，直到背後的石門連輪廓都消失無蹤。他完全孑然一身了。沒一會兒，他認為通道開始變暖了。「我怎麼覺得前頭底下有團光啊？」他想。

沒錯。他越往前走，光便越來越亮，直到無庸置疑，那就是一團紅光，越來越紅，同時，隧道裡毫無疑問也越來越熱。一縷縷蒸氣升騰而起，從他身邊飄過，他開始出汗。還有一種聲音也開始在他的耳朵裡震動，就像一大鍋水放在火上燒開時發出的冒泡聲，混合著活像發自一隻碩大公貓的隆隆呼嚕聲。這聲音漸漸變得明確無誤，正是他前方紅光裡某個巨大的動物在睡覺打鼾時發出的呼嚕聲。

比爾博就在這時停下了腳步。從那裡繼續往前走是他這輩子做過的最勇敢的事。與此相比，後來發生的那些重大事件全都不值一提。他獨自在隧道裡進行了一場真正的天人交戰，那時他還沒有看到等在那裡的巨大危險。無論如何，在短暫的停頓之後，他繼續前進；你可以想像他來到隧道的盡頭，那裡有個和上頭那道門的大小形狀都差不多的開口。霍比特人的小腦袋探出去張望了片刻。在他面前是一間巨大的地下室，或者說是古代矮人的地下大廳，就在大山的中央深處。裡面幾乎是全黑的，因此它究竟有多大，只能推測個大概，不過靠近他這一側的石地上泛起了一大團紅光。斯毛格的紅光！

他就躺在那裡，一條巨大的赤金色的龍，正在熟睡；從他的口鼻裡傳出隆

隆的打呼聲和一縷縷的煙氣，但他的火在睡眠中燒得不旺。在他身子底下，在他的四肢和盤繞著的大尾巴底下，在他四周延伸開去、看不見的地面上，堆積著數不盡的珍寶、加工過的金器、未加工的金塊、寶石和珠寶，還有被紅光映得發紅的銀子。

斯毛格躺在那裡，雙翼像一隻巨大無比的蝙蝠那樣收起，半個身子傾向一邊，霍比特人可以看到他的身子底側和他那長長的蒼白肚皮，由於他在那張昂貴的床上趴久了，肚皮上黏滿了一層厚厚的寶石和黃金碎塊。在他後方離得最近的牆壁上，隱約可見掛著許多鎧甲、頭盔、斧頭、劍和長矛；那裡還擺著一排排的大罈子和容器，裡面裝滿了無法猜測的財寶。

說比爾博忘了呼吸，這可根本不是一種形容。由於人類改變了他們在世間萬物都美好奇妙的歲月裡從精靈那兒學來的語言，已經沒剩下任何詞彙能表達他所受到的震撼了。比爾博以前聽人說過、唱過惡龍的寶藏，但那些寶藏的輝煌、魅力和榮耀，從來沒真正打動過他。然而這一刻，他的心被魔咒穿透，被矮人的欲望所充滿了；他一動不動地凝視著那價值連城、無法計數的黃金，幾乎忘記了那位可怕的守衛。

他凝視的時間感覺上足有成百上千年那麼久，但在被吸引得就要不由自主之前，他從門口的陰影中躡手躡腳地走出來，穿過空地，來到離他最近的寶藏堆邊上。在他的上方臥著沉睡的巨龍，即使在睡夢中也是個致命的威脅。他抓起一隻雙耳大杯子——它的分量剛好是他拿得動的——同時驚恐地朝上看了一眼。斯毛格動了動一邊翅膀，張開了一隻爪子，轟隆的鼾聲也變了個調子。

比爾博趕緊逃了。不過惡龍沒有醒——這時還沒有——而是換了另一個充

斥著貪婪和暴力的夢境,依舊躺在他竊占的大廳裡。與此同時,小霍比特人艱難地沿著長長的隧道往回跑。他的心怦怦直跳,兩條腿抖得比先前往下走時更厲害,但他仍然緊緊抓著杯子,只有一個念頭:「我成功了!這能讓他們見識見識,什麼叫『不像個飛賊更像個雜貨商』!哼,我們再也不用聽到這種話了。」

確實如此。巴林再次見到霍比特人,大喜過望,也驚訝萬分。他一把扛起比爾博,走出通道到了外面。此時已是午夜,雲遮住了所有的星星,比爾博躺在地上閉著眼睛,大口喘氣,享受著再次呼吸到新鮮空氣的愉悅,幾乎沒理睬矮人的興奮,也沒注意他們如何稱讚他,拍打他的背,說什麼自己和自己的家族會世世代代為他效勞云云。

矮人們還在傳遞著杯子,眉飛色舞地談論著寶藏的收復,這時山底下突然傳來轟隆一聲巨響,彷彿一座古老的火山打定主意要再次噴發。他們背後的門差點關上,還好被一塊石頭卡住,但是那條長長的隧道裡傳來了可怕的回聲,發自山腹深處的吼叫和踐踏聲,震得他們腳下的地面都在顫抖。

這下子矮人們把片刻前的喜悅和信心滿滿的吹噓全忘到了腦後,一個個嚇得縮成一團。他們仍然得對付斯毛格。如果你住在一條活生生的龍附近,不把他納入考量是不行的。龍或許不會把財富派上什麼實際用場,但他們通常對自己有什麼東西一清二楚,尤其是在長期占有之後;斯毛格也不例外。他剛從一個令人不安的夢境(夢中有個戰士,個頭小得微不足道,卻拿著鋒利的劍,還有巨大的勇氣,模樣讓人極其不爽)換到了打盹,又從打盹中清醒過來。他的洞穴裡有一股奇怪的氣息。難道是從那個小洞裡吹來的穿堂風嗎?那個洞雖然

極小，他卻始終看它不順眼，這時他滿心疑慮地瞪著它，納悶自己為什麼從來沒有把它堵上。最近，他隱約覺得自己聽到了來自上方遠處的敲擊聲的模糊回音，那聲音就是穿過小洞傳到他巢穴裡來的。他動了動，伸出脖子嗅了嗅。接著，他發現有個杯子不見了！

遭賊了！失火了！殺人了！自從他來到孤山，還沒出過這種事！什麼言語也形容不出他的暴怒——這種暴怒，只會在擁有享受不盡的財富的富翁突然發現自己擁有已久，但從來沒用過或沒想到要用的東西沒了影時，才會見到。他猛噴出火來，大廳裡登時濃煙滾滾，他撼動了大山的根基。他把頭猛戳向那個小洞，卻是白費力氣，他進不去；接著他盤起身子，咆哮聲如地底驚雷，接著離開深處的巢穴疾衝出門，通過山中宮殿的巨大通道，往上直奔前門。

他滿心只有一個念頭，就是搜遍整座山，直到逮住那個賊，把他撕成碎片踏成泥。他一出前門，門口的河水頓時呼嘯升騰起大股大股蒸氣，他火光四射地高飛上天，落在山頂上，噴出綠色和猩紅的火焰。矮人聽到他飛過時的可怕響聲，全都緊貼著草地周圍的石壁，縮在巨石下，希望能設法躲過惡龍那搜索獵物的可怕目光。

又一次，要不是比爾博，他們一定會全都沒命。「快！快！」他氣喘吁吁地說，「那扇門！進隧道！不能待在這裡。」

一語驚醒眾人，他們正準備爬進隧道，比弗卻驚呼一聲：「我的表兄弟！邦伯和波弗在下面的山谷裡——我們把他們給忘了！」

「他們會被殺的，還有我們所有的小馬，我們所有的補給品也會完蛋。」其他人呻吟起來，「我們什麼也做不了。」

「胡說！」梭林恢復了尊嚴喝道，「我們不能拋下他們。巴金斯先生和巴

林，還有你們倆菲力和奇力，都先進去——不能讓龍把我們全都逮住。其他人聽著，繩子在哪裡？動作快點！」

那也許是他們經歷過的最糟糕的時刻。斯毛格可怕的怒吼在上方遠處的岩石空谷中迴盪；他隨時都可能噴著火俯衝而下，或者在空中盤旋，發現他們正在危險的懸崖邊發瘋一樣拉著繩子。波弗拉上來了，依舊平安無事。邦伯也拉上來了，儘管繩索吱嘎作響，把他嚇得氣喘吁吁，依舊平安無事。他們又拉上來一些工具和幾大包補給，接著，危險降臨了。

只聽一陣呼呼聲響，紅光照亮了矗立的岩石的突出尖角。惡龍來了。

他們連拉帶拽著大包小裹，差一點就沒來得及飛奔回隧道。斯毛格從北方疾飛而來，噴出的火焰舔舐著山腰，巨大的雙翼拍打著，發出的聲音猶如狂風呼嘯。他呼出的高熱烤焦了洞門前的青草，從沒關緊的門縫裡鑽進去，炙烤著躲藏在內的一群人。火舌躍起，岩石投下的黑影舞動。龍飛過去，黑暗再次降臨。小馬們驚恐尖叫著，掙脫韁繩，四散瘋狂奔逃。惡龍掉頭俯衝而下，追趕那群小馬，之後消失了。

「我們那些可憐的牲口完蛋了！」梭林說，「一旦被斯毛格看見，什麼也逃不掉。我們既然進到這裡，就得待在這裡，除非有人幻想在斯毛格的眼皮底下徒步走過毫無遮蔽的幾哩路回到河邊去！」

這念頭真讓人不舒服！他們沿著隧道往下爬了一段，這才躺下，隧道裡雖然暖和發悶，他們還是直打哆嗦，直到黎明淡淡的光從門縫透了進來。一整夜，他們時不時聽到飛來飛去的惡龍的咆哮聲，那聲音隨著他繞著山坡一圈又一圈地搜尋，會逐漸變大，隨後掠過，再逐漸消失。

斯毛格根據那些小馬和他發現的營地痕跡，猜測有人從河邊和湖邊上來，

從小馬所在的山谷爬上了山腰；不過那扇門頂住了他搜索的目光，小山坳四周高高的石壁也擋住了他最猛烈的火焰。他搜索了很久卻一無所獲，直到黎明冷卻了他的怒火，他才返回自己的黃金榻上睡覺——也是為了積蓄新的體力。他不會忘記或原諒這次偷竊，就算等上一千年，把他等成一塊悶燒著冒煙的石頭，他都不會甘休，反正他等得起。他緩慢、沉默地爬回巢穴，眼睛闔上了一半。

天亮之後，矮人們不那麼害怕了。他們意識到，要對付這樣一個守衛，就免不了遇到這種凶險，就此放棄遠征也於事無補。梭林已經點明，他們這時候也逃不出去。他們的小馬不是跑丟了就是被殺了，在斯毛格放鬆警戒到足以讓他們敢徒步穿過老長的開闊地帶之前，他們還有得等。萬幸的是，他們保住了足夠的物資，能讓他們耗上一段時間。

他們就下一步該怎麼做爭論了很久，卻想不出除掉斯毛格的辦法——比爾博很想指出，這始終都是他們計畫中的弱點。接著，他們就像那種天性就搞不清楚狀況的人一樣，開始抱怨起霍比特人，責怪他把杯子帶回來，過早激怒了斯毛格，完全忘了自己一開始為此多麼欣喜若狂。

「你們還指望飛賊怎麼辦？」比爾博生氣地問，「我不是受雇去殺惡龍的，那是戰士幹的事，我的任務是盜寶。我已經盡力開了個好頭。難道你們指望我背著瑟羅爾的全部寶藏一溜小跑回來嗎？既然都要抱怨，那我想我也有牢騷要發。你們應該帶五百個飛賊來，而不是一個。我確信這財寶反映了你祖父的偉大功績，但你們不能假裝曾經明確告訴我他的財寶多到什麼地步。就算我的個頭比現在大上五十倍，斯毛格也溫順得像隻兔子，我也需要幾百年才能把那些財寶都搬上來。」

當然，他這麼一說，矮人們都來請求他原諒。「那麼，巴金斯先生，你覺得我們該怎麼辦？」梭林禮貌地問。

　　「我這會兒還不知道——如果你是指搬走那些財寶。那顯然完全要靠某種新運氣，以及除掉斯毛格。除掉龍這件事我是徹底無能為力，不過我會盡量想想辦法。就我個人而言，我別無所望，就指望自己能平平安安回到家。」

　　「先別管搬財寶的事！先說我們現在該幹什麼，今天？」

　　「好吧，如果你們真想聽我的建議，我得說，我們除了待在原地，別無他法。毫無疑問，白天我們可以安全地溜出去透透氣。也許不用多久，就可以選一兩個人回到河邊的營地，運些補給回來。不過，在這段時間裡，到了晚上每個人都該在隧道裡好好待著。

　　「現在我有個提議。我有戒指，我打算今天中午悄悄下去一趟——那時候斯毛格怎麼想都該在午睡——看看他打算幹什麼。說不定會有所發現。家父常說『每條蟲都有牠的弱點』，不過我敢肯定這並非他個人的經驗之談。」

　　矮人們自然迫不及待地接受了這項提議。他們本來就已經對小比爾博抱有敬意了，現在他成了這次冒險的真正領導者。他開始有了自己的想法和計畫。到了中午，他準備再次下到山腹中。他當然不喜歡去冒險，但他現在多少知道了前面等著他的是什麼情況，因此也就沒那麼糟了。要是他對龍和他們狡猾的本性了解得多一點，他可能就會更害怕，對趁著龍在打盹去刺探情況更不抱希望。

　　他出發時，陽光燦爛，但是隧道裡漆黑如夜。光從那扇只留一點縫隙的門透進來，隨著他往下走，很快就消失了。他走得真是悄無聲息，幾乎能和微風中的飛煙媲美，當他走近底下那個門洞時，內心禁不住都有點自豪了。大廳裡

只有十分微弱的紅光。

「老斯毛格累得睡著了。」他想，「他看不見我，也聽不見我。振作起來，比爾博！」他忘了，要麼就是從來沒聽說過，龍的嗅覺十分靈敏。另外還有一個棘手的事實，就是如果龍起了疑心，他們睡覺時能半睜著眼睛保持警戒。

比爾博再次從門洞往裡張望時，斯毛格看上去確實睡得很熟，簡直是睡死了，通身漆黑，鼾聲幾不可聞，噴出的煙幾乎看不見。比爾博剛想跨出去站到廳裡，他突然瞥到從斯毛格低垂著的左眼皮下射出了一道刺眼的細細紅光。他只是在裝睡！他在監視隧道的入口！比爾博趕緊後退，感謝戒指的保佑。接著，斯毛格開口了。

「哼,小賊！我聞到你，感覺到你的氣息。我聽到你的呼吸。來啊！再放心拿點，還有很多可拿呢！」

好在比爾博對惡龍還不至於無知到這種程度，要是斯毛格指望能這麼輕易就把他哄到跟前來，那他就要失望了。「不了，謝謝你啊，了不起的斯毛格！」他回答說，「我不是為禮物來的。我只是想看看你，看看你是否真的像傳說中那樣偉大。那些傳說我以前不信。」

「現在你信了嗎？」惡龍聽了，有點飄飄然地說，儘管比爾博的話他一個字也沒信。

「噢，最偉大、最深重的災難之首斯毛格啊，那些歌謠和傳說與現實真是相去太遠了！」比爾博回答道。

「做為一個小賊和騙子，你的態度還不錯。」龍說，「你似乎很熟悉我的

名字，但我好像不記得以前聞過你的味道。我可以問一下你是誰，你從哪裡來嗎？」

「當然可以！我從山下來，山下的路和山上的路我都走過。我還在空中飛過。我是行走時別人看不見的人。」

「這點我完全相信，」斯毛格說，「但這不像你平常使用的名字。」

「我是猜謎者，割網人，有刺的蒼蠅。我是被選來湊個吉利的數字的。」

「這麼多可愛的頭銜啊！」惡龍譏笑道，「但吉利的數字也不總是吉利啊。」

「我是把朋友活埋、把他們淹死，再把他們從水裡拖上來讓他們活過來的人。我是從袋底來，但沒有一個袋子套住我的人。」

「這些聽起來可不太可信。」斯毛格嘲笑道。

比爾博繼續往下說，啞謎打得益發起勁：「我是熊的朋友，鷹的客人。我是贏得戒指者、幸運佩戴者；我是騎桶人。」

「這還差不多！」斯毛格說，「不過別讓你的想像力跟你一起溜了啊！」

和龍說話的時候，如果你不想透露你的真實姓名（明智之舉），也不想用斷然拒絕來激怒他們（同樣非常明智），像比爾博這麼辦就對了。龍全都抵擋不住謎語式談話的魅力，浪費時間也要想辦法弄懂它。比爾博提到了很多斯毛格完全不懂的東西（不過我想你應該懂，因為你知道比爾博提到的都是他一路冒險的經歷），但斯毛格自以為夠明白了，邪惡的內心正在咯咯竊笑。

「我昨天晚上就想到了。」他暗自笑道，「長湖人，肯定是那些用木桶做買賣的卑賤長湖人的骯髒陰謀，要不然我就是條蜥蜴。話說我已經很久很久沒

有下到那邊去了；不過我很快就會改一改的！」

「很好，騎桶人啊！」他大聲說，「也許你的小馬就叫『桶』，也許不叫，不過牠夠胖。你或許行走時別人看不見，但你可不是全程走來的。讓我告訴你，我昨晚吃了六匹小馬，要不了多久我就會把其他小馬都抓來吃掉。為了回報這頓美食，我為你著想，給你一個忠告：你要是有辦法，就別跟矮人攪在一起！」

「矮人！」比爾博假裝驚訝地說。

「別跟我耍嘴皮！」斯毛格說，「我知道矮人的氣味（以及滋味）——沒有誰比我更清楚。別跟我說我吃了矮人騎的小馬還不知道有矮人！你和這樣的朋友混在一起，是不會有好下場的，騎桶賊。我不介意你回去替我轉告他們。」但是他沒有告訴比爾博，有一種氣味他完全分辨不出來，那就是霍比特人的氣味。他過去從來沒聞過這種氣味，這使他大為困惑。

「我想你把昨晚那杯子賣了個好價錢吧？」他繼續說，「說啊，是不是？一個子兒也沒有！嗯，他們就是這德性。我猜，他們正偷偷摸摸地躲在外面，而你卻要幹所有危險的活兒，趁我不注意的時候盡量偷點東西——就為了他們？你會得到公平的報酬嗎？你千萬別信！你要是能活著離開，都算你走運。」

這下比爾博開始覺得渾身發毛了。每當斯毛格那雙在暗影中搜尋他的眼睛掠過他時，他都忍不住顫抖，有種莫名的渴望攫住了他，催促他衝出去暴露自己，把全部真相告訴斯毛格。事實上，他正處在落入惡龍魔咒的巨大危險中。但是他鼓起勇氣，再次開口。

「偉大的斯毛格啊，你並非無所不知。」他說，「把我們帶到這裡來的可

不只是黃金。」

「哈！哈！你承認了『我們』。」斯毛格笑道，「吉利數字先生，幹嘛不直說『我們十四個人』呢？我很高興聽說除了惦記我的黃金，你們在這一帶還有別的事幹。那樣的話，你大概不算完全在浪費時間。

「我不知道你有沒有想過，就算你能一點一點把金子偷走──花上大約一百年左右的工夫──你也不可能把它運出多遠？搬到山坡上有什麼用？搬到森林裡又有什麼用？天啊！你就從來沒想過其中有詐嗎？條件是，我猜，分到十四分之一，或者差不多這樣，對吧？但是，怎麼交付？怎麼運走？武裝警衛和過路費怎麼算？」斯毛格放聲大笑。他的心惡毒、狡猾，他知道自己猜得八九不離十，儘管他懷疑這計畫的幕後推手是長湖人，大部分偷到的贓物原打算要運到岸邊的小鎮上，那鎮在他年輕時被稱為埃斯加洛斯。

你很難相信，但可憐的比爾博聽了這話真的大吃一驚。到目前為止，他所有的心思和精力都集中在到達孤山和尋找入口上。他從來沒想過財寶要如何運走，更沒想過要怎麼把屬於他的那一份，不管能有多少，一路運回小丘下的袋底洞。

這下他心中升起了一種不妙的猜疑──是矮人也忘了這件重要的事，還是他們一直在私下裡嘲笑他？這就是龍語對沒有經驗的人起的作用。比爾博當然應該是一直保持著警戒，但斯毛格自有壓制人的本事。

「我告訴你，」比爾博說，努力維持對朋友的忠誠，自己堅持不洩氣，「那些黃金我們事後才要考慮。我們翻山越嶺，乘風破浪前來，是為了**復仇**。富可敵國的斯毛格啊，你肯定意識到你的成功給自己樹立了一些死敵吧？」

斯毛格聞言，著實大笑起來──那山搖地動的笑聲竟把比爾博震倒在地，

而在遠處上邊隧道裡的矮人驚得擠成一團，都以為霍比特人突然慘遭不測了。

「復仇！」他嗤之以鼻，雙眼發出的光如同猩紅的閃電，照亮了上上下下整座洞廳。「復仇！山下之王已死，他膽敢復仇的子孫在哪裡？河谷城主吉瑞安也死了，我像狼入羊群一般吃掉了他的子民，他膽敢靠近我的子孫又在哪裡？我想殺哪裡的人就殺，誰也不敢抵抗。我擊倒了古代的戰士，他們那樣的人如今已不復存在。那時我還很年輕，尚且稚嫩。現在我老了，老當益壯，非常強壯，非常強壯，暗影中的賊！」他洋洋得意地說，「我的鎧甲能抵十重盾牌，我的尖齒是劍，我的利爪是矛，我的尾巴掃動是雷霆，我的翅膀是颶風，我的吐息是死亡！」

「我一向聽說，」比爾博驚恐得尖聲說，「龍的身體下方比較柔軟，尤其是——呃——胸腹的部位；不過，毫無疑問，你這麼武裝到牙齒，肯定想到這一點了。」

龍突然打住了自我吹噓。「你的消息過時了。」他厲聲說，「我從上到下都已經用鐵鱗甲和硬寶石武裝起來了。什麼刀劍都刺不穿我。」

「我本該猜到的。」比爾博說，「果真，刀槍不入的斯毛格大王天下無敵。他還擁有一件精美金剛石做的背心，多麼了不起啊！」

「那是，它確實稀罕又美妙。」斯毛格洋洋得意地說。他不知道霍比特人上次來的時候已經瞥見他那古怪的遮腹物，而現在出於自己的理由，正心癢著想仔細看清楚一點。龍翻了個身，說：「瞧瞧！你覺得怎麼樣？」

「滿目生輝，眼花繚亂！十足完美！毫無瑕疵！令人咋舌！」比爾博嘴上大聲感歎，心裡想的卻是：「老糊塗！呵，他左胸的凹陷處有一大塊光禿禿的，活像脫了殼的蝸牛！」

看到這個以後，巴金斯先生的下一個念頭是趕緊走。「哎呀，我真的不能再纏著莊嚴威武的您，耽誤您所急需的休息了。小馬跑遠了想必不太好抓，我想，」他說，「飛賊也是一樣。」臨走前他添上一句做道別，說完便抽身疾退，順著隧道往上飛逃。

最後這句真夠得罪人的，因為惡龍立刻在他身後噴出了可怕的火焰。雖然他飛速奔上斜坡，但還沒來得及跑得夠遠夠安全，斯毛格那可怖的腦袋就戳到了後方的洞口。幸好，龍沒法把整個頭和口鼻擠進去，但他從鼻孔噴出的火焰和熱氣卻趕了上去，比爾博差點完蛋。他忍受著巨大的痛苦和恐懼，跌跌撞撞地盲目前進。他一直對自己與斯毛格的機智對話感到相當滿意，但他最後犯的錯誤讓他清醒過來。

「比爾博你這個笨蛋，永遠別去嘲笑活生生的龍！」他自言自語道。這話後來變成了他最喜歡說的一句話，再後來又變成了一句諺語。「這趟冒險你還沒走完呢。」他又補了一句，這話也說得千真萬確。

當他再次出來時，已經是傍晚了，他蹣跚倒在「門階」上，昏了過去。矮人們把他弄醒過來，盡其所能護理他身上的燒傷；他後腦和腳後跟的毛髮全燒焦了，直達髮根，要過很長一段時間以後才重新長好。這會兒，他的朋友們都盡力使他振作；他們迫切想聽他的故事，尤其想知道惡龍為什麼會發出那麼可怕的聲音，以及比爾博是怎麼逃脫的。

但是霍比特人憂心忡忡，又很不舒服，他們很難從他口中掏出話來。他把事情經過仔細想了一遍，現在很後悔自己對惡龍說過的一些話，也沒心情再說一遍。那只老鶇鳥正棲在附近一塊岩石上，歪著頭聽大家說話。比爾博撿起一

塊石頭朝鶇鳥扔去，這說明了他當時的情緒有多糟糕；鶇鳥只是撲搧著翅膀飛到一旁，然後又飛回來。

「該死的鳥！」比爾博生氣地說，「我相信牠在聽，我不喜歡牠的樣子。」

「別管牠！」梭林說，「鶇鳥是善鳥，也很友好——這隻鳥確實很老了，也許是曾經生活在這裡的古老品種僅存的後代，是我父親和祖父親手馴養過的。牠們是一支長壽且有魔力的種族，這隻甚至可能正是當時活著的鳥兒之一，已經活了幾百年或更久。河谷城的人類曾經有本事懂得牠們的語言，用牠們當信使，跟長湖人和別處的人傳遞資訊。」

「好吧，如果牠是這種打算，那牠現在還真有消息可以帶去長湖鎮。」比爾博說，「不過，我猜那邊已經沒人還會費心去學鶇鳥語了。」

「什麼，到底發生了什麼事？」矮人們喊道，「拜託繼續說你的故事吧！」

於是，比爾博把自己記得的都告訴了他們，並且承認自己有一種不祥的預感，就是惡龍基於營地和小馬，從他的謎語中猜出了太多的東西。「我確信他知道我們來自長湖鎮，並從那裡獲得了幫助。我有一種可怕的預感，他的下一步行動可能會衝著那邊去。唉，我要是沒說騎桶人的事就好了；在這一帶，就算是瞎了眼的兔子也會想到長湖人。」

「別急，別急！這也是沒辦法的事，和惡龍說話很難不失言，我一直都是這麼聽說的。」巴林急於安慰他說，「要我說，我認為你做得非常好——不管怎麼說，你發現了一件非常有用的事，還活著回來了，這比大多數跟斯毛格這種惡龍打過交道的人都了不起。或許是上蒼的保佑和祝福，讓你得知老大蟲的金剛鑽背心上有塊光禿禿的地方。」

這使話題一轉，大家全都開始討論屠龍的事，有的基於歷史，有的相當可

疑，有的就是憑空想像，還有各種刺、戳、從下邊切的殺法，以及屠龍用到的各種手段、技藝和計謀。大家普遍認為，抓住正在打盹的龍並不像說起來那麼容易，試圖刺殺或捅死熟睡的龍更可能以災難告終，還不如大膽正面攻擊。他們談話的時候，鶇鳥一直在聽，直到星星開始探頭窺視，牠才靜靜地張開翅膀飛走了。他們談話的時候，影子漸漸變長，比爾博也越來越坐立不安，不祥的預感也越來越強烈。

最後他打斷他們，說：「我確信我們待在這裡很不安全。還有，我看不出坐在這裡有什麼意義。惡龍把賞心悅目的綠草都燒焦了，反正夜晚已經來臨，而且天又冷。我從骨子裡覺得這個地方會再次遭到襲擊。斯毛格現在已經知道我是怎麼下到他的洞廳的，你們最好也相信他能猜到隧道的另一頭在哪裡。為了阻止我們進去，必要的話他會把孤山這一側全部搗毀，如果我們也跟著被打得稀爛，他會更高興。」

「你太悲觀了，巴金斯先生！」梭林說，「如果斯毛格那麼想把我們阻絕在外，他為什麼不把下端入口堵上呢？他沒堵，要不我們應該會聽見。」

「我不知道，我不知道——我想他一開始是打算把我再誘進洞廳裡，所以沒堵上，而現在他可能是想等到今晚狩獵之後再說，也可能他想盡量不破壞自己的臥室——總之我希望你們別爭辯了。現在斯毛格隨時都會出來，我們唯一的希望就是在通道裡躲好，把門關上。」

他顯得非常鄭重，矮人們最終照他說的辦了，但是沒有馬上把門關上——這計畫似乎太鋌而走險了，因為大家都不知道能不能從裡面把門打開，或怎麼打開，而且一想到被關在這麼個唯一的出路是穿過惡龍巢穴的地方，就沒人喜歡這個計畫。何況，這時無論是外面還是通道下面，都沒有任何動靜。因此，

有好一陣子，他們就坐在通道裡離半開的門不遠的地方，繼續聊著。

話題轉到了惡龍對矮人發表的惡毒評論。比爾博真希望自己從來沒聽過那些話，至少他感覺很有把握，矮人現在是絕對誠實的，因為他們宣稱自己從來沒想過贏得寶藏後會發生什麼事。「我們知道這是一次孤注一擲的冒險，」梭林說，「我們依舊這麼想；我仍然認為，等我們贏得財寶後，我們會有足夠的時間來考慮該怎麼處理它。至於你的那份，巴金斯先生，我向你保證，我們對你感激不盡，一等我們有東西可分，你就能挑選你那十四分之一。如果你擔心運輸問題，我很抱歉，我承認困難很大——隨著時間的流逝，大地荒涼的程度不減反增——但我們會盡全力協助你，到時候我們會承擔該承擔的一切費用。信不信由你！」

這話說完，話題就轉到了那龐大的寶藏，以及梭林和巴林所記得的東西。他們不知道那些東西是否完好無損地擱在下面的大廳裡：有給偉大的國王布拉多辛（去世很久了）的軍隊打造的矛，每根的矛頭都經過了三次鍛造，矛柄上鑲嵌著精巧的黃金，但那批長矛從未交貨，也未付款；有為早已去世的戰士打造的盾牌；有瑟羅爾的雙耳大金杯，上面有鍛打、雕刻出的花鳥，花瓣和鳥眼都是珠寶鑲就；有鍍金和鍍銀的鎧甲，堅不可摧；還有河谷城主吉瑞安的項鍊，由五百顆碧綠如青草的綠寶石製成，那是他交付的報酬，以換取一套前所未有的鎖子甲來武裝他的長子，鎖子甲由矮人串成，用純銀鍛造，防禦的力量和強度是鋼鐵的三倍。但是寶藏中最美麗的要數那顆碩大的白寶石，它是矮人在大山的根基下發掘出來的，那就是「山之心」，瑟萊因的阿肯寶石。

「阿肯寶石！阿肯寶石！」梭林把下巴抵在膝蓋上，在黑暗中半夢半醒地喃喃說道，「它像個有無數切面的球體；它在火光中閃耀如銀，在陽光下如

水，在星光下如雪，在月光下如雨！」

但是比爾博對寶藏的入迷渴望已經消失了。談話的全過程中，他只花了半付心思在聽。他坐得離門最近，一隻耳朵豎著聆聽外面響起的任何聲音，另一隻耳朵則警戒著任何矮人低語之外的回音，留意下方遠處傳來的任何細微動靜。

黑夜越來越深，他也越來越不安。「把門關上！」他懇求他們，「我從骨子裡懼怕那條龍。比起昨夜天翻地覆的騷亂，我更不喜歡這種寂靜。趁還來得及，快把門關上！」

他的腔調不知為何讓矮人們感到心神不寧。梭林慢慢地從他的美夢裡掙脫出來，站起身，踢開了那塊楔住門的石頭。接著，他們用力一推，門哐噹一聲關上了。門的內側沒有任何鑰匙孔的痕跡。他們被關在山裡了！

而且間不容緩！他們沿著通道往下走沒幾步，一股猛力就重重撞在了山腰上，就像巨人揮動用林中橡樹做的攻城槌狠狠砸來。岩石轟鳴，牆壁裂開，碎石從通道頂上紛紛掉落到他們頭上。假如門還開著，會怎麼樣，我連想都不願意去想。他們朝通道深處逃去，慶幸自己還有命在，同時聽到背後洞外傳來斯毛格暴怒的咆哮和肆虐的轟隆聲。他把岩石擊得粉碎，用巨大的尾巴抽打著石壁和懸崖，他們在高處的小營地、被燒焦的草地、鶇鳥落腳的石頭、爬滿蝸牛的石壁、狹窄的岩架，全都化為齏粉不復存在，無數碎石像雪崩一般從懸崖上落到下面的山谷裡。

之前，斯毛格無聲無息地離開了巢穴，不聲不響地飛到空中，像一隻碩大無比的烏鴉在黑暗裡沉重、緩慢地搧動翅膀，順著風向孤山的西邊飛去，希望能出其不意地逮到那裡的什麼東西或什麼人，並探明那個竊賊使用的通道的出

口。然而他誰也沒找到，什麼也沒看見，就連在他很有把握地推測的出口那裡也一無所獲，於是他的憤怒就這樣爆發了。

如此發洩了一通憤怒之後，他感覺好了一點；他心裡想，從此再也不會從這個方向遭到騷擾了。與此同時，他還想採取進一步的報復。「騎桶人！」他哼了一聲，「你的腳來自水邊，毫無疑問你是順著水路上來的。我不熟悉你的氣味，但你即便不是長湖人，也肯定得到過他們的幫助。我要讓那些人見識見識我是誰，記住誰才是真正的山下之王！」

他從一片火海中騰空而起，向南朝奔流河飛去。

CHAPTER
13

不在家
Not at Home

與此同時，矮人坐在黑暗中，被徹底的寂靜包圍了。他們很少吃東西，也很少說話。他們無法衡量時間過去了多久，也幾乎不敢動彈，因為低語聲會在隧道裡迴盪，沙沙作響。就算他們打盹，醒來時眼前仍是一片漆黑，耳邊仍是一成不變的死寂。最後，似乎在等了很多很多天之後，他們因為缺乏空氣而感到窒息和眩暈，再也熬不住了。這時底下要是傳來惡龍回來的聲音，他們多半會歡迎的。他們在寂靜中擔心他會耍的詭計，可是他們不能永遠待在這裡。

梭林開口了，說：「我們試試把門打開！我得盡快讓風吹吹臉，不然非死不可。我想我寧可在光天化日之下被斯毛格打得稀爛，也不願在這裡悶死！」於是，幾個矮人起身，摸索著走回門邊。但他們發現，隧道的上端已經塌了，碎石已經把洞口堵死。無論是鑰匙還是曾經施加在上的魔法，都再也不能把那扇門打開了。

「我們被困住了！」他們呻吟著，「死到臨頭了。我們要死在這裡了。」

但是，不知為何，就在矮人最絕望的時候，比爾博卻感到內心一鬆，就好像有什麼沉重的負擔從他的背心底下消失了。

「來吧，來吧！」他說，「家父常說：『只要活著就有希望！』還有『好事三次才圓滿』。這隧道我就再**往下**走一趟。在我明知道另一頭有條龍的時候我都去了兩次，現在我不確定他在不在，自然能冒險去第三次。反正唯一的出路就在底下。我想這次你們最好全都跟我走。」

萬般無奈之下，他們只好同意。梭林第一個上前，跟在比爾博身邊。

「現在一定要小心！」霍比特人小聲說，「盡量保持安靜！斯毛格可能不在底下，但也可能在。我們別冒任何不必要的風險！」

他們往下走，一直往下走。要說悄無聲息，矮人當然無法跟霍比特人相比，他們呼哧氣喘，拖著腳走，回聲把這些響動放大，令人擔憂。不過，儘管比爾博時不時因為害怕而停下來聆聽，底下卻沒有絲毫動靜。比爾博判斷快到底部時，他戴上戒指，率先向前走去。但他其實不需要戒指：四周一片漆黑，誰也看不見誰，戴沒戴戒指都一樣。事實上，因為實在太黑了，霍比特人沒料到已經到了洞口，手摸了個空，整個人跟蹌往前撲，一頭滾進了大廳裡！

他臉朝下趴在地板上，不敢起身，甚至連呼吸都不敢。但是沒有任何動靜。沒有一絲亮光——直到他終於慢慢抬起頭來，才感覺在上方遠處的黑暗中，似乎有一道蒼白的光。但那肯定不是惡龍火焰的一星光亮，儘管到處充斥著那條大蟲的臭氣，他都能嘗到蒸氣的味道。

憋到後來，巴金斯先生終於忍不住了。「可惡的斯毛格，你這條臭蟲！」他尖聲喊道，「別玩什麼捉迷藏了！給我點亮光，然後你要是逮得到我，就吃了我吧！」

微弱的回音在漆黑的大廳裡迴盪，但是沒有反應。

比爾博站起身來，發現自己都不知道要往哪邊走。

「現在我想知道斯毛格到底在玩什麼花樣。」他說，「我相信他今天（或今晚，管它是白天晚上）不在家。如果歐因和格羅因沒有弄丟火絨盒，也許我們可以弄出一點亮光，在好運耗盡之前四處看看。」

「點個火！」他喊道，「誰能點個火？」

當比爾博朝前摔下台階，撲通一聲栽進大廳時，矮人當然非常驚恐，他們就在他離開他們的地方，也就是隧道盡頭坐下，擠成一團。

「噓！噓！」他們聽到他的聲音，連忙發出噓聲；雖然這有助於霍比特人找到他們的位置，但有好一陣子他從他們那裡得不到任何回應。最後，比爾博不得不踩起了地板，並竭盡全力尖聲叫嚷著「點個火！」梭林這才讓了步，派歐因和格羅因回去隧道頂端拿行李。

過了一會兒，一點閃爍的亮光表明他們回來了，歐因手裡拿著一個松枝小火把，格羅因腋下還夾著一捆備用。比爾博快步小跑到洞門前接過火把，但他沒能說服矮人點燃其他的火把，也沒能說服他們跟他一起過去。梭林小心地解釋說，巴金斯先生依舊是他們聘請的專業飛賊和調查員。如果他願意冒險點個火把，那是他的事。他們會在隧道裡等待他回來報告。於是，他們在靠近門口的地方坐下來觀望。

他們望著霍比特人小小的黑影高舉著小火把穿過洞廳。起初他離得還足夠近的時候，他們能看到他絆到某個金色的東西時閃現的微光和叮噹的聲響。但隨著他往巨大的洞廳深處走遠，火光越來越小；接著，火光開始上升，在空中躍動。比爾博正在爬上巨大的寶藏堆。不一會兒他就站在寶山頂上，繼續往前走。接著，他們看見他忽然止步，彎腰停了一會兒；但他們都不知道原因。

是因為阿肯寶石，「山之心」。比爾博是根據梭林的描述猜出來的；但事實上，即使是在如此驚人的寶藏中，即使在整個世界上，這樣的寶石也不可能有第二顆了。就在他往上爬時，先前那團白色的光芒一直在他前方閃耀，吸引他朝它走去。那光漸漸變成了一個發出蒼白光芒的小球。現在，當他來到近前，在搖曳不定的火把照映下，它的表面折射出了繽紛炫目的色彩。終於，他低下頭凝視著它，屏住了呼吸。這顆巨大的寶石就在他腳前，散發出內在的光芒。更有甚者，它是很久以前經由矮人之手從孤山的核心中開採出來，並切割

打磨而成的，它能汲取所有照在上面的光，將其變換成萬點閃耀的白色光輝，其中點綴著彩虹般的光華。

看著看著，比爾博被它的魔力吸引，突然伸出了手。他的小手沒法完全包住它，因為這顆寶石又大又沉。但他把它拿了起來，緊閉雙眼，將它放進了自己最深的口袋裡。

「現在我真成了賊了！」他想，「不過，我想我得找個時間把這事告訴矮人。他們確實說過我可以挑選屬於我的那一份；我想我就選這個了，即使他們把其餘的都拿去也行！」儘管如此，他還是有一種不安的感覺，他們說的挑選自己那一份其實沒打算把這顆神奇的寶石包括在內，它肯定會帶來麻煩。

現在，他又繼續往前走，從他爬上來的寶山的另一側下去，火把的光從觀望的矮人們的視野中消失了。但不久他們又看到火光在遠處出現。比爾博正在穿過大廳到另一頭去。

他繼續向前走，終於來到遠端的大門前，那裡吹來一股氣流使他精神一振，但也差點吹滅了他的火把。他膽怯地探頭張望，瞥見了很多巨大的通道，以及寬闊樓梯的模糊開頭，向上通入昏暗。斯毛格仍然不見蹤影，不聞聲音。他正準備轉身往回走，一個黑影猝然朝他撲來，擦過了他的臉。他尖聲驚叫，嚇了一大跳，向後一個踉蹌摔倒了。火把頭朝下掉在地上，熄滅了！

「只是一隻蝙蝠，我猜是，我希望是！」他淒慘地說，「可是現在我要怎麼辦？哪邊是東？哪邊是南？哪邊是北和西？」

「梭林！巴林！歐因！格羅因！菲力！奇力！」他盡可能拉開嗓門大喊——在廣袤無邊的黑暗裡，他的聲音顯得微弱無比。「火把熄了！誰來找我，幫我一把！」一時之間，他完全喪失了勇氣。

另一頭的矮人隱約聽到了他微弱的叫喊，不過他們只分辨出「幫一把」。

「到底又出了什麼事？」梭林說，「肯定不會是龍，不然他不能一直這麼尖叫。」

他們又等了一小會兒，仍然沒有惡龍的響動，事實上，除了比爾博在遠處的叫喊，什麼聲音也沒有。「來吧，你們誰再拿一兩個火把過來！」梭林命令道，「看來我們得過去幫幫我們的飛賊了。」

「也該輪到我們幫忙了，」巴林說，「我很願意去。起碼我想現在是安全的。」

格羅因又點燃了幾支火把，然後他們一個接一個，全都躡手躡腳地走了出去，沿著牆邊盡可能快走。沒過多久，他們就碰到了正朝他們過來的比爾博。他一看見他們火把的閃光，就迅速恢復了理智。

「只是撞上蝙蝠，火把掉到了地上，沒出別的事！」他說，回答了他們的問題。雖然大家都鬆了一口氣，但是無緣無故受了一番驚嚇，他們還是抱怨了幾句；但如果比爾博這時就把阿肯寶石的事告訴他們，我不知道他們會有什麼反應。剛才走過來這一路上，他們瞥見了那些財寶，僅僅是匆匆一眼就在矮人心中重新點燃了熊熊火焰；而矮人的心，哪怕是最高貴的，只要被金子和珠寶喚醒，就會突然變得勇猛大膽，還可能變得凶狠殘酷。

矮人確實不再需要任何催促了。所有的人現在都迫不及待，想抓緊機會探索一下洞廳，並且願意相信斯毛格目前不在家。每個人這時都握著一支點燃的火把，定睛注視，先看看這邊，再看看那邊，他們忘了恐懼，甚至忘了謹慎。他們把古老的寶物從寶山上、從牆壁上拿下來，借著火光細看，愛撫、撥弄，同時大聲說話，扯著嗓子互相嚷嚷。

菲力和奇力簡直興高采烈，他們發現牆壁上還掛著許多配有銀弦的金豎琴，便拿下來彈奏；琴因為有魔法，仍然沒有走調（惡龍也沒碰過它們，他對音樂不感興趣）。黑暗的大廳裡迴盪起久已不聞的旋律。不過大多數矮人都更實際，他們收集寶石，塞滿口袋，讓帶不走的東西伴隨著嘆息從指間滑落。梭林尤其如此；但他不停地從這頭走到那頭，四處搜尋某個他一直找不到的東西。他在找阿肯寶石；但他還沒有對任何人提過它。

　　矮人們從牆上取下盔甲和兵器，武裝自己。梭林看上去著實一身王者氣派，他穿上了鍍金的鎖子甲，嵌滿紅寶石的腰帶上插著一把銀柄的斧頭。

　　「巴金斯先生！」他喊道，「這是給你的第一筆報酬！脫下你的舊外套，穿上這件！」

　　說完，他給比爾博穿上了一件小鎖子甲，這是很久以前給某個年少的精靈王子打造的。它的材質是精靈稱為「祕銀」的銀鋼，搭配著一條鑲了珍珠和水晶的腰帶。他還把一頂輕巧的雕花皮製頭盔戴到霍比特人頭上，頭盔底部箍著鋼圈，邊緣還鑲滿了白寶石。

　　「我還真覺得自己挺了不起的，」他想，「不過我估計我看起來其實很滑稽。要是在家鄉，他們在小丘上不知道會笑成什麼樣！不過我還是希望手邊有個鏡子可以照照！」

　　儘管如此，巴金斯先生的頭腦還是比矮人更清醒，抵擋住了寶藏的迷惑。早在矮人對查看寶藏感到膩煩以前，他就已經厭倦了，坐到了地上。他開始緊張地想這一切會怎樣收場。「我願意拿一大堆這種貴重的高腳杯，」他想，「換一份貝奧恩的木碗裡令人開心的美酒！」

　　「梭林！」他大聲喊道，「下一步要做什麼？我們武裝起來了，但要對抗

可怕的斯毛格，任何武裝怕是都無濟於事吧？這些寶藏可還沒有贏回來。我們不是來找金子的，而是在找一條逃生的路；我們快把運氣耗盡了！」

「你所言不虛！」梭林恢復了理智，回答道，「我們走！我來帶路。再過一千年我也不會忘記這座宮殿裡的路。」然後他招呼其他人，大家聚集起來，將火把高舉過頭，穿過敞開的門，同時不免依依不捨地頻頻回頭。

他們用舊斗篷遮住身上閃閃發光的鎖子甲，用破爛的兜帽蓋住閃亮的頭盔，一個接一個走在梭林身後，在黑暗中形成一排小小的火光，還不時停下來，提心吊膽地傾聽著有沒有惡龍來臨的動靜。

雖然所有古老的裝飾都早已腐朽或被毀，雖然所有的東西都因為那頭怪獸的進進出出而被玷污和燒焦，梭林還是知道每條通道和每個轉彎。他們爬上長長的樓梯，轉彎走下回音不絕的寬闊通道，再轉彎爬上更多的樓梯，然後又是更多的樓梯。這些樓梯很光滑，寬大精美，都是從天然岩石中開鑿出來的。矮人們往上爬啊爬，途中沒有遇到任何活物的跡象，只有在過堂風中搖曳的火把光輝所到之處，驅散的鬼祟陰影。

儘管如此，這些台階並不是為霍比特人的小短腿鑿設的，比爾博正覺得自己再也走不動了的時候，殿頂驟然高高拔升，遠遠超出了火把的光所能照到的範圍。只見一道白色的微光從上方高處某個開口照進來，空氣聞起來更清新了。在他們前方，朦朧的光線透過大門照進來，兩扇巨大的門歪歪斜斜地掛在鉸鍊上，已經被燒掉了一半。

「這就是瑟羅爾的大殿，」梭林說，「用來議事和設宴的地方。現在離前門不遠了。」

他們穿過了殘破的大殿。殿上的桌子都在朽爛，椅子和長凳翻倒在地，燒

得焦黑，同樣在朽壞。一地的骷髏頭和骸骨，散落在酒壺、碗、破碎的角杯和灰塵當中。隨著他們繼續穿過大殿對面更多的門，一陣水聲傳到耳中，灰濛濛的光線突然變得豁亮起來。

「這就是奔流河的源頭。」梭林說，「它從這裡急急流向前門口。我們跟著它走吧！」

一股翻騰的水流從岩壁上一個黑暗的開口湧出，打著旋注入一條窄窄的水渠，這條水渠是古時的巧手開鑿出來的，又深又直。水渠旁是一條石板鋪成的大路，寬得足以讓多人並肩而行。他們沿著這條路飛快往前跑，又拐了個大彎——看啊！在他們面前正是明亮的天光。前方聳立著一座高大的拱門，內側仍有古老雕刻作品的殘跡，雖然已經磨損、破碎，被燻黑了。霧濛濛的太陽在孤山的兩臂之間發出蒼白的光，金色的光束落在門檻處的地面上。

一群蝙蝠被冒煙的火把驚醒，紛紛朝他們飛來；他們縱身向前跑去，腳在被惡龍的進出磨擦得光滑黏膩的石地上打滑。現在，水流在他們面前嘩啦嘩啦地向外洩落，帶著飛濺的水沫直洩山谷。他們將黯淡的火把扔在地上，站在那裡瞇著眼睛朝外眺望。他們來到了前門口，正俯瞰著河谷。

「啊！」比爾博說，「我從來沒想過能從這個大門口往外看。我也從來沒想過自己會這麼高興再見到太陽，感受到風吹過我的臉。不過，哎喲！這風真冷！」

風確實冷。一股凜冽的東風吹來，預示著冬天即將來臨。它盤旋著繞過孤山的兩臂，進入山谷，在岩石間發出嘆息。他們在惡龍盤踞的悶熱洞穴深處待了很久，到了陽光下不由得瑟瑟發抖。

突然間，比爾博意識到自己不但疲累，還餓得厲害。「看來早晨已經過了

大半，」他說，「所以我猜現在差不多是吃早餐的時候——如果有早餐的話。不過我覺得斯毛格的前門台階不是個能安全吃東西的地方。我們還是去找個能安安靜靜地坐一會兒的地方吧！」

「對極了！」巴林說，「我想我知道我們該走哪條路：我們該去孤山西南角的那個舊瞭望哨。」

「那有多遠？」霍比特人問。

「我看要走五個鐘頭，而且路很不好走。從這座大門出去沿著河流左岸走的那條路似乎完全斷了。不過你看下面！河流突然向東拐，從被毀的城鎮前方橫過河谷。那裡曾經有一座橋，通往爬上右岸的陡峭階梯，然後就是通往渡鴉嶺的路。途中有（或曾經有）一條離開大路的小徑，一直往上爬到瞭望哨。即使那些舊台階還在，爬起來也很困難。」

「我的天！」霍比特人抱怨道，「沒有早餐吃，還要走那麼多路，爬那麼多台階！我很納悶我們在那個沒有鐘、沒法計算時間的討厭洞窟裡，已經錯過多少頓早餐和其他餐點了？」

事實上，從惡龍打壞那扇魔法門到現在，只過了一天兩夜（而且他們不是一點東西都沒吃），但是比爾博已經完全記不清楚了，就他所知，可能才過了一個晚上，也可能過了七個晚上。

「得啦，得啦！」梭林大笑著說——他的情緒又開始高漲起來，把口袋裡的寶石弄得嘩啦作響。「別把我的宮殿叫做討厭的洞窟！你等它被打掃乾淨、重新裝飾過後再說！」

「那得等斯毛格死了以後。」比爾博悶悶不樂地說，「話說回來，他在哪裡？我寧可放棄一頓豐盛的早餐也想知道。我希望他不是在孤山頂上俯視著我

們！」

這個想法使矮人們大為不安，他們很快就斷定比爾博和巴林是對的。

「我們必須離開這裡。」多瑞說，「我感覺他的眼睛好像盯著我的後腦勺。」

「這地方冷冷清清的，」邦伯說，「也許有水喝，但我看不出哪裡有吃的。惡龍待在這種地方肯定總覺得餓。」

「走吧！走吧！」其他人叫道，「我們去找巴林說的那條路吧！」

岩壁底下的右邊沒有路，因此他們只能在河左邊的亂石中跋涉，空曠和荒涼很快就讓梭林也冷靜下來。他們發現巴林提到的那座橋早就塌了，橋上坍落的石頭如今不過是嘩嘩流淌的淺水中的巨石；不過他們沒費大力氣就涉過了河水，找到古老的台階，爬上了高高的河岸。走了一小段路後，他們踏上了那條古老的路，沒多久就來到了隱蔽在岩石中的一個深深的小山谷。他們在那裡休息了一會兒，傾盡所有湊出了一頓早餐，主要是**克拉姆**和水。（如果你們想知道克拉姆是什麼，我只能說我不知道配方；但它很像餅乾，可以無限期保存，吃了不容易餓，不過當然不是什麼美味佳餚，事實上，它索然無味，也就練練咀嚼還好。它是長湖人為長途旅行製作的乾糧。）

飯後他們接著往前走；不一會兒大路便離開河流，折向西去，朝南伸出的支脈那巨大的山肩越來越近了。終於，他們到達了那條上山的小徑。小徑陡峭攀升，他們一個接一個，邁著沉重的步伐慢慢往上爬，終於，在傍晚時分，他們來到了山脊頂端，看見冬日的太陽正在西沉。

他們在這裡找到一塊平坦的地方，三面開敞，但北面是一堵石壁，壁上有

個開口像門。站在門前望出去，東、南、西三方的景色盡收眼底。

「就是這裡，」巴林說，「過去我們總是在這裡安排哨兵，後面的那扇門通向一個岩石鑿成的房間，作為這裡的警衛室。孤山周圍有好幾個這樣的哨所。但在我們繁榮強盛的日子裡，似乎沒什麼必要放哨，也許，哨衛過得太舒適了——否則我們對惡龍的入侵就可能早點收到警示，情況可能就會不同。不過，現在我們可以在這裡躲一陣子，能看見一大片區域而不被發現。」

「要是我們上來時就被看見了，那就沒什麼用了。」多瑞說，他不停地抬頭望著孤山的峰頂，好像他認為會看到斯毛格棲在那裡，就像隻小鳥棲息在尖塔上。

「我們必須冒這個險，」梭林說，「今天我們沒法往前走了。」

「沒錯，沒錯！」比爾博喊道，撲到了地上。

石室的空間足夠容納上百人，再往裡走還有一個小房間，與外面的寒冷隔得更遠。它完全荒廢了；在斯毛格統治期間，似乎就連野獸都沒用過這地方。他們在這裡卸下行李，有些人立刻躺下睡覺，但其他的人坐在外面門邊上，討論他們的計畫。他們談來談去，總是回到一件事上：斯毛格在哪裡？他們朝西眺望，什麼也沒有；往東看，還是什麼也沒有；往南看也沒有龍的蹤跡，但有一大群鳥兒聚集在一起。他們望著那景象，很是納悶。然而直到第一批清冷的星星出現，他們還是沒想出個所以然來。

CHAPTER
14

水與火
Fire and Water

現在，如果你也像矮人一樣想得知斯毛格的消息，就得回到兩天前，也就是他擊毀了魔法門後，在暴怒中沖天飛走的那個晚上。

長湖鎮埃斯加洛斯的人多數待在室內，因為從黑暗的東方吹來的輕風寒冷刺骨。但有一些人還在碼頭上散步和眺望，他們喜歡觀看湖中一片片光滑的水面倒映出天空中逐一現身的閃爍群星。從鎮上望去，孤山幾乎被湖遠端那頭的低矮丘陵擋住了，奔流河穿過丘陵中的缺口從北邊流下。只有在晴朗的天氣裡，他們才能看見孤山高高的峰頂，然而他們很少去看，因為即使在晨光中，它也顯得陰沉不祥。現在，它完全消失看不見了，融入了黑暗。

突然間，它重新閃現在人們的視野中；一道紅光在山峰上稍縱即逝。

「看哪！」有個人說，「火光又出現了！昨晚的哨衛也看到火光亮了又滅，從半夜一直持續到黎明。山上一定出了什麼事。」

「也許山下之王正在煉金。」另一個人說，「他去北邊已經好些日子了。現在是再次證明那些歌謠所言真假的時候了。」

「哪個王？」另一個人用嚴厲的聲音說，「那也很可能是惡龍的劫掠之火——他是我們所知的孤山下唯一的王。」

「你老是預言這些不吉利的事！」其他人說，「不是洪水就是中毒的魚。想點開心的事吧！」

接著，一團巨大的光突然出現在丘陵的低處，湖的北端變得一片金黃。「山下之王！」他們大喊道，「他的財富像太陽，他的銀子像噴泉，他的河流金燦燦淌不完！那條河裡淌著孤山來的黃金！」他們大叫大喊，家家戶戶都在打開窗子，還有匆忙的腳步聲。

鎮上再次出現了巨大的騷動和狂熱。但那個聲音嚴厲的人卻火急火燎地跑

到鎮長那裡去了。「惡龍來了，要不然我就是個蠢貨！」他高喊著，「砍斷橋梁！拿起武器！拿起武器！」

緊接著，警戒的號聲突然響起，順著岩岸迴盪。歡呼聲驟停，快樂變成了恐懼。因此，惡龍來的時候，發現他們並非毫無準備。

他的速度如此之快，沒多久他們就能看見他像一個火星那樣朝他們衝來，並且越來越大，越來越亮，就連最愚蠢的人也知道那些預言出了問題。不過他們還有一點時間。鎮上的每個容器都裝滿了水，每個戰士都武裝起來，每一支箭和標槍都準備就緒，通往陸地的大橋也被推倒摧毀，這時斯毛格駭人的吼聲才逐漸逼近，越來越響，湖面在他可怕的翅膀拍打下盪起漣漪，映得火紅。

在眾人的尖叫、哀號和吶喊聲中，他掠過他們，撲向大橋，卻沒有得逞！橋不見了，他的敵人都在一個深水包圍的小島上——那水太深、太黑，也太涼了，他不喜歡。如果他一頭紮進湖水裡，產生的水蒸氣會升騰成大霧，足以把整片陸地籠罩起來好幾天；但是湖水比他更強大，會在他上岸之前就撲滅他所有的火。

他咆哮著掠回小鎮上空。一陣黑壓壓的箭矢朝天疾射而出，啪嗒啪嗒地撞在他的鱗甲和寶石上，發出嘎崩折斷的響聲，箭柄被他噴出的烈火點燃，紛紛燃燒著掉進湖裡，嘶嘶作響。你想像不出有哪種焰火能與那天晚上的景象媲美。在弓弦彈動聲與刺耳的號聲中，惡龍的憤怒達到了頂點，直到失去理智，徹底瘋狂。長久以來，沒有人敢與他對戰；如果不是那個聲音嚴厲的人（他名叫巴德）不斷跑來跑去鼓勵弓箭手，催促鎮長命令他們堅持到射出最後一箭，他們現在也不敢對抗他了。

烈焰從惡龍的口中噴出。他在眾人上方的高空中盤旋了一陣，火光照亮了

整個湖面；岸邊的樹木閃耀著古銅或血紅的光芒，樹底下躍動著濃黑的陰影。接著，他在暴怒中不顧一切地徑直俯衝而下，穿過箭雨時也沒留心側身把鱗甲保護的部位對著敵人，一心只想把他們的城鎮燒個精光。

　　儘管所有的房屋在他到來之前都潑上水濕透了，但隨著他一次次盤旋、俯衝、噴火，茅草屋頂和木梁末端都起了火。不過，只要哪裡竄出火焰，就有上百隻手往那裡潑水。惡龍一個盤旋又飛回來了。他尾巴一掃，市政廳的屋頂就坍塌砸了下來。無法撲滅的火焰高高竄入夜空中。惡龍一次接一次俯衝，一座接一座的房子竄起火舌，然後坍塌；依舊沒有箭矢能夠阻擋斯毛格，它們射在他身上，就跟沼澤裡飛來的蒼蠅叮了一口，傷不了他。

　　四面八方都有人在往水裡跳。婦女和兒童擠在市集那片水域裡滿載的小船上。武器被扔了一地。哀號和哭泣聲此起彼伏，就在不久之前，人們還在這裡唱著有關矮人的古老歡歌，現在人們卻咒罵他們的名號。鎮長本人也上了他那鍍金的大船，希望能趁亂划走，保住自己一命。整座城鎮很快就會被拋棄並燒毀在湖面上。

　　這正是惡龍所希望的。他巴不得他們都上船。屆時他就可以盡情玩弄獵殺他們，他們也可以停在水上不動，直到飢餓難忍。讓他們設法登岸吧，他會做好準備的。很快，他就會把岸邊所有的樹林燒毀，並燒焦每一片田地和牧場。這一刻，他享受著誘捕鎮民的遊戲，他已經很多年沒這麼開心過了。

　　但仍有一隊弓箭手在燃燒的房屋之間堅守不退。他們的隊長正是巴德，他聲音嚴厲，神情嚴肅，他的朋友曾經責怪他預言發洪水和毒死魚之類不吉利的事，但他們都知道他有膽有識。他是河谷城主吉里安的後裔，很久以前吉里安

的妻兒順著奔流河逃出了該城的覆滅。巴德手持一把紫杉木大弓射箭，射到最後，箭都用光了，只剩下一支。周遭的火焰離他很近了。他的同伴正在離他而去。他最後一次把弓拉開。

突然，黑暗中有什麼東西飛來，落到了他肩上。他嚇了一跳——但那只是一隻老鶇鳥。牠毫不畏懼地棲在他的耳邊，給他帶來了消息。他驚奇地發現自己能聽懂這鳥說話，因為他是河谷城一族的後裔。

「等一等！等一等！」鳥對他說，「月亮正在升起。等他飛到你上方轉向的時候，注意看他左胸的凹處！」巴德驚奇地停了手，鳥便把孤山上的消息和自己所聽到的一切都告訴了他。

於是，巴德將弓弦一直拉滿到耳際。惡龍正盤旋著飛回來，飛得很低。當他飛過來時，月亮正從湖的東岸升起，將龍巨大的雙翼染上一片銀光。

「箭啊，黑箭！」拉弓的人說，「我把你留到最後。你從未辜負過我，我也每一次都把你找回。我從父親那裡得到了你，而他又從先人手中得到了你。如果你是從真正的山下之王的熔爐裡鍛造出來的，現在就不偏不倚地破空而去吧！」

惡龍再次俯衝，飛得比以往任何時候都低，當他掉頭向下俯衝時，他的肚腹在月光下因為黏滿寶石而光輝四射、白得耀眼——但有一處地方例外。大弓崩然一響。黑箭從弦上激射出去，直奔惡龍左胸的凹處，他的前腿這時正好大張開來。挾著飛行的猛烈勢頭，它狠狠命中了目標，竟至倒鉤、箭幹和尾羽全都沒入惡龍體內，消失不見。隨著一聲震耳欲聾、斷樹裂石的尖叫，斯毛格向空中噴吐著一衝，翻了個身，從高空直墜而下，迎來了毀滅。

他結結實實摔在鎮子上。他最後的掙扎把鎮子搗成了無數迸濺的火星和焦

炭。湖水咆哮著湧入，一股巨大的蒸氣騰起，在月光下驟臨的黑暗中白茫茫一片。嘶嘶聲不絕於耳，再是一陣噴湧的渦流，然後，一切歸於寂靜。這就是斯毛格和埃斯加洛斯的末日，但不是巴德的結局。

漸圓的月亮越升越高，風越來越大，也越來越冷。寒風將白霧捲成歪歪斜斜的柱子，扯成匆匆飄走的雲團，將它們驅往西方，碎成絲絲縷縷，散布在黑森林面前的沼澤地裡。這時，可以看見湖面上星羅棋布的小船黑壓壓一大片，順著風傳來埃斯加洛斯居民的聲音，在哀嘆他們失去的城鎮、貨物和毀壞的家園。不過，要是他們能細想的話，他們真的應該謝天謝地，儘管當時要指望他們這麼做很難：鎮上至少有四分之三的人逃得一命；他們的樹林、田地、牧場、牲畜和大部分船隻，都沒有損壞；而且惡龍死了——他們還沒有意識到這意味著什麼。

他們悲傷地聚集在湖的西岸，在寒風中瑟瑟發抖，他們的抱怨和怒火首先直指鎮長，因為他在還有人願意保衛鎮子時就迅速溜了。

「他做生意的頭腦是不錯——尤其是做他自己的生意，」一些人嘀咕說，「但是一旦出了大事，他就不行了！」他們稱讚巴德的勇氣和他最後那非凡的一箭。「他要是沒有被殺就好了，」眾人都說，「我們就擁立他做王。吉里安家族的射龍者巴德！唉，他死了！」

就在眾人議論紛紛的時候，一個高大的身影從暗處走了出來。他渾身濕透，烏黑的頭髮濕漉漉地搭在臉上和肩上，眼裡閃著精亮的光。

「巴德沒死！」他大聲道，「殺死敵人後，他便潛水離開了埃斯加洛斯。我是巴德，吉里安的後裔；我是屠龍者！」

「國王巴德！國王巴德！」眾人大聲呼喊；而鎮長咬緊了上下打顫的牙齒。

「吉里安是河谷城的領主，不是埃斯加洛斯的國王。」他說，「在長湖鎮，我們總是從年高睿智的人中選出鎮長，從不忍受區區武夫的統治。讓『國王巴德』回他自己的王國去吧——河谷如今因為他的英勇，已經解放了，沒有什麼能阻礙他回去。要是不想要青翠的湖畔，更喜歡孤山陰影下的冰冷石頭，那麼誰想去就跟他去吧。明智的人會留在這裡，希望重建我們的城鎮，很快就能重享這裡的和平與財富。」

「我們要國王巴德！」鎮長旁邊的人大聲回答說，「我們受夠了那些老傢伙和守財奴！」遠處的人們也跟著喊起來：「擁立弓箭手，打倒守財奴。」直到喧鬧聲響徹整片湖岸。

「我絕對不是低估弓箭手巴德。」鎮長謹慎地說（因為巴德這時就站在他旁邊），「他今夜在我們鎮的恩人錄上贏得了一個傑出的位置；他值得用許多不朽的歌謠來傳頌。但是，請問各位，為什麼啊？」說到這裡，鎮長站了起來，大聲又清楚地說，「為什麼你們全都怪我？我有什麼過錯要遭到罷免？我能不能問問，是誰把惡龍從睡夢中喚醒？是誰得了我們豐厚的禮物和慷慨的資助，又引我們相信古老的歌謠可以成真？是誰利用我們柔軟的心腸和愉悅的幻想？他們從河的上游給我們送來了什麼樣的黃金做回報？只有惡龍的烈火和毀滅！我們的損失該向誰求償？我們的孤兒寡婦該向誰求助？」

如你們所見，鎮長的職位可不是白得的。他這番話一說，人們就暫時把推舉一個新國王的念頭全拋到腦後，把滿腔怒火轉向了梭林一行人身上。四面八方都有人喊出粗野而尖刻的話；先前最起勁頌唱古老歌謠的人，現在也同樣喊

得最起勁，說矮人是故意激起惡龍來攻擊他們！

「一群傻瓜！」巴德說，「為什麼要在那些不幸的人身上浪費口舌和怒火？毫無疑問，在斯毛格來襲擊我們之前，他們就先被火燒死了。」然而就在這話出口的時候，他心裡忽然想到了孤山傳說中的寶藏，擺在那裡沒人看守，也沒有主人，於是他驟然沉默了。他想到了鎮長的話，想到了河谷的重建，想到滿城金鐘敲響，只要他能找到跟隨的人。

終於，他又開口說：「鎮長，現在不是說氣話的時候，也不是考慮重大計畫變革的時候。還有很多事要做。我仍然為你效力——不過再過一段時間，我可能會重新考慮你的話，帶著願意跟隨我的人去北方。」

然後他大步走開，去幫忙安排營地，照顧病人和傷患。不過鎮長繃著臉盯著他遠去的背影，依舊坐在地上沒動。他想了很多，但說得很少，除了大聲叫人給他生火拿食物。

現在，巴德無論走到哪裡，都發現大家在議論那筆無人守衛的巨大寶藏，流言就像星火燎原般傳開。人人都在說，他們所有的損失很快就能從寶藏中獲得補償，還會有足夠的錢從南方購買豐富的物資；這使他們在困境中大受鼓舞。能有事可談也是件好事，因為那天晚上痛苦又難熬。只有少數人有帳篷做庇護（鎮長就占了一個），食物也很少（就連鎮長也短缺）。那天晚上，許多毫髮無傷從被毀的鎮子中逃出來的人，都因潮濕、寒冷和悲傷而病倒，後來死去；在隨後的日子裡，到處都是生病和深受飢餓所苦的人。

在此期間，巴德帶頭，自己拿主意安排事務，不過用的還是鎮長的名義。他擔起了一項艱難的重任，就是管理人民，指導他們做好防護和建房的準備。秋天已過，冬天正接踵而至，如果得不到援助，大多數人很可能都會在寒冬中

喪生。不過，援助來得很快；因為巴德立刻就派腿快的人趕往河的上游，向森林精靈之王求援，而信使們發現，一大隊人馬已經上路了，儘管那時只是斯毛格斃命後的第三天。

精靈王先前從他自己的信使和熱愛他子民的鳥兒那裡得到了消息，已經知道了大部分經過。住在惡龍荒地邊緣的所有長翅膀的生物，都騷動得非常厲害。空中滿是盤旋的鳥群，牠們當中速度最快的信使，更是在天空中飛來飛去傳報消息。森林邊界的上空一片啁啾鳴囀，消息遠遠傳遍了黑森林：「斯毛格死啦！」樹葉沙沙作響，到處有震驚的耳朵豎起。還沒等精靈王騎馬出發去察看，消息就已經一直向西傳到了迷霧山脈的松林裡；貝奧恩在自己的木屋中聽到了這個消息，半獸人則在洞中開始商議。

「恐怕這是我們最後一次聽到『橡木盾』梭林的消息了。」精靈王說，「他若待在這裡當我的客人，何至於此。無論如何，這都是惡風，」他補充道，「不會給任何人帶來好處。」因為，他也沒有忘記瑟羅爾寶藏的傳說。因此，巴德的信使遇上他帶著大隊的長矛手和弓箭手正在行軍；密密麻麻的烏鴉聚集在他上空，因為牠們認為這一帶睽違已久的戰爭又要爆發了。

但精靈王接到巴德的請求後，心生憐憫，因為他是一群善良仁慈之民的王。於是，他改變了原先徑直朝孤山前進的方向，匆匆順河而下，前往長湖。他沒有足夠的船或木筏載運軍隊，他們被迫選擇速度較慢的步行；但他將大量的物資藉由水路先運了過去。精靈近年來雖然不那麼熟悉邊境以及森林和長湖之間的險惡地帶，但他們依舊步履輕盈，走得很快。惡龍死後才到第五天，他們就來到了長湖岸邊，看到了城鎮的廢墟。可以想像得到，他們受到了熱烈歡迎，長湖人和他們的鎮長情願用任何未來的貿易來抵償精靈王的援助。

他們很快就制訂好計畫。婦女、兒童、老人和體弱生病者跟鎮長留在後方；他帶領一群能工巧匠和許多手藝高超的精靈，忙著砍伐樹木，收集從森林中運出來的木材。然後他們著手在岸邊搭建起許多小屋，用以抵禦即將到來的冬天。同時，在鎮長的指揮下，他們開始規畫一座新城鎮，設計得比以前的更大、更美觀，不過不在舊址，而是移到了岸邊更靠北的地方，因為從那時起，他們一直對惡龍葬身的那片水域感到恐懼。斯毛格再也不會回到他的金色大床上，而是像岩石一樣冰冷，攤開身體歪倒在湖底淺水中。此後無數歲月，在風平浪靜的天氣裡，人們都能在舊鎮的廢墟中看到他那巨大的骨架。但很少有人敢穿過那個受詛咒的地方，也沒有人敢潛入那冷得讓人打顫的水中，打撈從他腐爛的屍體上掉下來的寶石。

　　不過，所有還能作戰的人，以及精靈王的大部分人馬，都做好準備向北進發，前往孤山。就這樣，在城鎮被毀後的第十一天，他們的先遣部隊經過了長湖盡頭的石門，進入了那片荒涼的土地。

烏雲密布

The Gathering Of the Clouds

現在，我們回頭再說比爾博和矮人這邊。他們一整夜都有人負責警戒，可是直到早晨，他們都沒有聽到或看到任何危險的跡象。然而天空中鳥兒越聚越多。牠們大群大群從南方飛來，那些仍住在孤山附近的烏鴉也在天上盤旋著聒噪不休。

「出了不尋常的事。」梭林說，「秋天南遷的時間已經過了；這些是一年四季定居在此的鳥；有椋鳥和成群的燕雀；遠處還有很多吃腐肉的鳥，就像正在打仗！」

比爾博突然伸手一指：「那隻老鶇鳥又來了！」他喊道，「看來斯毛格搗毀山坡時牠逃掉了，不過我猜那些蝸牛沒逃掉！」

一點也沒錯，正是那隻老鶇鳥。就在比爾博指著牠的時候，牠朝他們飛了過來，棲落在附近一塊石頭上。接著牠拍拍翅膀，鳴叫起來，隨後又歪著頭，像在聆聽；然後又再次鳴叫，並再次聆聽。

「我相信牠是想告訴我們什麼事。」巴林說，「但是我聽不懂這種鳥的語言，牠們說得又快又難懂。巴金斯，你聽得懂嗎？」

「不太懂。」比爾博說（他其實一點也不懂），「但這老夥計似乎相當興奮。」

「我真希望牠是隻渡鴉！」巴林說。

「我還以為你不喜歡牠們！上次我們走這條路的時候，你好像對牠們顧慮重重。」

「那些是烏鴉！烏鴉是賊頭賊腦的卑鄙生物，而且粗魯。你一定聽到了牠們對我們的惡言惡語。但渡鴉不一樣。渡鴉和瑟羅爾的子民之間曾經有過深厚的友誼；牠們經常給我們帶來祕密的消息，並獲得閃閃發亮的物件作為酬謝，

牠們特別喜歡這類東西，會把它們藏在自己的巢裡。

　　「牠們能活很多年，記性也好，並且會把智慧傳給牠們的孩子。當我還是個矮人小孩的時候，我認識很多住在岩石間的渡鴉。腳下的這片高地曾經叫做渡鴉嶺，因為有一對非常聰明又有名的渡鴉——老卡克和他的妻子——住在哨所的上面。不過，我想那支古老的血脈如今不會逗留在這裡了。」

　　他剛說完，老鶇鳥就大叫一聲，立刻飛走了。

　　「我們雖然聽不懂牠的話，但我確定那隻老鳥懂我們在說什麼。」巴林說，「現在留神點吧，看看會發生什麼事！」

　　沒過多久，就傳來拍打翅膀的聲音，鶇鳥飛回來了；和牠一起回來的還有一隻老邁異常的鳥。老鳥的眼睛快要瞎了，幾乎飛不動了，頭頂也禿了。牠是一隻年邁的巨大渡鴉。牠動作很不靈活地降落在他們面前的地上，慢慢拍打著翅膀，搖搖晃晃地走向索林。

　　「瑟萊因之子梭林啊，還有芬丁之子巴林，」他嘶啞著嗓子說（比爾博聽得懂牠在說什麼，因為牠說的是普通語言，不是鳥語），「我是卡克之子羅阿克。卡克已經死了，但牠曾經跟你們很熟。我從蛋殼裡孵出來已經有一百五十三年了，但我沒有忘記父親告訴我的話。現在我是孤山大渡鴉的首領。我們的數量雖少，卻仍記得古時的君王。我大部分的同胞都在外地，因為南方傳來了大消息——有些對你們來說是好消息，有些你們會覺得很不利。

　　「看哪！各種各類的鳥又從南方、東方和西方飛聚到孤山和谷地來了，因為斯毛格死了的消息已經傳開了！」

　　「死了！死了？」矮人全大叫起來，「死了！那麼我們就不必害怕了——寶藏是我們的了！」他們全都跳起來，歡呼雀躍不已。

「是的，死了，」羅阿克說，「這隻鶇鳥──願牠的羽毛永不脫落──親眼看見他死了，我們可以相信牠的話。三天以前，月亮剛升起來的時候，牠看見斯毛格在與埃斯加洛斯人的戰鬥中喪命。」

梭林費了好大的勁才讓矮人安靜下來聽渡鴉說話。最後，牠說完整場戰鬥的經過，又說：

「『橡木盾』梭林，好消息到此為止。你可以安全返回你的大殿，所有的寶藏都是你的──暫時而已。然而，除了鳥兒，還有許多別的勢力正朝這裡聚集。寶藏守護者已死的消息早已傳開，多年來有關瑟羅爾財富的傳說並沒有被人忘記；許多人都渴望分一杯羹。已經有一支精靈軍隊正在前來，食腐鳥跟著他們，期待著戰鬥和殺戮。在湖邊，長湖人則抱怨他們的不幸都是矮人造成的，因為他們無家可歸，又死了許多人，斯毛格摧毀了他們的城鎮。無論你們是生是死，他們都想從你們的寶藏中獲得補償。

「你必須運用自己的智慧來決定要怎麼做；但是曾經居住在此，一度強盛的都林一族，如今分散在遠方，剩下你們這十三個人委實不多。如果你願意聽我的勸告，你就不要相信長湖人的鎮長，而要相信那個用弓箭射死惡龍的人。他名叫巴德，是河谷人，吉里安的後裔；他是個嚴肅但誠實的人。在漫長的荒蕪之後，我們盼望再次看到矮人、人類和精靈之間和平共處；不過這可能要你付出大量黃金做代價。我說完了。」

梭林聞言，勃然大怒，脫口說道：「我們感謝你，卡克之子羅阿克。我們不會忘記你和你的族人。但只要我們活著，誰都別想偷取或暴力奪走我們的黃金。如果你想贏得我們更多的感謝，就請將有人接近的最新消息通知我們。我還請求你一件事：你族當中倘若還有年輕、羽翼強健的，就請你們派信使到北

方山區，包括從此地向西和向東，給我們的親族報信，告訴他們我們的困境。務必要將訊息送給我在鐵丘陵的堂親戴因，因為他手下人多，武裝精良，而且住得離這裡最近。請他火速前來！」

「這麼做是好是壞，我不會妄斷。」羅阿克叫道，「但我會盡力而為。」說完他就慢慢飛走了。

「現在返回孤山！」梭林喊道，「我們沒有多少時間可以浪費了。」

「也沒剩多少東西可吃了！」比爾博嚷道，他在這類問題上一向很實際。無論如何，他都覺得，隨著惡龍的死亡，這場冒險嚴格來說已經結束了──在這一點上，他是大錯特錯──他寧願把自己那份利益放棄一大半，來換取這些麻煩的和平解決。

「返回孤山！」矮人們大喊，彷彿沒人聽見比爾博說的話；於是他只好跟他們一起回去。

你既然已經聽說了一些事件，自然知道矮人還有幾天時間可以做準備。他們再次探查了整個山洞，發現不出所料，只有前門還開著，所有其他的門（當然，除了那扇祕密小門）在很久以前就都被斯毛格破壞和封死，就連門的痕跡都看不出來了。因此，他們這時開始苦幹，加固主入口，並修築一條從主入口通往內部的新路。他們發現了大量的工具，是從前的礦工、採石工和建築工用過的；幹這類的活兒，矮人仍然相當熟練。

在他們勞作期間，渡鴉不斷給他們帶來消息。就這樣，他們知道精靈王轉向長湖去了，他們還有喘息的機會。更棒的是，他們得知有三匹小馬死裡逃生，在遠處奔流河的河岸上亂走，離他們留下的剩餘補給品所在地不遠。於

是，當其他人繼續幹活的時候，菲力和奇力被派出去，由一隻渡鴉領著，去找小馬並把東西盡量全帶回來。

四天過去了，此時他們得知長湖人和精靈的聯軍正在匆匆趕往孤山。但現在他們的希望更加高漲，因為他們的食物省著點吃能再維持幾個星期——當然，主要是克拉姆，他們都已經吃膩了，但有克拉姆吃總比什麼都沒有強——而且前門已經被一堵由方形石塊疊成的石牆堵住了，石牆又高又厚，橫在前門口。石牆上有洞眼，他們可以透過洞眼觀望（或射箭），但沒有入口。他們用梯子爬進爬出，用繩子把東西吊上來。至於往外奔流的河水，他們在新砌的牆下設計了一個低矮的小拱門；但在入口附近，他們把原來的狹窄河道改建成了一個寬闊的水塘，從山壁一直延伸到瀑布頭，河水就從瀑布頭洩向河谷。如此一來，要去到前門如果不游過水塘，就只能沿著懸崖上一道狹窄的岩架，它位於從石牆往外望的右手邊。他們只把小馬牽到老橋上邊的台階頭，在那裡卸下補給，然後就吩咐牠們回去主人身邊，讓牠們往南走了。

一天夜裡，在他們前方河谷的南邊突然出現了許多像是篝火和火把的亮光。

「他們來了！」巴林喊道，「他們的營地可真大。他們一定是在暮色的掩護下沿著奔流河兩岸進入山谷的。」

那天晚上，矮人們幾乎沒有闔眼。天還沒大亮，他們就看見一隊人朝他們走來。他們從石牆後看著那隊人來到山谷盡頭，慢慢往上攀登。不久，他們便看到其中既有全副武裝、像要打仗的長湖人，也有精靈弓箭手。最後，這支隊伍的先遣小隊爬上了崎嶇的山岩，出現在瀑布頂上。來人看見面前是個大池

塘，前門還被新鑿的石頭疊成的石牆堵上了，著實大吃一驚。

就在他們站在那裡指指點點，彼此交談時，梭林向他們打了招呼：「你們是什麼人？」他以十分宏亮的聲音喊道，「一副要開戰的模樣，前來山下之王——瑟萊因之子梭林的門前，有何貴幹？」

但他們沒有回答。一些人迅速轉身走了，餘下的人盯著大門和防禦工事看了一會兒，很快也跟著走了。那天，營地被移到了河的東邊，就在孤山的兩臂之間。然後，岩石間開始迴盪起久違了的各種語聲和歌謠，此外還有精靈的豎琴聲和悅耳的音樂聲；當這些聲音往上傳到矮人那裡時，寒冷的空氣似乎變得溫暖起來，他們隱約聞到了春天樹林裡花朵盛開的芬芳。

於是，比爾博渴望逃離這個黑暗的堡壘，下去加入篝火旁的歡笑和盛宴。幾個比較年輕的矮人也心動了，他們嘟囔著說真希望情況不是這樣，他們本來可以像對待朋友一樣歡迎這些人。但梭林卻沉下了臉。

見狀，矮人這邊也拿出了從寶藏堆中找回來的豎琴和樂器，演奏起音樂來緩和梭林的情緒。但他們的歌不像精靈的歌，倒像很久以前大家在比爾博的小霍比特洞府裡唱過的歌。

那幽暗的高山下

國王回到了他的廳堂！

他的大敵，可怕的惡龍已除，

他的對頭也都將倒下。

看那寶劍鋒銳，矛槍頎長，

看那飛羽迅疾，城門堅固；
保衛黃金的勇士果敢無畏；
矮人永遠不再受難受苦。

往昔矮人創造的咒語強大，
手中鐵錘敲打彷彿鐘響
地底深處，黑暗之物沉睡，
在荒丘下，空蕩蕩的廳堂。

他們以銀鍊串起群星熠熠
頂頂頭冠鑲嵌飛龍的火焰，
他們用蔓卷的金屬絲線
盤旋出豎琴的曲調旋律。

山下的寶座重獲自由！
流浪的族人啊，聽那召喚！
快來！快來！越過荒原！
骨肉親族的國王正有急難。

我們的召喚越過冰冷山脊，
「歸來吧，回到昔日的石廳！」
國王就在城門上等待，

他的手中滿是寶石黃金。

國王已經回到他的廳堂
在那幽暗的高山下
可怕的惡龍已經剷除，
我們的敵人也終將倒下！

這首歌似乎很合梭林的意，他又露出笑容，高興起來。他開始計算到鐵丘陵的距離，以及如果戴因一收到消息就動身，要多久才能到達孤山。但是，聽了眾人唱的歌和他們談的話，比爾博的心卻沉了下去：它們聽起來太像要開戰了。

第二天一大早，就見一隊長矛兵過河，沿著山谷前來。他們扛著精靈王的綠旗和長湖人的藍旗，一直走到橫在前門口的石牆前才停下來。

梭林再次高聲招呼他們：「你們是什麼人，全副武裝來到山下之王——瑟萊因之子梭林的門前準備開戰？」這次，他得到了回應。

一個高大的男人站了出來，髮色烏黑、面容嚴肅。他喊道：「你好啊，梭林！你為什麼像強盜關在監牢裡一樣，把自己囚禁起來？我們還算不上你們的敵人，我們沒想到你們還活著，為此感到欣喜。我們來的時候以為這裡一個活人也沒有了；現在既然我們在此相遇，不妨談判協商。」

「你是誰？你要談判什麼？」

「我是巴德，惡龍就是我親手殺死的，因此你才能獲得那些寶藏。這難道不是你所關心的事嗎？此外，我是河谷城吉里安的正統繼承人，在你的寶藏中

也混有來自他的廳堂和城鎮的大量財富，那都是老斯毛格偷走的。這難道不是我們可以討論的問題嗎？此外，斯毛格在他的最後一戰中摧毀了埃斯加洛斯人的家園，而我仍是他們鎮長的下屬。我代他發言，問你有沒有考慮過他的人民的悲傷和痛苦。他們在你們困難的時候幫助了你們，而你們回報他們的，到目前為止卻是家破人亡，儘管你們毫無疑問不是故意的。」

這些話雖然帶著傲氣又說得嚴厲，卻實事求是、通情達理。比爾博以為梭林一定會馬上承認其中的公正之處。當然，他並不指望有人記得是他憑一己之力發現了惡龍的致命弱點；這心態挺好，因為從來沒有人記得。但是，他沒有考慮到那些被惡龍盤踞多年的黃金有多大威力，也沒有考慮到矮人的心。在過去幾天裡，梭林在寶庫中度過了很長時間，想將它據為己有的欲望越來越強烈。雖然他搜尋的目標主要是阿肯寶石，但他也有識別出堆在那裡的許多其他奇妙之物的眼力，那些東西無不牽繫著矮人一族的艱辛和悲傷的古老記憶。

「你把最站不住腳的理由放在最後也是最重要的位置。」梭林回答道，「我族人的寶藏，人類無權過問，因為從我們這裡盜走寶藏的斯毛格，也同樣掠奪了被盜者的生命和家園。那些寶藏不屬於他，因此他的惡行不能拿寶藏的一部分去彌補。至於我們所獲得的長湖人的物資與幫助，我們會以公平合理的價格償還——在適當的時候。但在武力威脅下，我們**什麼也不**會給，哪怕是一塊麵包的錢也不行。只要你們把一支武裝軍隊開到我們的門前，我們就視你們為敵人和竊賊。

「我還想問，如果你們發現我們全被殺了，寶藏無人守護，你會把所獲得的財寶分多少給我們的親族？」

「問得好。」巴德回答，「但是你們沒有死，我們也不是強盜。而且，富

人對那些曾經助他渡過難關的窮人，或許該有超過應給的憐憫。另外，我其他的要求尚未得到答覆。」

「我已說過，有武裝人員站在我的門前，我不會接受談判。我也絕對不會跟精靈王的人談判，他沒善待我們，這我可沒忘。他們沒有資格來跟我辯論。趕快離開，免得我們的弓箭不長眼睛！如果你還想跟我談，就先把精靈大軍趕回他們該待的森林裡去，然後回來，放下武器之後再接近我的門檻。」

「精靈王是我的朋友，他在長湖人急需幫助的時候伸出了援手，雖然長湖人除了友誼之外沒有資格對他提出要求。」巴德回答，「我們會給你時間反省你的話。在我們回來之前好好想想吧！」說完他就離開返回營地去了。

過了幾個鐘頭，那些旗手回來了，幾個號手上前，一齊吹響號角。

「以埃斯加洛斯和森林的名義，」其中一人高喊，「我們向自稱為山下之王的瑟萊因之子『橡木盾』梭林說話，請他認真考慮我們的要求，否則就宣布他為我們的敵人。他至少要將寶藏的十二分之一交給巴德，因他既是屠龍者，亦是吉瑞安的繼承人。巴德將從所得的財寶中拿出自己的錢來幫助埃斯加洛斯；但是，如果梭林想要效法他的先祖，獲得周圍各地子民的友誼與尊重，那麼他也要拿出自己的一些財寶來安撫長湖鎮的人。」

梭林聽完抓起一把角弓，朝說話的人射了　箭。箭射中了那人的盾牌，插在上面不住顫動。

「既然這是你的答覆，」那人回敬道，「我在此宣布孤山被包圍了。在你們這一方要求休戰和談判之前，你們將無法離開此地。我們不會訴諸武力對付你們，只是讓你們和你們的金子待在一起。你們要是願意，可以吃金子過活！」

說完，那些信使就迅速離開了，留下矮人去考慮他們的處境。梭林變得如此冷酷，旁人哪怕有心，也不敢去挑剔他的作法。不過，實際上他們大多數人的想法似乎都和他一樣──也許只有胖胖的老邦伯、菲力和奇力是例外。比爾博當然不贊成這一整場波折。他這時已經受夠了孤山，被圍困在裡面一點也不合他的口味。

　　「這地方仍然到處都是惡龍的臭味，」他自言自語地嘟噥著，「真讓我噁心。而且，那些**克拉姆**開始卡在我的喉嚨裡吞不下去了。」

黑夜裡的賊

A Thief in the Night

如今日子過得又慢又令人厭倦。很多矮人都把時間花在寶藏上，將它們分門別類堆好。這時梭林也提起了瑟萊因的阿肯寶石，一再吩咐大家搜遍每個角落，把它找出來。

「我父親的阿肯寶石比一條河的黃金還值錢，」他說，「對我來說，它更是無價之寶。在所有的財寶中，我指明那塊寶石歸我，誰要是找到了還暗自扣在手裡，我定要找他報復。」

比爾博聽到這些話，開始感到害怕，不知寶石要是被人發現，會出什麼事——他把寶石裹在一捆充當枕頭的破舊雜物中。儘管如此，他還是沒把這事說出來，因為隨著日子過得越來越疲憊難挨，他的小腦袋裡開始冒出了一個計畫。

這樣的狀況持續了一段時間，直到渡鴉帶來消息，說戴因率領五百多名矮人從鐵丘陵兼程趕路，正從東北方過來，再走兩天的路程就能到達。

「但他們不可能在不引人注意的情況下到達孤山，」羅阿克說，「我擔心山谷裡會發生戰鬥。我不認為這是好事。他們強悍不假，卻多半戰勝不了圍困你的大軍；而且，就算他們戰勝了，你又能得到什麼呢？嚴冬和冰雪就緊跟在他們背後。要是沒有周圍鄰邦的和睦友誼和善意相助，你們要拿什麼來餵飽肚子？寶藏很可能會害你送命，儘管惡龍已經不在了！」

但是梭林不為所動。「嚴冬和冰雪同樣會侵襲人類和精靈，」他說，「他們可能會發現紮營在這荒原上實在難以忍受。隨著我的友軍堵在他們背後，又有嚴冬當頭襲來，或許他們就會態度溫和一點來談判了。」

那天夜裡，比爾博下了決心。天空漆黑，沒有月亮。等天一黑透，他便走進就在前門裡邊的一個小房間，從角落裡他的包袱中取出一根繩子，以及用破

布包著的阿肯寶石。然後他爬上那堵石牆的牆頭。只有邦伯在那裡，因為正好輪到他守哨，矮人們一次只安排一個人守哨。

「冷死了！」邦伯說，「我真希望我們能生堆火，像他們在營地裡那樣！」

「裡面還是挺暖和的。」比爾博說。

「那是；可我得在這裡熬到半夜。」胖矮人嘟囔著，「這事真令人遺憾。我不是吃了熊心豹子膽要反對梭林，願他的鬍子長個不休；但他實在是個硬脖子的矮人。」

「沒我的腿硬，」比爾博說，「我煩透了那些樓梯和石頭通道。我願意花大把錢來換腳趾踩上青草的感覺。」

「我願意花大把錢來換一杯烈酒入喉的感覺，還有一頓豐盛的晚餐後躺上一張柔軟的床！」

「在圍困期間，我給不了你這些。不過，我已經很久沒守哨了，要是你願意，我可以替你守。今天晚上我睡不著。」

「你真是個好夥伴啊，巴金斯先生，我欣然接受你的提議。要是有什麼異常，記得先叫醒我！我會睡在門裡左邊的屋裡，離得不遠。」

「你去吧！」比爾博說，「我會半夜叫醒你，你再去叫醒下一個守哨的人。」

邦伯一走，比爾博就戴上戒指，繫好繩子，滑下石牆，走了。他還有大約五個鐘頭的時間。邦伯很能睡（他隨時都能睡，而且自從在那場森林冒險裡睡過去以後，他總想重溫當時做過的美夢）；而其他人都跟梭林在忙碌。即使是菲力和奇力，在輪到他們之前也不太可能出來到石牆上去。

天色很黑，過了一陣，當他離開那條新開闢的小路，往下爬到河的下游

時，路對他來說就很陌生了。最終，他來到河道拐彎的地方，要想前往營地，就必須在這裡渡河。這裡的河床很淺，但河面已經很寬，對小小的霍比特人來說，要在黑暗中涉水過河並不容易。快到對岸時，他踩到一塊圓石，腳一滑，噗通一聲摔進了冷水，濺起一澎水花。他剛奮力爬上對岸，還在渾身發抖又吐又咳時，暗處就冒出了幾個精靈，提著明晃晃的燈籠，前來搜尋噗通聲的來源。

「那不是魚！」有個精靈說，「附近有個探子。把燈籠遮上！比起我們，光更能幫他，如果他就是那個古怪的小東西，據說是矮人的僕人。」

「僕人，呵呵！」比爾博哼了一聲；但他哼了一半便打了一個響亮的噴嚏，那些精靈立刻朝聲音圍了過來。

「照個亮！」他說，「你們要找我的話，我就在這裡！」說完他摘下戒指，從一塊石頭後面冒出來。

他們大吃一驚，但還是很快就抓住了他。「你是誰？你是那群矮人的霍比特人嗎？你在幹什麼？你是怎麼躲過我們的哨兵走這麼遠的？」他們連珠炮似的發問。

「我是比爾博・巴金斯先生，」他回答說，「如果你們想知道的話，我是梭林的同伴。我見過你們的國王，很熟悉他的長相，不過他見到我也多半不認得。但巴德會記得我的，我是特地來見巴德的。」

「是嗎！」他們說，「那你有什麼事要見他？」

「不管什麼事，都是我的事，我的好精靈們。不過，如果你們想趕緊從這個又冷又無趣的地方回自家的森林裡去，」他邊發抖邊說，「就趕快把我帶到火堆旁，讓我烤乾身子——然後讓我盡快跟你們的首領談談。我只剩下一兩個

鐘頭的時間了。」

　　就這樣，比爾博在偷跑出前門大約兩個鐘頭後，坐在了一座大帳篷前溫暖的火堆旁。精靈王和巴德也坐在那裡，好奇地盯著他。一個穿著精靈鎧甲、半裹在舊毯子裡的霍比特人，對他們來說是件新鮮事。

　　「說真的，你知道，」比爾博用他最一本正經的態度說，「事情確實難辦。就我個人而言，我對整件事都厭煩透了。我希望回到西方我自己的家，那裡的人更通情達理。不過，這件事涉及我的利益──確切地說，是十四分之一的利益，依照這封信的說法，幸虧我還保存著它。」他從他的舊外套（他仍把它穿在鎖子甲外面）口袋裡掏出一封摺了又摺、皺巴巴的信，就是五月時梭林放在壁爐架上壓在鐘底下的那封信！

　　「請注意，是**利潤**的一部分，」他繼續說，「我很清楚這一點。就我個人而言，我非常願意仔細考慮你們所有的索賠要求，從總數中扣除當扣的部分，然後再分我的那一份。不過你們不像我現在這麼了解『橡木盾』梭林。我跟你們保證，只要你們守在這裡，他就準備坐在一堆金子上餓著肚子耗到底。」

　　「好，就讓他耗下去吧！」巴德說，「這樣的傻瓜餓死活該。」

　　「沒錯，」比爾博說，「我懂你的看法。不過，寒冬馬上要來了。過不了多久你們也會面臨大雪之類的麻煩，補給會很困難──我想，即便對精靈來說也是如此。此外還有別的棘手問題。你們沒聽說過戴因和鐵丘陵的矮人吧？」

　　「我們很久以前聽說過；但他和我們有何關係？」精靈王問。

　　「我猜也是這樣。看來我知道一些你們不知道的消息。我不妨告訴你，戴因現在離這裡不到兩天的路程了，跟他一起來的有至少五百個強悍善戰的矮

人──其中許多人都經歷過那場可怕的矮人與半獸人的戰爭，那場戰爭你們無疑都聽說過。等他們到達以後，可能會有大麻煩。」

「你為什麼把這件事告訴我們？你是在背叛你的朋友，還是在威脅我們？」巴德板著臉問。

「我親愛的巴德！」比爾博尖聲叫道，「別這麼著急！我從來沒見過疑心病這麼重的人！我只是想避免大家遇到麻煩而已。現在，我對你們有個提議！！」

「我們洗耳恭聽！」他們說。

「你們可以看看這個！」他說，「就是它！」他掏出阿肯寶石，揭去包裹在外的破布。

就連見慣了奇珍異寶的精靈王也不禁起身，驚訝萬分。就連巴德也不出聲了，驚奇不已地盯著它。它就像一個注滿了月光的球體，裝在一個冷冽星輝織就的網中，懸在他們面前。

「這就是瑟萊因的阿肯寶石，」比爾博說，「山之心；同時也是梭林的心。他估計它比一條河的黃金還貴重。我把它交給你們。它可以在你們討價還價時幫上忙。」接著，比爾博就把這顆神奇的寶石交給了巴德，他遞過去時不免微微發抖，也不免流露出依依不捨，而巴德將它捧在手裡，似乎眼花繚亂不知所措。

「可是，它怎麼會是你能給的呢？」他好不容易定下神來問道。

「這個嘛，」霍比特人不安地說，「嚴格說來，確實不是我能給的；但是，這麼說吧，我願意用它來抵我全部該得的那一份，你明白吧。我或許是個飛賊──起碼他們是這麼說的，但就我個人而言，我從來沒真覺得自己是個

賊——但我是個誠實的賊，我希望是，或多或少啦。不管怎樣，我現在要回去了，矮人要怎麼處置我可以隨他們的便。我希望它對你們有用。」

精靈王以一種充滿驚奇的嶄新眼光看著比爾博。「比爾博·巴金斯！」他說，「這身精靈王子的鎧甲，有許多人穿起來比你漂亮，但你比他們更有資格。不過我不知道『橡木盾』梭林會不會這麼認為。大體上，我對矮人的了解恐怕比你多。我勸你留下來跟我們在一起，你在這裡會受到尊敬與熱烈的歡迎。」

「非常感謝你的好意。」比爾博說著鞠了一躬，「但我認為我不應該就這樣離開我的朋友，畢竟我們一起經歷了那麼多。而且我還答應了要在半夜叫醒老邦伯！我真的得走了，而且要快。」

他們說什麼也留不住他；於是他們派了一隊人護送他。他走的時候，精靈王和巴德都懷著敬意向他道別。當他們穿過營地時，有個坐在一座帳篷門口，裹著深色斗篷的老人起身朝他們走來。

「幹得好！巴金斯先生！」他拍著比爾博的背說，「你總有本事出人意料！」這人竟是甘道夫。

這麼多天以來，比爾博第一次由衷感到高興。他恨不得馬上把所有想問的問題都說出來，但是沒有時間了。

「一切都再及時不過！」甘道夫說，「如果我沒弄錯的話，事情已經接近尾聲了。你馬上就要面臨一段不愉快的時刻，但你要保持振奮！你**有**能耐度過難關的。還有些正在醞釀的事情，就連渡鴉都一無所知。晚安！」

比爾博又繼續趕路，雖然大惑不解，但還是很開心。他被領到一處可以安全渡河的淺灘，乾爽地過了河，然後向精靈們道別，再小心翼翼地爬上堤岸回

到前門前。這時他才感到累得快死了，不過在他扯著繩子爬回牆上時——繩子還在原處，沒人動過——還要等一陣子才到午夜。他解開繩子把它藏好，然後坐在牆頭，焦慮地想著接下來會發生什麼事。

午夜時分，他去叫醒了邦伯，然後也沒聽老矮人的感謝（他覺得自己受之有愧），就蜷縮到自己的那個角落裡，很快就忘了所有的煩惱睡熟了，而且一覺睡到天亮。事實上，他還夢見了雞蛋和培根呢。

風雲變色
The Clouds Burst

第二天，營裡一大早就吹響了號角。不一會兒，就有一個人沿著那條狹窄的小路跑來。他在一段距離外站定，向他們打招呼，問梭林是否願意聽取另一批使者的意見，因為有了新的消息，情況發生了變化。

「一定是戴因的緣故！」梭林聽到後說，「他們得到了他前來的風聲。我就知道這會讓他們改變態度！告訴他們，來的人要少，不帶武器，我就願意聽聽。」他對傳話的人說。

大約中午時分，一支扛著森林和長湖的旗幟，有二十人的隊伍又出現了，朝他們走來。在窄路的路口他們放下劍和長矛，然後走向前門。矮人們看到巴德和精靈王都在隊伍中，但令他們感到奇怪的是，在那兩位前面還有一個全身裹在斗篷和兜帽裡的老人，手裡捧著一個結實的包鐵匣子。

「你好啊，梭林！」巴德說，「你的想法還是沒變嗎？」

「我的想法不會因為幾輪的日出日落就改變。」梭林回答，「你就是來問我這種無聊的問題嗎？精靈大軍仍然沒有按照我的要求撤離！在那之前你來和我討價還價都是白費力氣。」

「難道就沒有什麼能讓你拿出一部分黃金來換嗎？」

「任何你和你的朋友能拿出來的東西都不值得。」

「瑟萊因的阿肯寶石也不值嗎？」他說。與此同時，那位老人打開匣子，高高舉起那顆寶石。光芒從他手中迸現，在晨光中白得耀眼。

梭林震驚錯愕，又大惑不解，竟啞口無言。有很長一段時間鴉雀無聲。

終於，梭林打破沉默，聲音裡充滿了怒火。「那顆寶石是我父親的，也是我的，」他說，「我憑什麼要買回我自己的東西？」不過困惑讓他忍不住又問了一句：「可你們是怎麼把我的傳家寶弄到手的——如果一群賊肯回答這個問

題？」

「我們不是賊。」巴德回答，「我們會把你的東西還給你，用來交換我們的東西。」

「你是怎麼得到它的？」梭林怒不可遏地喊道。

「是我給他們的！」比爾博尖聲喊道，他剛才正偷偷往牆外望，這時已經嚇得半死了。

「你！竟然是你！」梭林吼道，一轉身用雙手把他揪起來，「你這該死的霍比特人！你這矮冬瓜——小賊！」他氣得連罵人的話都找不到了，只是一個勁兒拚命搖晃可憐的比爾博，像搖晃一隻兔子似的。

「我指著都林的鬍子發誓！我真希望甘道夫就在這裡！他選上你真是該死！願他的鬍子全部掉光！至於你，我要把你摔死在底下那些石頭上！」他狂吼著，把比爾博舉了起來。

「且慢！你的願望成真了！」有個聲音說。那個捧著木匣的老人揚手掀開了兜帽和斗篷。「甘道夫在此！而且似乎來得正是時候。如果你不喜歡我的飛賊，請別傷害他。把他放下來，先聽聽他有什麼話要說！」

「看來你們都是一夥的！」梭林說，把比爾博扔在牆頭上。「我再也不跟任何巫師或他的朋友打交道了。你這個鼠輩，還有什麼話要說？」

「我的天！我的天！」比爾博說，「我確信這全都讓人非常不適。你還記得你說過，我可以選擇我自己的十四分之一吧？也許我把這話過於當真了——有人告訴我，矮人有時候說得比做得漂亮。儘管如此，那時候你似乎認為我幫上了大忙。鼠輩，說得好！梭林，這就是你和你的家族向我保證的效勞嗎？那好，就當我自願放棄我應得的那一份，以此作為條件，這事重新來過吧！」

「我會。」梭林神色陰沉地說，「我會按這條件放你走——但願我們永不再見！」然後他轉過身，對外面牆底下說話。「我遭到了背叛，」他說，「你們猜對了，我不能容忍不贖回阿肯寶石，那是我的傳家寶。我願意拿出寶藏中十四分之一的金銀，寶石除外；但這應當算作履行分給這個叛徒一份的承諾，他將帶著那份報酬離開，你們愛怎麼分就怎麼分。我毫不懷疑他什麼都分不到。你們要想他活命，就快帶他走；我跟他再也不是朋友了。

「現在滾下去，滾去你朋友那兒！」他對比爾博說，「否則我就把你扔下去。」

「那金銀呢？」比爾博問。

「你先滾，隨後再安排，」他說，「滾下去！」

「東西送來之前，寶石暫時由我們保管。」巴德喊道。

「作為山下之王，你的表現可不怎麼光彩。」甘道夫說，「不過情況還可能改變。」

「的確有可能改變。」梭林說。由於寶藏已經徹底迷住了他的心竅，他在盤算著能不能借助戴因的幫助奪回阿肯寶石，並且扣下那份作為報酬的金銀。

就這樣，比爾博被從石牆上吊了下去，在經歷了那麼多患難之後，他除了梭林已經送給他的鎖子甲，就這麼兩手空空地離開了。不止一個矮人心裡為他的離去感到羞愧和難過。

「再會！」他向他們喊道，「我們會以朋友的身分再相聚的。」

「快滾！」梭林吼道，「你身上穿著我族人做的鎖子甲，你不配。箭矢射不穿它沒錯；但是如果你不快滾，我會射穿你那該死的腳。所以你滾得越快越好！」

「用不著那麼急！」巴德說，「我們給你的期限是到明天。明天中午我們會再來，看看你有沒有從寶藏中把交換這顆寶石的那份拿出來。如果確實給了，無詐無欺，那麼我們就會離開，精靈大軍也會返回森林。現在我們暫且告別吧！」

說完，他們就返回營地去了。但梭林告訴羅阿克派出信使，將發生的事告訴戴因，吩咐他小心謹慎，火速趕來。

白天過去了，黑夜也過去了。第二天，風向轉為西風，空中昏暗陰沉。清晨時分，營地裡聽到一聲呼叫。傳令兵跑來報告，有一支矮人大軍出現在孤山東側支脈口，現在正朝河谷城趕來。戴因來了。他連夜趕路，所以到得比他們預期的更早。他的族人每個都穿著垂至膝蓋的鋼鎖子甲，腿上套著細而柔韌的金屬網製成的長統護腿，戴因的族人掌握著製作的祕技。矮人擁有與身高不成比例的強壯體魄，但來的這些大多即使在矮人當中也堪稱強壯。他們揮舞著雙手用的沉重鶴嘴鋤作戰；但每個人腰間還額外帶著一把闊短劍，背上背著圓盾。他們把鬍子分成幾股編成辮子塞進腰帶裡，頭戴鐵頭盔，腳穿鐵底鞋，面容嚴峻。

號聲響起，召喚人類和精靈武裝上陣。不久，就看見一支矮人隊伍正以極快的速度向山谷中走來。他們在河流和東支脈之間暫時止步，但有幾個繼續往前走，過河來到了營地邊上。他們在那裡放下武器，舉起雙手表示和平。巴德出去迎接他們，比爾博也跟著他一起去了。

「我們是納因之子戴因派來的。」他們接受盤問時說，「我們正火速趕去和孤山的親族會合，因為我們得知昔日的王國已經光復。你們是誰，竟駐紮在

這平原上，像敵人一樣與守備森嚴的城牆對峙？」當然，這是用在這種場合的老式客套說法，意思其實就是：「你們無權待在這裡。我們要過去了，讓開，不然我們就跟你們開戰！」他們打算推進到孤山和河彎之間，因為那裡的狹長地帶看起來防衛薄弱。

巴德當然不允許矮人直接前往孤山。他決心等到梭林拿出金銀來交換阿肯寶石再說；因為他認為，一旦梭林的堡壘獲得一支如此龐大好戰的援軍，交換的事就辦不成了。援軍帶來了大量的補給物資；因為矮人能背負非常重的東西，戴因的族人雖然是以急行軍的速度趕來，但除了武器之外，幾乎所有的人都背著巨大的背包。他們能扛住好幾個星期的圍困，屆時可能還有更多的矮人前來，而且會越來越多，因為梭林有很多親戚。他們還可以重新打開並防守別的出口，如此一來圍攻者就必須包圍整座山；然而巴德他們沒有足夠的兵力。

事實上，這正是矮人的計畫（因為渡鴉信使一直在梭林和戴因之間忙碌傳話）；但是此刻路被擋住了，所以矮人使者氣呼呼地罵了幾句之後，就在鬍子底下嘟嘟囔囔著退走了。巴德立刻派使者去到前門，但是他們既沒看到黃金也沒見到付款。而且他們一進入射程範圍，箭矢就紛紛射了出來，他們只能驚慌地趕快撤回去。整個營地裡一片騷動，彷彿即將開戰；因為戴因的矮人隊伍正沿著河的東岸前進。

「笨蛋！」巴德笑道，「就這樣來到孤山的臂彎底下！不管他們多麼精通地底坑道裡的戰鬥，他們都不懂地面上的戰爭。我們的許多弓箭手和長矛手現在正埋伏在他們右翼的岩石間。矮人的盔甲或許精良，但他們很快就會難以承受的。趁他們還沒有完全休整，我們從兩邊夾攻他們吧！」

但是精靈王說：「我寧願等上很長一段時間，才能開始為黃金而戰。除非

我們願意，矮人不能從我們這裡通過，也做不了任何我們察覺不到的事。讓我們繼續期待和解的轉機吧。倘若最後必須不幸開戰，我們在人數上也有足夠的優勢。」

但他低估了矮人。阿肯寶石在圍困者手中的消息讓矮人怒火中燒；他們也猜到了巴德和他的朋友們會猶豫不決，因此決定趁他們還在爭論的時候發動襲擊。

矮人沒有發出任何信號，突然間悄無聲息地發動了進攻。弓響不停，飛箭呼嘯；雙方眼看即將交手。

更突然的是，一股黑暗以可怕的速度來襲！一片烏雲飛快地遮蔽了天空。一股狂風裹著冬天的雷聲呼嘯而來，在孤山上轟隆作響，閃電照亮了山巔。在雷電下方，可以看見有另一團黑暗席捲而來；但它不是隨著狂風來的，它來自北方，像一大片黑壓壓的鳥群，如此密密麻麻，以至於翅膀間連光都漏不出。

「住手！」甘道夫突然現身大喊。他高舉雙臂，獨自站在前進的矮人和等著迎戰的隊伍中間。「住手！」他的喊聲響如霹靂，他的手杖如閃電般光芒大熾。「恐怖降臨到你們所有人頭上了！唉！它來得比我預料得更快。半獸人向你們進攻了！戴因啊，北方的半獸人頭領波爾格[14]來了！當初你在墨瑞亞殺了他父親。看哪！在他的軍隊上空有一大群蝙蝠，就像一片鋪天蓋地的蝗蟲。他們騎的是狼，座狼緊跟在後！」

所有的人都震驚又茫然。就在甘道夫說話的時候，黑暗益發濃重。矮人全都停下腳步，凝視著天空。精靈也紛紛呼喊起來。

「快來！」甘道夫召喚道，「還有時間商議一下。讓納因之子戴因快到我們這裡來！」

---

14. 阿佐格之子。見第36頁。——作者注

於是，一場誰也沒料到的戰役就這樣開始了；這場戰役被稱為「五軍之戰」，非常慘烈。一邊是半獸人和野狼，另一邊是精靈、人類和矮人。事情的原委是這樣的。自從迷霧山脈的半獸人頭領被殺後，半獸人對矮人的仇恨就重新高熾，燃成怒火。使者在他們所有的城市、聚居點和要塞之間來回穿梭；因為他們現在決心要贏得北方的統治權。他們用各種隱密的方式收集消息；山區中處處都在鍛造兵器，武裝兵力。然後，他們沿著丘陵和山谷行軍，一直藉由地道或趁著黑夜前進，直到在北方的貢達巴德大山底下（那是他們的都城）和四周集結成一支龐大的軍隊，準備在風暴襲來時出其不意地橫掃南方。接著，他們聽說斯毛格死了，心中大喜；他們一夜又一夜地翻山越嶺趕路，最後緊跟著戴因從北方殺到。就連那些渡鴉也是直到他們在隔開孤山和後方丘陵的坎坷野地間冒頭時，才察覺他們的到來。甘道夫對此知道多少並不好說，但很明顯，他也沒料到襲擊會來得如此突然。

以下是他與精靈王、巴德，還有戴因（這位矮人領主現在也加入了他們的陣營）商議後所制定的計畫：半獸人是所有人的敵人，大敵當前，所有其他的糾紛都要靠後。他們唯一的希望是把半獸人誘進孤山兩臂之間的山谷裡，己方則守衛向南和向東伸出的兩道大支脈。如果半獸人的兵力足以橫掃整座孤山，能從後方和上方同時攻擊他們，這個計畫就有失敗的危險。但是，他們沒有時間制定其他計畫，或召喚任何援軍。

驚雷很快就過去了，轟隆著滾向東南方；但蝙蝠如雲壓來，飛得更低，越過孤山的山肩，在他們頭頂盤旋，遮住一切光線，讓他們充滿了恐懼。

「到孤山去！」巴德喊道，「到孤山去！趁還有時間，讓我們占據有利的

位置！」

　　在南邊支脈較低的斜坡上和山腳的岩石間，精靈布好了陣地；人類和矮人則守在東邊支脈上。但巴德和一些最敏捷的人類以及精靈，爬到東邊山肩的最高處，以便觀看北邊的情況。不久，他們便看見孤山山腳一帶的地面被快速湧來的黑壓壓的敵軍淹沒了。很快，先頭部隊就繞過了支脈的山嘴，衝進了河谷。這些是速度最快的狼騎兵，他們的戰吼和嚎叫已經遠遠破空傳來。少數勇敢的人聯手上前佯裝抵抗，在餘下的人撤退並逃向兩邊之前有不少倒下。正如甘道夫所希望的，半獸人大軍聚集在遭到抵抗的先頭部隊後面，這時憤怒地湧進山谷，在孤山的兩臂之間瘋狂突進，尋找敵人。他們的旗幟數不勝數，有黑有紅，他們像狂暴無序的潮水一樣洶湧沖來。

　　這是一場惡戰。它是比爾博所有經歷中最可怕的一段，也是他當時最痛恨的一段——也就是說，事後很久，這都是他最引以為豪的一段經歷，也是他最喜歡回憶的一段，儘管他在其中無足輕重。實際上，我可以說，他在戰鬥一開始就早早戴上了戒指，即使避不過所有的危險，也避過了所有人的視線。在半獸人衝鋒時，這類魔法戒指並不能起到完善的保護作用，也不能阻止紛飛的箭矢和亂捅的長矛；但它確實能幫忙閃避，也能防止你的腦袋被半獸人武士看上，一刀砍來。

　　精靈是首先發起衝鋒的。他們對半獸人懷有刻骨的仇恨。天昏地暗中，他們的槍矛和刀劍閃著寒冷的光焰，握緊武器的雙手凝聚了致命的憤怒。敵人大軍剛剛在山谷中緊密集結，他們便射出一陣接一陣的箭雨，每支疾飛的箭矢都閃著光，彷彿帶著灼人的火焰。箭雨之後，一千名槍矛手躍下衝鋒。殺聲震耳欲聾。岩石被半獸人的血染黑了。

半獸人剛從迎頭痛擊裡喘過氣來，精靈的衝鋒也剛剛打住，山谷對面便傳來一聲低沉的怒吼。隨著「墨瑞亞！」和「戴因，戴因！」的喊聲，鐵丘陵的矮人揮舞著鶴嘴鋤從另一邊猛撲上來；長湖人與他們並肩作戰，也舉著長劍掩殺而至。

半獸人登時一片驚慌失措；就在他們轉身迎向這場新攻擊時，精靈又以增援的兵力發起新一輪的衝鋒。許多半獸人已經掉頭朝河的下游逃竄，想要逃出這個陷阱。許多他們自己的狼也向他們反噬，撕咬死者和傷者。眼看勝利在望，這時高處突然傳來一陣響亮的嚎叫。

半獸人從另一面爬上了孤山，並且已經有許多來到前門上方的斜坡上，其他的則不顧那些尖叫著從懸崖和峭壁上掉下去的同伴，莽撞地往下衝去，從上方攻向兩道支脈。從中央的大山主體下去有很多小路能通到支脈，而守軍兵力太少，無法長時間封鎖這些路。勝利的希望消失了。他們先前只是抵擋住了黑潮的第一波攻擊。

白晝將盡。半獸人再次聚集在山谷裡。一大群貪婪飢餓的座狼衝了過來，同來的還有波爾格的護衛，都是體型巨大、手持鋼製彎刀的半獸人。很快，真正的黑暗籠罩了烏雲密布的天空；而巨大的蝙蝠還在精靈和人類的頭頂和耳邊盤旋，或像吸血鬼一樣牢牢纏住傷者。這時巴德正堅守在東邊支脈上，奮力抗擊，卻被迫慢慢後退；精靈領主們在孤山南臂靠近渡鴉嶺上瞭望哨的地方，護著他們的國王陷入了圍困。

突然間，又是一聲驚天動地的吶喊，從前門傳來了響亮的號聲。他們忘了梭林！部分石牆被槓桿撬開，向外倒塌，轟隆一聲落入水塘。山下之王一躍而出，他的同伴緊跟在後。兜帽和斗篷都不見了；他們穿著閃亮的盔甲，雙眼中

躍動著紅光。黑暗中，那個魁偉的矮人就像在將熄的火中閃閃發光的真金。

上方的半獸人從高處往下扔石頭；但他們堅持前進，紛紛跳到瀑布腳下，衝上前去加入戰鬥。狼和背上的騎手在他們面前紛紛倒下或逃跑。梭林揮動斧頭猛力劈砍，似乎什麼都傷不了他。

「向我集合！向我集合！精靈和人類！向我集合！噢，我的親族！」他大喊，聲音如號角在山谷中震盪。

戴因帶來的所有矮人見狀，全都不顧一切，衝下去助他。許多長湖人也下去了，因為巴德攔不住他們；另一邊也來了許多精靈的長矛手。半獸人再次在山谷中遭到重創；他們的屍體到處堆積如山，致使河谷漆黑一片，觸目猙獰。座狼四散奔逃，梭林直接攻向波爾格的護衛。但他無法突破他們的陣線。

在他身後的半獸人屍體當中，已經倒下了許多人類和矮人，還有許多原本應該在森林中長久快樂生活的美麗精靈。隨著山谷越來越開闊，他的進攻也越來越遲緩。他的人數太少了。他的側翼無人防備。很快，進攻者就成了受攻擊的一方，他們被迫圍成一個大圈，面對從四面八方返回進攻的半獸人和惡狼。波爾格的護衛嚎叫著朝他們撲來，衝擊他們的隊伍，就像海浪沖擊沙礫堆成的峭壁。他們的朋友此時也伸不出援手，因為翻過孤山而來的進攻以加倍的力量重新展開，山谷兩側的人類和精靈都在慢慢地敗退。

比爾博心如刀割地看著這一切。他站在渡鴉嶺上的精靈當中，一方面是因為在那裡逃生的機會更大，另一方面則是（他心中更像圖克家族的那部分這麼想），萬一他要拚死一戰，總體上他寧可保衛精靈王。我可以說，甘道夫也在那裡，正坐在地上，彷彿陷入沉思，我想，他正在準備某種最後的魔法一擊，在迎來終局之前。

終局看來不遠了。「用不了多久，半獸人就會奪下前門，」比爾博想，「我們要麼被屠殺，要麼被趕下去，遭到俘虜。在經歷了那麼多之後，這真的足以催人淚下。我寧可老斯毛格還活著坐擁那該死的寶藏，也不願讓這些卑鄙的傢伙得到它，讓可憐的老邦伯、巴林、菲力、奇力和其他所有人都落得悲慘的下場；還有巴德，還有長湖人和快樂的精靈。太慘了！我聽說過很多戰爭的歌謠，向來都明白雖敗猶榮的道理。但這哪怕不說叫人痛苦，也讓人非常不舒服。我真希望自己沒參與進來啊。」

就在這時，烏雲被風吹開裂隙，落日的紅光劃破了西邊天際。比爾博看到昏暗中乍現的微光，舉目四顧，突然大叫了一聲：眼中所見的景象使他的心雀躍，在遠處霞光的映襯下，天空中出現了一些雖小卻威武的黑影。

「大鷹！大鷹！」他喊道，「大鷹來了！」

比爾博的目光很少出錯。大鷹一排接一排地乘風飛來，陣容之大，肯定是北方所有的鷹都傾巢而出了。

「大鷹！大鷹！」比爾博叫著，跳著，手舞足蹈。精靈雖然看不見他，卻能聽到他的聲音。很快，他們也跟著叫喊起來，喊聲在山谷中迴盪。許多眼睛好奇地向上張望，雖然目前除了從孤山的南邊山肩上，其他地方還什麼都看不見。

「大鷹！」比爾博又喊了一聲。但就在那時，有塊石頭從上面呼嘯而下，重重地砸在他的頭盔上。他砰的一聲倒在地上，什麼也不知道了。

CHAPTER
18

歸途

The Return Journey

比爾博醒過來的時候，千真萬確是孤身一人。他躺在渡鴉嶺的平坦石頭上，周圍不見一個人影。在他上方晴空遼闊，萬里無雲，但是天氣很冷。他瑟瑟發抖，冷得像塊石頭，但腦袋卻燒得像火。

「真納悶出了什麼事？」他自言自語道，「不管怎麼說，我還不是壯烈犧牲的英雄；不過我想，要當的話還有時間！」

他痛苦地坐起來，往山谷裡望去，卻看不到一個活的半獸人。過了一會兒，頭腦稍微清醒一點了，他覺得自己看見底下的岩石間有精靈在走動。他揉了揉眼睛。沒錯，在遠處的平原上仍有一處營地；前門附近居然也人來人往？矮人似乎正忙著拆除石牆。但是一片死寂無聲。沒有叫喊，也沒有歌聲在迴盪。空氣中似乎瀰漫著悲傷。

「我猜，我們終究勝利了！」他摸著疼痛的頭說，「呃，可那景象看起來非常令人沮喪。」

突然，他察覺到有個人爬了上來，正朝他這邊走來。

「哈囉！」他用顫抖的聲音喊，「哈囉！有什麼消息？」

「石頭堆裡怎麼有聲音在說話？」那人停下腳步，在離比爾博坐著的地方不遠處左右張望。

這時比爾博才想起了他的戒指！「我的天啊！」他說，「隱身到底還是有壞處的，要不是這樣，我說不定早就在床上又暖和又舒服地度過一夜啦！」

「是我，比爾博·巴金斯，梭林的同伴！」他急忙摘下戒指喊道。

「能找到你真是太好了！」那人大步走上前說，「我們一直在找你，都惦著你呢。要不是巫師甘道夫說最後一次聽到你的聲音是在這個地方，你就會被列入陣亡名單裡了，陣亡的人太多了。我這是被派來最後再找你一次。你傷得

重嗎？」

「我想，是頭上被狠狠砸了一下。」比爾博說，「不過我有一頂頭盔和一個堅硬的頭殼。儘管如此，我還是覺得噁心想吐，兩條腿軟得像稻草。」

「我抱你到山谷裡的營地去吧。」那人說，輕輕地把他抱了起來。

那人腳步穩健，走得飛快；沒多久比爾博就在河谷的一座帳篷前被放了下來。甘道夫站在那裡，一條手臂綁著繃帶吊在胸前。就連巫師也沒能毫髮無傷地逃過一劫。全軍中很少有人沒有受傷。

甘道夫見到比爾博，高興萬分。「巴金斯！」他大喊道，「我真沒想到！你還活著──我真高興！我都開始懷疑你的運氣能不能保佑你到底了！這事真是可怕，差點就成了一場災難。不過，別的消息可以等一等。來！」他變得嚴肅起來，「有人要見你。」他邊說邊在前帶路，把霍比特人領進帳篷。

「你好，梭林！」他走進去時說，「我把他帶來了。」

「橡木盾」梭林就躺在裡面，遍體鱗傷，破損的鎧甲和缺口累累的斧頭被扔在地上。比爾博走到他身邊時，他抬眼望去。

「永別了，好飛賊。」他說，「我現在要前往等候的廳堂，坐在我的先祖身旁，直到世界更新。既然我現在要拋下所有的金銀，去一個金銀無用的地方，我希望像朋友一樣和你告別，我想收回我在前門口的惡言和蠢行。」

比爾博滿心悲傷，單膝跪地。「永別了，山下之王！」他說，「結局如果一定要這樣，那麼這真是一趟苦痛的冒險；即使有整座的金山也無法彌補。但我很高興曾經與你共患難──這對任何巴金斯家族的人來說都是無上的光榮。」

「不！」梭林說，「好心的西方之子啊，你遠比你所意識到的更善良。你有勇有謀，二者兼備。如果我們有更多人把美食、快樂和歌謠看得比囤積金山

更重，這世界將會快樂得多。但是無論悲傷還是快樂，現在我都必須拋下了。永別了！」

然後比爾博轉身離開，一個人走了。他裹著毯子獨自坐著，不管你信不信，他痛哭了一場，哭得兩眼通紅，聲音沙啞。他是個善良的小傢伙。要過很久以後，他才有心情再說笑。「我能及時醒來，真是老天慈悲。」他終於能開口跟自己說，「我真希望梭林還活著，不過我很高興我們能友好地道別。比爾博·巴金斯，你真是個傻瓜，你把那顆寶石的事搞得一團糟；雖然你竭盡全力想要爭取和平與安寧，結果還是打了一仗，不過我想這實在也不能怪你。」

比爾博後來才得知他被砸昏之後所發生的一切；但那給他帶來的悲傷多於快樂，此時他已經徹底厭倦了這趟冒險。他從骨子裡渴望著踏上歸程。不過，那還得耽擱一陣子，所以趁這時間我來講講幾件事。大鷹對半獸人的集結早就起了疑心；以大鷹的警惕，山裡的動靜是不可能完全瞞過他們的。因此，他們也成群結隊集結在迷霧山脈的大鷹麾下；最後，他們從遠處嗅到了戰爭的氣息，在千鈞一髮之際，乘著大風及時趕來。正是他們把半獸人趕下山坡，扔下懸崖，或追得他們尖叫著抱頭鼠竄，在敵陣中不知所措。沒過多久他們就解了孤山之危，讓山谷兩側的精靈和人類終於可以衝到下方去援助矮人。

但即使有大鷹助陣，他們在數量上仍處於劣勢。就在最後的時刻，貝奧恩親自出戰了——誰也不知道他是怎麼來、從哪裡來的。他獨自一人以熊的模樣出現在戰場上；他在盛怒中顯得幾乎有巨人一樣大。

他的吼聲如擂鼓、如炮響；他一路橫掃惡狼和半獸人，丟他們就像扔稻草和羽毛。他從他們背後發動進攻，像一聲霹靂衝破了包圍圈。矮人仍堅守在一

座低矮的圓丘上，將他們的領主們圍在中間。於是貝奧恩彎下腰抱起那時已經身中數支長矛倒在地上的梭林，將他送出了戰場。

他旋即返回，憤怒倍增，這使他所向披靡，簡直刀槍不入。他將波爾格的護衛隊打得七零八落，又將波爾格本人扯下狼背，捶成肉餅。半獸人見狀，無不驚慌失措，四散奔逃。新希望的來臨使他們的對手精神大振，對他們緊追不捨，使他們當中絕大多數無法逃生。聯軍將許多半獸人趕下奔流河，那些向南或向西逃跑的也被追殺到密林河附近的沼澤地裡，最後一批逃亡的半獸人裡大部分都被殲滅在該地，至於那些勉強逃到森林精靈王國裡的，不是被殺，就是被引入暗無天日的黑森林深處等死。歌謠中說，北方的半獸人戰士有四分之三在那一天喪命，此後群山中太平了許多年。

在夜幕降臨之前，勝券已然在握，但到比爾博返回營地時，追擊還在繼續。除了傷勢較重的人，留在山谷裡的人並不多。

那天晚上，比爾博裹著一堆溫暖的毯子躺在帳篷裡時問甘道夫：「大鷹在哪兒？」

「有些還在追獵敵人，」巫師說，「但大多數已經返回他們的窩巢了。他們不願留在這裡，天一亮就走了。戴因給他們的首領戴上了金冠，並發誓與他們永遠友好相處。」

「真遺憾啊。我是說，我很想再見到他們。」比爾博睡意朦朧地說，「也許我在回家的路上能見到他們。我想我很快就可以回家了吧？」

「隨時都可以。」巫師說。

實際上，過了好幾天之後，比爾博才真正出發。他們將梭林深深葬在孤山底下，巴德將阿肯寶石安置在他胸前。

「讓寶石安臥在這裡，直到孤山崩塌！」他說，「從今往後，願它給他所有居住在此的族人帶來好運！」

精靈王將梭林被俘時從他手中沒收的精靈寶劍奧克銳斯特放在他的墳墓上。據歌謠說，若有敵人靠近，寶劍就會在黑暗中閃閃發光，矮人的堡壘不會被偷襲攻下。現在，納因之子戴因繼承了梭林的住所，成為山下之王，很快，眾多矮人都來投靠，聚集在這古老大廳中他的寶座前。梭林的十二個同伴，有十人生還。菲力和奇力在戰鬥中用自己的盾牌和身體保護梭林而犧牲，因為他是他們母親的兄長。其他人因為戴因妥善分配了寶藏，都留在了戴因身邊。

當然，原來的分配計畫不再有爭議，寶藏被分給了巴林和杜瓦林，多瑞、諾瑞和歐瑞，歐因和格羅因，比弗、波弗和邦伯——還有比爾博。不過，所有金銀的十四分之一，不管是否加工過，歸給了巴德；因為戴因說：「我們會尊重死者的協議，而他現在的確擁有阿肯寶石了。」

即使是十四分之一，也是一筆極其巨大的財富，比世間許多凡人國王的財富都要多。巴德從這些財寶中拿出不少金子給長湖鎮的鎮長；他還慷慨酬謝了追隨他的人和他的朋友。他將戴因歸還給他的傳家寶，吉瑞安的綠寶石送給了精靈王，精靈王最愛這樣的珠寶。

巴德對比爾博說：「這些寶藏既是你的，也是我的；雖然舊的協議因為有這麼多人為了贏得和保衛它付出了代價，已然不能成立。不過，即使你願意放棄所有的權利，我還是希望梭林說我們一點也不會分給你那句話不要成真，他也後悔說了這話。我要給你最豐厚的獎賞。」

「你真好心，」比爾博說，「但不拿對我來說真的是種解脫。我不知道到底要如何在一路都不引發爭戰和謀殺的情況下，把這些財寶運回家鄉。我也不

知道我回家後該怎麼處理它。我相信它交在你手裡更好。」

最後，他只肯拿了兩個小箱子，一個裝滿白銀，另一個裝滿黃金，這樣一匹強壯的小馬就能馱走。「我能應付的就這麼多了。」他說。

終於到了他向朋友們告別的時候了。「再會了，巴林！」他說，「再會了，杜瓦林；還有多瑞、諾瑞、歐瑞、歐因、格羅因、比弗、波弗和邦伯，再會了！願你們的鬍子永不稀疏！」他轉向孤山，添了一句，「再會了，『橡木盾』梭林！還有菲力和奇力！願你們英名永存！」

矮人在他們的前門前深深地鞠躬，但想說的話卻哽在喉嚨裡。「再見，無論你去往何處，願好運相隨！」巴林最後開了口，「待到我們的殿堂再度修繕得金碧輝煌，他日你再來訪，宴慶定會盛大無匹！」

「如果你們哪天路過我家，」比爾博說，「儘管進來！下午茶是四點，但任何時間都歡迎你來！」

然後他轉身離去。

精靈大軍已經拔營啟程，儘管人數不幸減少，但多數還是很高興，因為北方世界現在可以過上很久更加歡樂的日子了。惡龍已死，半獸人潰敗，他們的心期待著冬天過後的喜樂之春。

甘道夫和比爾博騎著馬跟在精靈王的後面，貝奧恩又變回了人形，邁著大大的步伐走在他們旁邊，一路上高聲大笑歌唱。就這樣，他們繼續前進，直到接近黑森林的邊界，到密林河流出之地的北邊。然後他們停了下來，因為巫師和比爾博不願進入森林，雖然精靈王邀請他們到他的宮殿裡去住幾天。他們打算沿著森林的邊緣走，繞過森林北端，橫越森林和灰色山脈起點之間的荒野。這條路漫長又無趣，不過既然半獸人已經被打垮了，在他們看來，這條路比森

林裡那些可怕的小徑要安全些。而且，貝奧恩也走這條路。

「精靈王啊，再會！」甘道夫說，「趁世界還年輕，願綠林歡樂無盡！願你的族人也歡樂無盡！」

「甘道夫啊，再會！」精靈王說，「願你永遠在最需要你的地方、在最出乎意料的時刻出現！你越常光臨我的殿堂，我越欣喜！」

「我請求你，」比爾博結結巴巴地說，不安地挪著腳，「收下這份禮物！」他拿出戴因在臨別時送給他的一條白銀與珍珠做成的項鍊。

「但是霍比特人啊，我是如何贏得了這樣的禮物？」精靈王說。

「這個，呃，我想，你不知道嗎？」比爾博有些慌亂地說，「這，呃，是你該得的，呃，一點小小的回報，感謝你的款待。我是說，即使是飛賊，也有感激之情。我喝了你不少的酒，吃了你不少的麵包。」

「我收下你的禮物，了不起的比爾博！」國王莊重地說，「我宣布你為精靈之友並祝福你。願你的影子永不消褪（要不然偷竊就太容易啦）！再會！」

然後精靈們轉向森林，而比爾博開始了他漫長的歸家之路。

在他回到家之前，他還經歷了許多艱難險阻。大荒野畢竟是大荒野，在那些日子裡，除了半獸人之外，還有許多其他的東西。但他得到了很好的引導和保護——巫師跟他在一起，大部分路程還有貝奧恩一起走——他再也沒有遇到大的危險。不管怎麼說，隆冬時節，甘道夫和比爾博已經沿著路繞過森林，從東緣走到西緣，回到了貝奧恩的家門口；他們在那裡住了些時日。尤爾季節[15]過得溫暖又歡樂；人們從四面八方趕來，應貝奧恩的邀請來參加盛宴。迷霧山脈裡的半獸人如今所剩無幾，而且個個嚇得半死，都躲在他們所能找到的最深

的洞穴裡；座狼也從森林中消失了，因此人們可以放心地出遠門。貝奧恩後來成了這片地區的大統領，統治著山脈和森林之間的廣闊土地；據說他的後裔裡有好幾代人都有變成熊的能力，其中有些人冷酷而邪惡，但大多數人的心地都像貝奧恩，只是身材和力量有所不及。在他們統治的年歲裡，迷霧山脈裡最後一批半獸人也被殲滅，大荒野的邊緣開始了新的和平歲月。

春天來臨，比爾博和甘道夫終於在一個風和日麗的日子裡，告別了貝奧恩。雖然比爾博很想家，但他離開的時候還是帶著遺憾，因為貝奧恩的花園裡春日百花盛開的景象，跟盛夏時一樣美妙，令人讚歎。

他們終於又走上那條漫長的路，來到當初半獸人抓住他們的那個隘口。不過他們是在早晨到達那處高地的，回頭眺望時，只看見耀眼的陽光照在遠遠延伸開去的廣闊大地上。大地盡頭是黑森林，遠處蒼藍，近處的邊緣即使在春天也是深綠色的。在視野所及的最遠處，矗立著孤山。在孤山的最高峰頂，尚未融化的積雪閃著蒼白的光。

「烈火之後有積雪，即使是惡龍也有末日！」比爾博說完，不再去想他的冒險之旅了。他身上屬於圖克的一半越來越疲倦，而巴金斯那一半卻一天天增強。「現在我只希望坐在我自己的扶手椅上！」他說。

---

15. 霍比特人曆法中，一年的最後一天及下一年的第一天都稱為尤爾日（Yule），相當於新年。見《魔戒》附錄四。托爾金要求該名音譯。尤爾季節（Yule-tide）是持續的六天，就是一年的末三天和新一年的頭三天。——譯者註

CHAPTER
19

尾聲
The Last Stage

五月一日這天，他們倆終於回到了最後（或最初）家園所在的幽谷邊緣。到達時又是傍晚，他們的小馬都累了，尤其是馱行李那匹；他們全都覺得需要休息。他們騎著馬走下陡峭的小路時，比爾博聽見精靈還在樹林裡唱歌，彷彿在他離開後，他們一直就沒停過；兩位騎手一進低處的林中空地，精靈立刻唱起了和上次差不多的歌。歌詞大概是這樣：

惡龍已經覆滅，

屍骨已經瓦解；

鎧甲已經粉碎，

氣焰煙消雲散！

寶劍終將銹蝕，

權位終將消亡

連同人類相信的力量

還有他們珍惜的寶藏，

但這裡青草依然生長，

木葉依然擺盪，

清水依然流淌，

精靈也依然歌唱

來吧！嘩啦啦啦啦！

回到我們的山谷吧！

天上群星燦爛

遠勝寶石無數，
月亮如此皎潔
遠勝白銀珍藏
黃昏時分的壁爐
比起礦中的黃金
更加溫暖明亮，
為何還要走闖四方？
來吧！嘩啦啦啦啦！
回到我們的山谷吧！

哎呦你們要去哪裡呀，
這麼晚了才回來啊？
河水依然奔流，
群星已經點亮！
如此悶悶不樂
如此憂鬱悲傷？
這裡的精靈男女
歡迎疲憊的旅人
嘩啦啦啦啦！
回到我們的山谷吧！
嘩啦啦啦啦！
啦啦啦啦啦！

嘩啦啦！

　　然後山谷裡的精靈出來迎接他們，帶領他們過河來到埃爾隆德的家。他們受到了熱烈的歡迎，那天晚上有很多人豎起耳朵，迫切想聽他們的冒險故事。講述的是甘道夫，因為比爾博已經安靜下來，昏昏欲睡。大部分的故事他都知道，因為他親身經歷過，而且是在回程的路上或在貝奧恩家裡時，他親口說給巫師聽的；不過，偶爾當故事講到一些他還不知道的部分時，他會睜開一隻眼睛，聽上一聽。

　　就這樣，他知道了甘道夫去過哪裡；因為他無意中聽到了巫師對埃爾隆德說的話。看來甘道夫是去參加了白道巫師大會，他們是一群博學多聞、通曉良善魔法的大師；並且他們終於把死靈法師從黑森林南部的黑暗老巢裡趕走了。

　　「不久以後，」甘道夫說，「森林會變得更加生機盎然。我希望北方能長久擺脫他的恐怖。但我真希望他被逐出這個世界！」

　　「真是那樣就好了，」埃爾隆德說，「不過，恐怕這事在世界的這個時代，甚至未來很長一段時間裡，都不會實現。」

　　他們的旅行故事講完以後，又有人講其他的故事，講更多的故事，有遠古的故事，也有新鮮的故事，還有不知道什麼時候的故事，直到比爾博的腦袋低垂到胸口，在角落裡舒服地打起鼾來。

　　他醒來時發現自己躺在一張雪白的床上，月光透過一扇敞開的窗戶照進來。在窗下的河邊上，有許多精靈正唱著歌，聲音清亮。

歡欣的人們歌唱吧，齊聲高歌！

風兒吹拂樹梢，風兒吹拂石楠；
群星璀璨爭輝，皓月正當長空，
夜晚塔樓高聳，窗戶大放光明。
歡欣的人們跳舞吧，共同起舞！
草地鬆軟柔細，腳步輕如絨羽！
潺潺溪水如銀，光影飛掠變幻；
五月歡樂時節，相聚多麼開心。

現在輕聲歌唱，為他編織好夢！
送他進入夢鄉，讓他留在那裡！
遊歷的人兒睡著了，睡枕多麼柔軟！
榿木與垂柳，快唱起催眠曲！

直到晨風吹送，松林別再嘆息！
月亮自去沉落，大地一片暗寂！
橡樹，梣林，與山楂，安靜，安靜！
直到黎明來臨，流水也無聲息。

「呵，快樂的種族！」比爾博探頭到窗外說，「看那月亮，現在都幾點鐘啦？你們的搖籃曲能把醉倒的半獸人都吵醒！不過我還是謝謝你們。」

「而你的鼾聲能把石龍都吵醒——不過我們還是謝謝你，」他們大笑著回答，「天快亮啦，昨晚你一入夜就睡著了。說不定，明天你的疲憊就能治癒。」

「在埃爾隆德的家，小睡能治大病。」他說，「但我會接受一切我能得到的藥方。再說一次晚安，美麗的朋友們！」說完，他又回到床上，一覺睡到日上三竿。

在這座家園裡，他很快就擺脫了疲倦，他從早到晚和山谷裡的精靈一起說笑跳舞。不過，即使是這樣好的地方，現在也不能留住他太久了，他總是思念著自己的家。因此，一個星期之後，他向埃爾隆德告別，並送給埃爾隆德一些他願意接受的小禮物，然後和甘道夫一同騎馬離去。

就在他們離開山谷的時候，前方的西邊天空變暗了，風雨迎面襲來。

「五月真是歡樂的時節！」比爾博說，即使雨水劈頭蓋臉打下來。「但是我們把傳說留在背後，就要回家了。我想這是歸途給我們品嘗的第一個甜頭。」

「還有很長的路要走呢。」甘道夫說。

「但這是最後一段路程了。」比爾博說。

他們來到了標誌著大荒野邊界的那條河，你可能還記得，陡峭的河岸下是可以涉水而過的淺灘。由於夏季臨近積雪融化，外加下了一整天的雨，河水上漲了。他們費了一番波折才過了河，即使夜幕降臨，依舊繼續前進，在旅途的最後一程趕路。

這跟之前很像，只是夥伴變少了，也更安靜；而且這次沒有食人妖。比爾博在途中每一處地點都回想起一年前——對他來說更像是十年前——發生的事和說過的話。因此，他當然很快就認出了小馬掉到河裡，他們離開正路遭遇湯姆、伯特和比爾那場驚魂歷險的地方。

在離大路不遠的地方，他們找到了當時埋下的食人妖金子，都還藏得好好的，沒被動過。「我已經有足夠活一輩子的本錢了。」比爾博在他們把東西挖

出來後說，「甘道夫，你最好都收下吧。我敢說你能讓它派上用場。」

「我確實能！」巫師說，「不過還是平分吧！你說不定會發現你有一些意想不到的開支。」

於是，他們把金子裝進袋子裡，掛在小馬背上，小馬對此可一點也不樂意。之後，他們的速度更慢了，因為大部分時候都是步行。但大地綠意盎然，青草茂盛，霍比特人心滿意足地漫步其中。他用一塊紅絲綢手帕擦了擦臉——不！他自己的手帕一條也沒倖存下來，這條是從埃爾隆德那裡借來的——因為這時六月已經入夏了，天氣再次變得晴朗又炎熱。

正如萬事都有結尾，這個故事也一樣。終於，有一天，比爾博出生和長大的鄉野出現在他們的視野中，那裡土地和樹木的形貌他瞭若指掌。他走上一處高地，發現已經可以遠遠看見他家所在的小丘了。然後他突然停下來，說：

　道路永無盡頭，

　翻越山岩，穿過森林，

　通入見不到陽光的洞穴，

　順著找不到大海的小溪；

　踏過冬天撒下的白雪，

　穿過六月的花海歡欣，

　走過草地，走過石子，

　在山腳下，在月光裡。

　道路永無盡頭

在雲天下，在星空下，

但是漫遊的腳步

終於回轉遠方的家。

曾經見識烈火刀劍

與恐怖的場面在山岩廳堂

終於望向青翠的草木與小山

長久以來熟知的地方。

甘道夫看著他。「我親愛的比爾博！」他說，「你有點不太對勁！你不是以前的那個霍比特人了。」

就這樣，他們過了橋，經過小河邊的磨坊，徑直回到了比爾博的家門口。

「我的老天！這是怎麼回事？」他驚叫道。只見門前一片混亂，聚集著各色人等，有可敬的，也有不可敬的，還有許多人進進出出──比爾博惱火地注意到，他們甚至沒在門墊上擦擦腳。

如果說他很驚訝，他們就更驚訝了。他回到家時正好趕上一場拍賣會！大門上掛著一張寫有黑字和紅字的大布告，寫的是：六月二十二日，挖伯兄弟和掘洞先生將拍賣已故的比爾博·巴金斯先生的遺產，地點是霍比屯小丘下的袋底洞。拍賣會十點整開始。這時已近午餐時間，大部分東西都已經賣出去了，價格不一，從幾乎白送到微不足道（這在拍賣會上並不罕見）。事實上，比爾博的堂親薩克維爾-巴金斯一家正忙著丈量他的房間，看看他們自己的傢俱是否放得下。總之，比爾博被「推定死亡」了，而且，發現這推定出錯後，也不是每個之前這麼說的人都懷著歉意。

比爾博‧巴金斯先生的回歸，引起了相當大的騷動，不管是在小丘底下、小丘另一邊，還是小河對岸；而且要比九日奇蹟[16]轟動得多。它所引發的法律糾紛著實持續了好幾年。事實上，過了很長一段時間之後，巴金斯先生才被承認還活著。那些在拍賣會上占了大便宜的人，得費老大的勁兒去說服；最後，為了節省時間，比爾博不得不花錢買回相當一部分自己的傢俱。他的許多銀湯匙都神祕失蹤了，從此下落不明。他個人懷疑是薩克維爾-巴金斯一家吞沒了。他們那一家子從不承認歸來的巴金斯是真貨，並且從此對比爾博很不友好。他們真的太想住在他那漂亮又舒適的霍比特洞府裡了。

事實上，比爾博發現他失去的不僅僅是湯匙——他還失去了名譽。從那以後，他的確永遠都是精靈之友，並且受到矮人、巫師和所有路過那裡的人的敬重；但他在家鄉卻不再那麼可敬了。事實上，附近所有的霍比特人都認為他「古怪」——除了他在圖克家族那邊的外甥和外甥女們，不過就連這些晚輩，他們的家長也不鼓勵他們和比爾博往來。

我很抱歉地說，他並不在乎。他相當心滿意足；他壁爐上的水壺咕嘟作響的聲音，聽起來比在「意料之外的聚會」發生前的平靜日子裡更悅耳。他把劍掛在壁爐架上。他的鎖子甲則套在一個架子上，放在門廳裡（直到他把它借給博物館展覽）。他的金銀大部分花在買禮物上，禮物有的實用，有的奢侈——這在一定程度上解釋了他的外甥和外甥女們對他的喜愛。魔法戒指他則守口如瓶，主要用來避開他不喜歡的客人。

他開始寫詩，以及拜訪精靈。許多人對此行徑大搖其頭，並且撫額說：

16.「九日奇蹟」指的是引起極大轟動，但幾天之後就被人忘卻的事。——譯者註

「可憐的老巴金斯！」也很少有人相信他的故事，但他依然一輩子都十分快樂，而且那可是特別長的一輩子。

幾年之後的一個秋天傍晚，比爾博正坐在書房裡寫回憶錄——他想把它命名為《去而復返，一個霍比特人的假期》——這時門鈴響了。來的是甘道夫和一位矮人；那矮人竟是巴林。

「進來！進來！」比爾博說，他們很快就在爐火邊的椅子上安頓下來。巴林注意到巴金斯先生的背心擴了一圈（而且上面釘著真正的金釦子），比爾博也注意到巴林的鬍子又長了好幾吋，並且繫的寶石腰帶也極其華麗。

當然，他們聊起了當年在一起的許多舊事，比爾博也問起了孤山那邊的情況。看來一切都進展得非常順利。巴德在河谷重建了城鎮，人們從長湖、南方和西部聚集到他那裡，整個谷地重新耕作，變得富饒起來，那片荒地如今在春天鳥語花香，秋天時果實累累，大擺宴席歡慶。長湖鎮也重建了，比過去更加繁榮，大量的貨財在奔流河上來來去去。在那片地區，精靈、矮人和人類之間和睦相處。

老鎮長的下場不妙。巴德給了他很多金子去幫助長湖人，但是，由於他是那種容易貪心的人，他得了龍病，吞沒了大部分的金子逃跑了，結果被同夥拋棄，餓死在荒野裡。

「新鎮長是個聰明人，也很受歡迎，」巴林說，「因為，當然了，如今的繁榮主要歸功於他。他們編了許多歌謠，說在他的時代，河裡流的都是金子。」

「那麼，古老歌謠裡的預言，在某種程度上竟然應驗了！」比爾博說。

「當然！」甘道夫說，「而且它們為什麼不能應驗呢？你肯定不會不相信預言吧，因為你也為它的應驗出過力不是嗎？你該不會真的以為，你所有的冒

險和死裡逃生都是純粹靠了運氣，都只是為你自己好吧？你是個非常好的人，巴金斯先生，我非常喜歡你。不過，在這廣闊的世界裡，你畢竟只是個小人物而已！」

「謝天謝地！」比爾博大笑著說，同時把菸草罐子遞給他。

The Hall at Bag-End. Residence of B. Baggins Esquire

袋底洞的門廳，比·巴金斯的家

大荒野地圖

Wilderland map

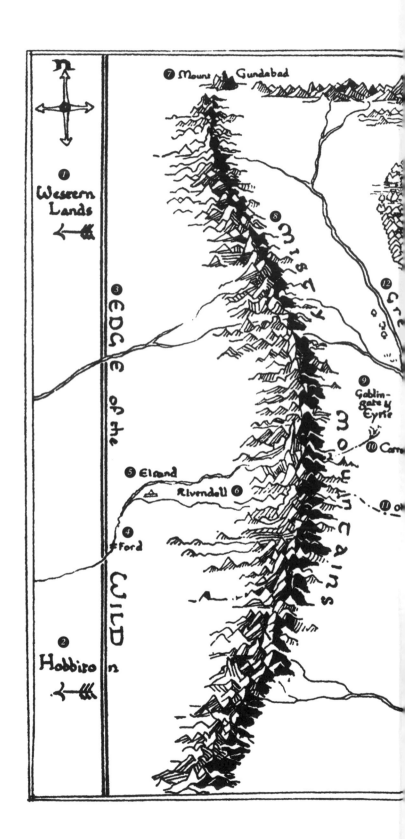

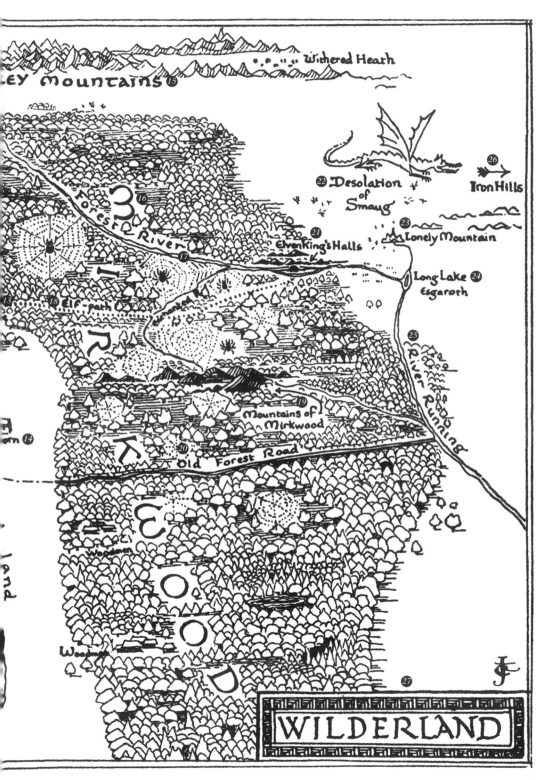

WILDERLAND

map   327

〈經典奇幻文學作家 J. R. R. 托爾金 1〉

霍比特人

作　　者——約翰·羅納德·魯埃爾·托爾金　　　發 行 人——蘇拾平
　　　　　　（J. R. R. Tolkien）　　　　　　　總 編 輯——蘇拾平
譯　　者——鄧嘉宛、石中歌、杜蘊慈　　　　　編 輯 部——王曉瑩、曾志傑
責任編輯——王曉瑩　　　　　　　　　　　　　行銷企劃——黃羿潔
　　　　　　　　　　　　　　　　　　　　　　業 務 部——王綬晨、邱紹溢、劉文雅

出 版 社——本事出版
發　　行——大雁出版基地
　　　　　　新北市新店區北新路三段 207-3 號 5 樓
　　　　　　電話：(02) 8913-1005　傳眞：(02) 8913-1056
　　　　　　E-mail：andbooks@andbooks.com.tw
劃撥帳號——19983379　戶名：大雁文化事業股份有限公司

美術設計——楊啓巽工作室
內頁排版——陳瑜安工作室
印　　刷——上晴彩色印刷製版有限公司
2024 年 03 月初版
定價 520 元

版權所有，翻印必究
ISBN 978-626-7074-79-4

缺頁或破損請寄回更換
歡迎光臨大雁出版基地官網 www.andbooks.com.tw 訂閱電子報並填寫回函卡

國家圖書館出版品預行編目資料

〈經典奇幻文學作家 J. R. R. 托爾金 1〉霍比特人
約翰·羅納德·魯埃爾·托爾金（J. R. R. Tolkien）/ 著　鄧嘉宛、石中歌、杜蘊慈 / 譯
---. 初版 .— 新北市；本事出版：大雁文化發行，2024 年 3 月
　　面　；　公分 . – (WHO；1)
譯自：The Hobbit, or There and Back Again
ISBN 978-626-7074-79-4（平裝）

873.57　　　　　　　　　　　　　112022140

THE
HOBBIT

OR THERE
AND
BACK AGAIN

OR THERE
AND
BACK AGAIN

THE
HOBBIT